中国残疾人福利基金会
支持残疾人文化艺术作品出版项目
资助出版

张俊雨／著

爱之花

生命的花开了，如果没有爱，就像没有阳光和雨露，再美的花也会早早凋零，所以我的生命之花只为爱而绽放。

目 录

第一章　成为孤儿 / 1

　　第一节　两个烂橘子 / 1
　　第二节　妈妈走了 / 5
　　第三节　我要去哪里 / 10

第二章　去医院 / 14

　　第一节　电击治疗 / 14
　　第二节　我的小病友 / 17

第三章　在家康复 / 23

　　第一节　我可以蹲了 / 23
　　第二节　失败的绑腿 / 26
　　第三节　"呀，我儿子收拾了！" / 28
　　第四节　想再和母亲一起过年 / 31

第四章　家——我的学校 / 33

　　第一节　别了，学校 / 33
　　第二节　我被书征服 / 37

第三节　那本让我流泪的作文书 / 40

第四节　妈妈从破烂里为我捡书 / 42

第五章　和妈妈一起摆地摊的日子 / 46

第一节　"堂吉诃德"的三轮车 / 46

第二节　母亲，对不起…… / 49

第三节　母亲让我恐惧 / 52

第六章　自己选择福利院 / 56

第一节　有的人不用读书，就已经很高尚了 / 56

第二节　给我买日本豆的姐姐 / 60

第三节　风雨读书 / 62

第四节　创作失败 / 64

第五节　我希望住在图书馆里 / 69

第六节　遭遇梵高 / 72

第七节　电脑写作 / 74

第七章　那些和我一样的孩子 / 77

第一节　我被推进了手术室 / 77

第二节　月亮为什么会亮？ / 82

第三节　大力新的尊严 / 85

第四节　福利院的"亲人" / 87

第五节　彭姨 / 94

第六节　二三事 / 95

第七节　搬家 / 96

第八节　小张姨 / 98

第九节　坤姨 / 99

第十节　小九 / 100

第十一节　鸡蛋壳与三子棋 / 103

第十二节　头发 / 104

第十三节　吃饭 / 106

第十四节　买包子 / 107

第十五节　洗脸 / 110

第十六节　病后杂感 / 112

第十七节　我拿什么感谢 / 117

第十八节　马 / 121

第八章　城堡学校 / 124

第一节　有学校接收我了！/ 124

第二节　"那一年"的歌声 / 126

第三节　我的破塑料袋 / 129

第四节　我和电脑的"斗争" / 131

第九章　流泪的刀客与美丽的花蝴蝶 / 135

后　记 / 147

第十章　大爱母校，大爱天地 / 148

第一节　最好的校长（一）/ 148

第二节　最好的校长（二）／152

第三节　和我得同一种病的小老师／157

第四节　富老师帮我交学费／161

第五节　为小同学洗脚的老师／163

第六节　帮我找书的好老师／165

第七节　和我一起过年的老师／167

第八节　我差点成为陈景润／168

第九节　谢谢你们……／170

第十一章　没有他，就没有我的书／176

第一节　遇到张哥／176

第二节　"几年后，咱们把这本书完成！"／178

第三节　我失眠了／180

第四节　张哥第一次看我的文章／185

第五节　崩溃与绝望／187

第六节　张哥的劝导／190

第十二章　独立／192

第一节　天降喜讯／192

第二节　心结／197

第三节　出错／200

第四节　自责／203

第五节　张哥来看我了！／206

第十三章　不放弃、不抛弃 / 210

　　第一节　写字是与手的斗争 / 210

　　第二节　一周学会拼音 / 214

　　第三节　拼命地写 / 217

　　第四节　那一夜的启示 / 221

附录 / 223

　　附录一　爱我的亲戚们 / 223

　　附录二　我所设想的未来 / 227

　　附录三　一则寓言：《给勇敢者》/ 235

　　附录四　签约 / 238

第一章 成为孤儿

第一节 两个烂橘子

快过年了,母亲一向舍不得吃、舍不得穿,却破天荒第一次买了一台电视机和一个高压锅,我以为那将是个很幸福的春节,可我怎么也不会想到,那一年,母亲会永远离开我,并且是以那么残忍的方式。

一天晚上,母亲突然说要自杀,我吓坏了,我跑过去跪在母亲面前,求母亲说:"妈,你别死,都怨我以前不听你的话,我以后一定听你的话,不惹你生气了。"母亲听完哭了,说:"我真没有想到,你这么懂事,好孩子。"母亲骗我说她不自杀,可母亲一面这样说着,一面自言自语地说些要自杀的话。我忐忑不安地上床睡觉了。我在床上听到母亲开箱子,不知在找什么东西,我就在这翻箱倒柜的动静中进入了梦乡。

第二天,母亲很早就起来了,母亲骗我说要带我去买东西。可我知道母亲是带我去死,因为她已经自言自语地说出来了。我害怕极了，吓得都不会动了。母亲走过来，给我穿衣服，她已经很久没给我穿过衣服了，可那一天母亲却那样着急。棉裤和棉袜子都很瘦，非常难穿，好不容易穿上了，棉袜子只穿进去一半，棉裤也穿得非常别扭，狼狈不堪的我被母亲抱上了车，像个木偶。

到了胡同口，我开始挣扎，我不愿死，我想活着，我在车上拼命晃动，想要下车，母亲弄不了我，只好回去了。后来又出去了两次，都因为弄不了我就作罢了。

回到家里，我打开了新买的电视，上面正播《实话实说》，母亲突然说："不活了！"说着举起一把茶壶向电视荧光屏砸去，"砰"的一声，我们家那把使用多年的茶壶碎了一地。可奇怪的是，荧光屏没破。母亲又抓起切菜墩子，往荧光屏上砸了七八下，我赶紧劝母亲不要再砸了，并把电视关上了。

母亲又出去了几次，有一次回来，她找出了家里的存折，蹬着椅子把后窗户打开了，她冲着外面喊："快来捡啦，你们快来捡啦！"她把存折从后窗户扔了下去，然后就出门了。

母亲走后，我想去捡存折，可又不敢，正犹豫间，我听见三轮车的声音，三轮车在我家后窗下停了一会儿，然后又走了。我想完了，存折被人捡走了。后来才知道是一位奶奶把存折捡走了，她的心眼儿特别好，她把存折交给了单位。不久，单位派人把存折送了回来，可母亲不要，母亲说："你们别给我，你们给我，我还扔！"

他们又跟母亲要我大姨、二姨的地址，然后就走了，我本来有机会向他们说母亲要自杀的事，可因为懦弱我没说。我想大姨、二姨要是来了，肯定能劝好母亲的。那时候我的真实想法是：我想离家出走，我想活，我不想死。所以我想丢下母亲，那时我是多么自私啊！我把自己的"乌合斋"（几本破书、旧报纸、废日历）装进一个大提包里，我一边装一边向母亲说自己的出走计划，母亲站在一旁，看着我……我不知道那时母亲在想些什么。这时高伯伯来了，他让母亲收拾屋子，屋子已经乱得不成样子，昨天母亲翻箱倒柜弄出来的东西，没装进去，都扔在外面。

高伯伯又要大姨、二姨的电话号码。我记得有一回一个表哥来，留下过电话，写在一页日历上，我就跟高伯伯说了，高伯伯让我找，可我没找到，高伯伯走了。我又白白错过一次机会，如果那次我把母亲要自杀的事告诉高伯伯，也许母亲不会死。可我犹豫了，话到嘴边我又咽了回去。

家里的米、面全没了，母亲把钱全扔了，她就借点钱，准备买点面，大概那时母亲又不想死了。母亲弄了点剩饽饽，熬了一点儿稀饭，切了自己腌的咸菜。母亲没有吃，她在旁边看着我吃，我以为死不了了，就扬扬得意地边吃边和母亲说："怎么样，我死不了吧，我死不了。"

这时，母亲走到我后面，她伸出手，掐住了我的脖子……我感到呼吸困难，我一挣扎，从椅子上倒了下来。母亲顺势骑在我身上，边掐边对我说："儿子，妈对不起你！"其实母亲没有什么对不起我的，相反我这个儿子却欠母亲太多太多了，现在明白过来，已经太迟了！我渐渐失去了知觉……

这是哪里，宇宙吗？隧道吗？我慢慢睁开眼睛，发现自己躺在三轮车里面，母亲带着我不知去什么地方，我又听到母亲在说着死的事。我马上意识到母亲是带我去死！我想爬起来，可全身没有力气，我就用手扒着车沿向外呼喊："救命啦，救命啦！"开始母亲不让我喊，后来就不管我了，也没人理我，我就不喊了，任凭母亲把我带到任何地方去。

母亲带我走了很远很远，从中午一直走到晚上。天黑了，我们来到一段废弃的铁道旁，那里有一道沟，母亲把三轮车推到沟里面不走了，她说就在这过一夜，冻不死的，明天再找死的地方。那时刚下完雪，是冬天最冷的时候。从沟那边来了几个民工，翻过这道沟好像要回家的样子，我好羡慕他们。我很冷，看得出母亲也很冷，她却把身上的大衣披在我身上，母亲直到这个时候还在想着我。

母亲把手揣在袖筒里，坐在车沿儿上，我坐在车斗儿里，望着对面楼上的灯光，眼睛酸酸的，人家待在温暖如春的家里，可我却在这冰天雪地里挨冷受冻，我实在忍受不了了，就求母亲说："妈，咱们回去吧，这儿冻不死，咱们明天再找死的地方。"开始母亲不听，后来母亲默默推着车子往回走，就这样推着车走了很远很远，在路上母亲给我捡了两个烂橘子，我永远也忘不了那两个烂橘子！那时母亲身上没有钱，在临死的时候母亲依然想着疼她这个没用的儿子……

我想起以前有一回母亲捡了一个烂菠萝，菠萝这样的东西，母亲是永远舍不得买的。记得那回母亲和我都很高兴，我们围在电视前面，借着电视微弱的光（母亲平时舍不得开灯，只有过年的时候才开）把烂菠萝用盐水泡着吃，这是跟电视上面学的。烂菠萝和烂橘子我永远不会忘记！富人有富人的母爱，穷人有穷人的母爱。烂菠萝和烂橘子就是母亲对我的爱！

母亲推车走了很久才骑上车，开始往家走。不知母亲这一路在想些什么。我坐在车斗儿里，看着母亲的背影，曾经无数次母亲像这样子带过我，不管是在三轮车上还是在自行车上，这个背影对于我是那样高大，像一堵墙、一座城堡，或是一个港湾，外面的风雨再大也伤害不了我，因为有母亲在保护我。

回到家，一看大门是开着的，屋里灯亮着，我心里一阵高兴，以为大姨、二姨来了。进屋一看，屋里没人。母亲之前带我走的时候没有关大门，至于灯我也不知道怎么就是开着的。经过这一番折腾，我已经精疲力竭了，回到家里就上床了。母亲又出去好几趟，我最后一次看到母亲，母亲背后湿了一大片，不知是怎么弄的，母亲留给我最后的印象是那后背湿透的背影。后来我就睡着了。

那一天是一九九七年一月十二日，农历十二月初四，后来二姨告诉我那天是母亲的忌日，要我一定要记住。

第二节 妈妈走了

第二天醒来，我发现母亲走了，她是骑自行车走的，我还发现院子里的雪地上有人躺过的痕迹，我明白了为什么昨天母亲的后背会湿一大片。

母亲走了，我既不难过也不害怕，相反还很高兴，因为那时我以为母亲还会回来，我真傻，真傻，真傻！我想大显身手,做顿饭,给母亲一个惊喜,母亲回来后一定很高兴。我越想越美,可我忘了,家里没有面了,米也只有一点点儿,连巧妇都难为无米之炊,更何况我这么笨的人啊。我只好用玉米面和面,可我不会和玉米面,和不到一起去,我只好把软面放在饭盒里,把饭盒放在高压锅里蒸,蒸了一会儿,我怕高压锅出危险,又换普通锅蒸,又拿饼铛蒸,折腾完了,我又拿那点儿米熬了一锅稀饭,没有几粒米,都是水。

  做完"饭",我开始吃"饭"。饭盒里面的东西,上面半生不熟,中间是生的,底下煳了,非常难吃,我只喝了几碗米汤。

  我等母亲回来,但母亲老也不回来,我的心开始发慌了,这时我还没有勇气去找人,我坐在台阶上望着门口,大门一直就没关,母亲没有回来。我很饿,只好啃剩饽饽,饽饽啃完了,我想起这天正好是腊八,往年的这一天母亲会熬腊八粥、做腊八醋,尤其是腊八醋,我特别爱吃,每年我都会帮母亲剥蒜,盼望着过年时吃饺子能蘸腊八醋,就着腊八蒜。可这天别说腊八粥和腊八醋,就连剩饽饽都没的啃,想着想着我的鼻子有些发酸。

  晚上,我的心已经慌得受不了,我必须去找母亲,最后我把电视上的《包公案》看完了,算是和这个家告别,我穿上一件大衣就出了门。刚到外面我就摔了一跤,那时我的身体出奇的坏,几乎连走都走不了。我挣扎着往前走,正碰上邻居邵姨,邵姨问我干什么去,我说找母亲去,母亲已经一天没有回来了,邵姨把我拉了回去,说她替我找母亲,又让几个小孩看着我。一会儿来了好多人,都是单位的,他们给我送来了饭,又跟我说了几句就走了。我觉着有点不对劲,我喝了碗粥就去睡觉。

我正在床上胡思乱想,二姨家的表哥来了,表哥问我怎么回事,可表哥听不懂我说的话,因为我口齿不清,表哥让我写下来,但这就更难了,我没有那个文化,我让表哥慢慢地听,终于表哥听懂了。我告诉表哥母亲昨天带我去过铁道那边。表哥让我指路,他带我去找母亲。我们刚出门,碰上邻居赵叔叔,赵叔叔劝表哥别去,说已经有人去找了,我们去也是白去,但表哥仍然骑着三轮车带着我去找母亲。到了外面我就蒙了,我忘了昨天母亲是怎么走的,表哥更不知道哪儿是哪儿,我们瞎走了一阵,表哥停下来,在一个小卖部打电话,打完电话表哥买了一大包饼干,放在车斗里对我说:"勤勤(这是我的小名,母亲希望我勤劳,可我却没有做到),你是男子汉,不管发生什么你都能挺得住,对吗?来,骑一段三轮车给哥哥看看!"我当时身体坏得出奇,根本没力气骑,骑得很不好。那段话的含义我当时并不十分明白,后来我才知道,他已经预感到了什么,他是在激励我啊。

第二天,大姨和大舅家的三表哥来了,大姨那时已经快六十了,她又有冠心病,这回为了我们家的事,丢下半身不遂的大姨夫就来了。大姨对我们家是有恩的,每年都背着大包小包的东西来我们家,我最盼望大姨来,因为大姨一来就有数不清的好吃的,大姨给我们平时冷冷清清的家带来了欢乐,带来了温暖,也带来了幸福!

上午大家去找母亲,家里只剩下我和大姨,大姨侧躺在床上，我给大姨看我的剪报，还给大姨念了篇文章。我知道大姨并没有听，我不知道她在想些什么，但我发现一向坚毅的大姨的眼里竟有泪光在闪动，我不喜欢看到别人哭，那样自己的鼻子也会发酸，我把头扭到一旁。

晚上，二姨和大姨家的表哥表姐来了，二姨的眼睛都哭肿了。

过了好几天，母亲依然没找到，父亲的单位在电视上给母亲登了个寻人启事，我连一张母亲自己的照片都没有，只好用以前我和母亲的合影。

几天后，母亲找到了。

母亲，死在一个河沟里。

大姨、二姨去看了，说小河沟两边都被冻上了，只有中间有一点儿水流，她们估计母亲是被冻死的，不是淹死的……

母亲死了……

母亲找到了，大家准备母亲的葬礼，不知为什么，我并不觉得凄凉。母亲在我小时候看我残疾，父亲又那么早就死了，就没管教过我，我承认我很没有家教，比如礼貌方面，还有我的性格，我是一个很倔的人，这一方面是我从小养成的，我的心很硬，我很自私，我那时对母亲是多么不孝啊！

大姨让表哥准备葬礼上所需要的东西，白布黑布什么的，还拿白布给我缝了个孝帽子，我不愿意戴，怕丢人。那时我只想自己，一点儿都没有想到母亲！

由于找不到母亲的照片，只能用十多年前母亲工作证上的照片作遗像。在母亲遗像前放了一个盆，我们每天为母亲烧纸钱。母亲一辈子什么都舍不得买，就连买黄瓜都是买曲曲弯弯的，不买直的，因为弯的比直的便宜。一天晚上，二姨带我去外面给母亲烧了一个大皮袄，二姨怕母亲在那边冷。我们边烧边念叨："母亲啊，这些钱和衣服，你可别再舍不得呀！"大姨还给我买了一双很贵的鞋，因为我的鞋已经破得不成样子，不是母亲不给我买鞋，实在是我把鞋穿坏的速度太快了，从小我就不能正常走路，所以把鞋穿烂的速度是惊人的。

葬礼那天，我们坐车到火葬场去，到了火葬场表姐把我带到一间大屋子里，然后推进来一口玻璃棺材，表姐告诉我玻璃棺材里面就是母亲，表姐扒着玻璃棺材哭，我也扒着玻璃往里看。突然响起了哀乐，一大群人排着队走进来，向母亲鞠躬。我感到那么不真实，就像是在做梦。不知什么时候表哥表姐把我带回车上。这时表哥抱着母亲的骨灰盒，让我们看。我们回去都说棺材里面的人不像母亲，有人说母亲死时一定很难看，所以遗容已经修补过。

那时我生了一场病，因为人多，我就搬到后屋住，后屋那张床褥子很厚，窗户又小，暖气又热。住了一夜我就发烧了，我这人特别爱上火。大舅家的表姐们来了，我从来没有见过她们，母亲除了和大姨、二姨来往，不和别人来往，她怕人家看不起她，后来母亲连大姨、二姨家也不去了，母亲千百次地告诫我："可别靠别人啊！"所以我根本不知道还有这两个表姐。

这次生病是两个表姐照顾我的，我尝到了从未有过的温暖，尤其是二姐无微不至的照顾，我永远也忘不了。比如那时我不会喝药，二姐就把药放进离嗓子眼近的地方，然后喂我水。我以前生病，母亲也照顾我，但那是另一种照顾，母亲很少买药，不管是母亲自己还是我，也没有得过什么大病，不过是些头疼脑热之类，几天就能好。母亲跟姥姥学了点揪痧，我有了病，母亲常给我揪，有时母亲拿硬币蘸油给我刮刮，这些虽然都是土办法，但有时也挺管用的，可惜我不会。

三舅家的大表哥也给我喂过药，还在床前读书给我听。

以往，大表哥来过很多次，有一回修暖气，工人们把那些箱子、柜子搬开，可修完了却没搬回原处。母亲费了九牛二虎之力把箱子搬回原处，只剩下一个立柜母亲怎么挪也挪不动，母亲不愿求人，只好让立柜就立在屋子当中。暖气也不热了，不知他们怎么修的，母亲还是不愿求人，自己暗暗生气，大表哥正好来了，他帮母亲把立柜搬到原来的地方，又看了看暖气，原来暖气开关没拧开，表哥拧开了，暖气就热了。大表哥还用母亲捡来捆东西用的带子编了个篮子。生病那段时间我觉得很幸福！那时我还没意识到母亲离开我对于我意味着什么。

第三节　我要去哪里

母亲葬礼之后，大家开始考虑我的问题，大姨、二姨跟我说，想让我和她们一起过，这时我又想起母亲说过千百次的话："千万可别靠别人啊！"我表示不愿意。母亲生我晚，大姨、二姨的年纪都大了，还有病，怎么弄得了我。我只有去福利院了。开始大姨、二姨想把我送到天津的福利院去，因为大姨、二姨和表哥表姐都在天津，可以常去看我。可由于手续太复杂，我只好进本地的福利院，本地的福利院也不好进，因为虽然父母都不在了，但我还有大姨、二姨这些亲戚，父亲原来的单位也要管，最后，父亲的单位交了钱才让我进去。

去之前的一天晚上，我求二姨家的表哥，一定要把我的破书、旧报纸一同带去，表哥哭了。大姨家的大表嫂则为我缝了个围嘴，怕我吃饭弄脏衣服。一天晚上我的匣匣（收音机）不响了，大表嫂给我买了电池，可是匣匣已经坏了。我磨大姨买匣匣，开始我想把家里的破烂卖了买一个匣匣。可卖的时候，大姨和表姐为了给我多卖点钱，跟收废品的说我母亲死了，我是个孤儿，就要去福利院了。我一下子急了，大发脾气，破烂没卖成。大姨就决定用自己的钱给我买匣匣，大姨的年纪大了，去不了，让表姐去给我买，我非要跟着去，要自己挑一个。到了商场我就傻了眼，那么多匣匣，我不知道挑哪个好，最后挑了一个很贵的。大姨还要给我买一身衣服，表姐又给我买了一身外面穿的衣服和秋衣秋裤，还有一条皮带。

去福利院的那天，大姨和表姐不放心我，陪我去。我要带到福利院的东西可真不少：一张双人床、一张写字台、两个箱子，写字台里装着我的宝贝——旧报纸和破书，这张写字台是二姨亲手给我擦洗干净的。两个箱子里装着被褥和衣服，有个箱子坏了，是表哥修好的。邻居邵姨送给我一个脸盆。

东西都装上了车，我坐在屋里出神，家就这样没了吗？家真的就这样没了吗？我到现在才意识到母亲的重要，母亲是家里的支柱，如今这根支柱倒了，天塌了，家没了。我带走了一些东西，可留下的连百分之一都没有。"破家胜万贯"，就算我的家是垃圾堆好了，也是温馨的垃圾堆！是的，我不要万贯，我只要温馨！我只要温馨……只要温馨……那些破旧的家具饱含了多少回忆啊，它们见证了母亲的爱和我的童年，它们默默看着我和母亲相依为命……我的家，家里的每个角落都弥漫着温馨，每一件物品都残留着幸福的痕迹。别了，温馨。别了，我的家。别了，我的童年。别了……

该上车了，我从地上捡起一本杂志的合订本，有人说把这本书也带走吧。我愤愤地把书摔在地上，家都没了，还要一本书有什么用。一个叔叔笑着说："不要紧，以后自己再建一个家。"

我想，这可能吗？

我走出了家门。

永远！

后来我才知道，母亲是为了我才走上了绝路，由于某种原因，母亲失去了她所有的存款。而她已经老了，她不能再为她的儿子挣钱了，她已经无法保证在她死后我还有钱，她绝望了，母亲不是为别的绝望，而是为她的儿子绝望了！母亲走了绝路。

母亲的离开，对于我不是急性的痛，而是一种慢性的阵痛。我是个铁石心肠没有爱的人，那时大姨、二姨、表哥表姐用爱麻醉了我的心，我感觉不到痛。我的心已经有了伤口，很深，在流血！在我软弱的时候，我就会想起母亲，每当我想起母亲时,我的心就会痛,我的心已经软了,软了……

我意识到母亲是这个世界上最爱我的人,母亲爱我不是因为我有多么好,只因为我是母亲的儿子,我曾经无数次伤透了母亲的心,让母亲对我绝望了,可母亲依然爱我!谁能爱一个无数次伤透了自己的心、让自己绝望的人?只有母亲!只有母亲!

母亲说过:"我死了,有你一把干枣嚼!"现在我尝过那把干枣了,我后悔当时没有好好地爱母亲!我后悔了,后悔了……晚了,晚了……没有后悔药,没有,没有……

我,我要写出我和母亲的生活,写出我挚爱的母亲的故事。

第二章　去医院

第一节　电击治疗

母亲怀我的时候得了肝炎，父亲和姥姥又中煤气去世了。我生下来就是脑瘫，我并未感到太自卑，既不像原本没有残疾的人突然残了那样痛得刻骨铭心，也不像重度残疾的人那样备受折磨。我是先天的。

我是个乐观的人，残疾打不倒我，但我却被孤独战败，我的内心充满忧伤。我本性外向，可孤独逼我内向。我的内心被忧伤占据，是幻想救了我。我从小到现在一直都充满幻想，如果没有幻想，我就没有武器去对抗忧伤，是幻想让快乐和忧伤势均力敌！

母亲带我去过很多家医院，医生直摇头，最后看的一个医生给我下了判决："他最多只能活到十七八岁，就是不死也会变成傻子！"我想那时给母亲的打击一定特别大，虽然很多年后母亲轻描淡写地说"你现在还活着，也没傻"。但不知这是幸运还是不幸，也许傻了倒好，不会这么痛苦；死了也好，不会伤害别人。

我七八岁时母亲不知听什么人说的，有家医院专治我这种病，而且有治愈的希望。母亲问我想不想治病，我说我有病吗，我总是明知故问，我想这总比不知道如何回答要好。

出门那天，我正在听评书《徐良打擂》，徐良是我那时最崇拜的英雄，当然还有张飞。我喜欢张飞的脾气大，那时我以为能耐大的人脾气也一定大。我喜欢徐良的坏，虽然我有时很忧伤，但坏水还是忍不住往外冒，这都是小时候听了太多评书和相声的缘故。后来我又喜欢上关羽的骄傲。他们三个人的性格我都有一些，不知道是不是因为喜欢他们所以不自觉地学他们，还是我本来就有这样的性格所以才喜欢他们。

母亲为了赶火车，没让我听完《徐良打擂》。在火车上匣匣（收音机）的声音越来越微弱，最后竟没有了。开始我以为收音机坏了，后来才知道是没信号了。

我们住在大姨、二姨家，在两家轮着住。早上去医院，晚上回来。开始坐车去，我走不了，母亲要背我去车站，然后挤车，非常不方便，后来就跟别人借了一辆自行车。去医院要经过一个十字路口，每天那里都有个疯子在跳着脚骂大街。母亲说过今后疯子会越来越多，但我没有想到母亲也会……都是我，父亲死后，是我伤了母亲的心，是我让母亲失望的。如果我是个有用的人该多好，如果我是个听话的好孩子该有多好！可我不是。现在，我拿什么来弥补我的过失啊！

在医院主要是做康复训练，也就是锻炼身体。那里有个大海绵池子,池子里装满了塑料球,医生让我在里面打滚,由于我的协调能力差,所以打起滚来很困难。另外就是绑床,一张床,上面有带子,我躺在上面,用带子把我绑在床上,主要是把腿绑直,然后将床摇起竖直,让我在上面站一段时间。这是为了绑直我的腿,我的腿因为脑瘫从小就是弯的,但是一绷劲儿我能站直,甚至能像正常人一样走路,可只要一松劲儿就会原形毕露,不仅样子难看,脚也因此变形了,走路磨内侧鞋帮儿,我不知磨破了多少双鞋,母亲没有把我穿坏了的鞋扔掉,后来竟然攒了一筐!

现在我的腿更弯了,不磨鞋帮儿了,又磨鞋尖了,一样的费鞋,我仿佛又听见母亲磨破嘴皮子的嘱咐:"把脚放平,慢点走,别拿脚尖走!"我没有听母亲的话,母亲说的每一句话都是为我好,可我一句也没听进去,我活该是个瘸子,这是对我的惩罚!

还有就是锻炼走路,开始要系沙袋,后来不让系了,系沙袋腿就更弯了。医院里有间屋子放着各种体育器械,我最喜欢一个和自行车一样的器械,固定在那里,上面有个速度表,蹬得越快速度越高,每当这个时候我都有一种成就感。母亲总是让我锻炼完走路才让我骑一会儿,作为鼓励和奖赏。

除了基础训练(康复训练),还有电击和激光。所谓电击,就是我躺在床上,在我的腿上和胳膊上都绑上宽宽的皮带,皮带上有很多电线,电击时我感到身子一震一震的,没有什么特别的感觉。所谓激光治疗,就是用一个笔似的小灯向我身上的几个部位照上一会儿,笔的一头连着一台机器。我可以想象得出，这两项治疗的费用一定很贵。母亲省吃俭用攒的钱全用在了我身上。

除了这些我还要喝苦苦的中药汤子，中药汤子苦得我都想吐，以至于几年之后，我偶尔看到那把喝药用过的小绿勺儿，似乎还能闻到那股难闻的中药汤子味，立即又有了想吐的感觉。

第二节 我的小病友

医院里有很多像我一样的残疾孩子，在这之前我没有意识到除我之外还会有别的残疾人。有一次我在一个医院大厅里，看到一个残疾人，他正用手去接从嘴里不断流出的哈喇子，哈喇子却越接越多，越拉越长。我并不了解他，我只是觉着他很脏，他很恶心。我想在我流哈喇子时别人也会这么想。我们缺乏了解，我们不会理解，我们不肯去理解一个有残疾的人，我们不肯理解一个丑陋的人，我们不肯理解一个乞丐。我们以为他们是和我们不一样的异类，我们错了，因为我们的灵魂是一样的！

医院里有个四岁的小姑娘，大概叫王影，她是医院里最听话、最乖的孩子，我却不喜欢她，因为她有点儿虚伪。

有一次中午王影说自己怎么也睡不着，院长恰好在那里，院长说他会发功，他一发功她就睡着了。院长让她全身放松，然后在她头顶上面两手飘呀飘地发了一会儿功，我知道院长不会发功，王影也没有睡着，从她紧闭眼睛、尽力保持身体不动的样子就可以看得出来，但她就是紧紧地闭着眼一动不动地躺在那里。

还有一次也是中午，母亲陪我睡午觉，我有床，可以舒舒服服地睡，母亲没有床，只能坐在床边陪我。没想到这时的王影像变了一个人似的，站在床上神气活现、趾高气扬地对我和其他几个孩子指手画脚。母亲大吃一惊，王影竟是这样的人，她的听话、她的乖全是装出来给那些对她有用的人看的。在对她没有用的人的面前，她就会露出她的本来面目。母亲太老实了，想不明白这些。我以前很讨厌王影的虚伪，现在想来人人都虚伪过，为了达到目的，为了保护自己，我们应该原谅王影，更何况她那么小就这样，还不是因为疾病折磨了她的内心吗？

还有一个两岁的小姑娘，好像叫赵奇。她很坚强，总是在锻炼走路，母亲总是拿她和我比，说她那么小锻炼起来这么刻苦，我都这么大了，还这么懒。她平时总是摇头晃脑、口中念念有词地自己玩。赵奇最爱抠墙皮，她的床后面的墙上，墙皮被她抠掉了一大片。我也忍不住抠墙皮，只抠了一小片。

还有一个五六岁的男孩，叫什么我记不得了，他大概也是脑瘫，比我严重，只能在地上爬着走，根本站不起来。他很坏、很调皮，和我臭味相投。不过，在我们之间发生过一件不愉快的事。那时母亲为了给我补充营养，给我买了一罐麦乳精，母亲把麦乳精放在医院里，和其他几个孩子的麦乳精放在一起，喝的时候大家各拿各的。有一次母亲发现他的母亲拿我的麦乳精给他喝，就跟她大吵了一架，他的母亲说不是故意的。但愿他的母亲不是故意的！

还有一个叫大宝的男孩，大概十三四岁，他是智力残疾。他长得很胖，我从来没见过像他那么胖的人。他总是玩着一个玩具汽车。有一次我和大宝坐在一起，不知为什么我俩忽然笑了起来，我拍着他的大腿笑，他也拍着我的大腿笑，而且越笑越疯狂。人们都惊呆了，赶紧把我俩分开。小时候我就像疯子一样，一笑起来就笑个不停，没完没了地笑，我控制不住自己，直到现在，有时我还是忍不住地笑，也许这和流哈喇子一样是脑瘫的后遗症，也许是我缺少管教的结果，母亲看我从小没有父亲又有残疾，舍不得管我。母亲总在纵容我，我却得寸进尺，直到母亲对我彻底失望，走上绝路！我想我是魔鬼，但母亲依然爱我这个魔鬼，就在母亲走上绝路的那一刻，母亲依然爱我！我听过一个故事：一个儿子被妖精迷惑，妖精想吃他母亲的心，他就把母亲的心挖出来，跑去送给妖精吃，在路上他跑得太快，摔了一跤，母亲的心在他手里一跳，说："啊，怎么样，儿子，摔疼了没有！"这就是母亲的心啊！

还有一次，大宝把母亲刚给我买的识字书撕烂了，那是我的第一本书，之后我就是从这本母亲重新粘好的书开始识字的，那时我不爱学习，只知道贪玩和偷懒。现在想来，我能看书写字，全是母亲赐予我的，书和笔就是我的生命！难以想象如果我现在还不识字，我会成为什么样的人！

其实，我才是医院里最不听话的那一个。有一次一个医生见我太不听话，就说带我去见识一下真正淘气的孩子，他想要震慑住我。我被带到一个房间，那个医生出去了，过了一会儿那个医生回来了，还带来几个孩子，他们有的流哈喇子，有的在笑，医生让他们坐在我旁边。见到他们我很高兴，我以为我的知音来了，于是我哈哈大笑起来，谁知我不笑他们还在笑，我一笑他们却哭了起来。这是医生始料不及的，震慑行动不仅失败了，而且倒叫我把他们给震了。医生只好把我关进小黑屋，以为我会害怕，谁知里面有只铁公鸡，我一进去就骑在铁公鸡上，铁公鸡是能摇的，我就摇啊摇，摇到外婆桥，正当我摇得乐不思蜀时，医生把门打开了，原来母亲不放心，来找我。一看我正在玩铁公鸡，连医生都"佩服"我，震慑行动彻底失败了，"本·拉登"依然逍遥法外。从此以后我就得了一个"淘气大王"的美名。

除了淘气，我还很不懂事。有一次，我在路上看到商店里有一辆和大宝一模一样的玩具汽车。我闹着要母亲买，母亲说没钱，买不起。我第一次懂得了什么叫做穷！我是个很自私的人，也许和穷有关吧，什么也没吃过，什么也没见过。一次表姐给我一盒巧克力，我舍不得吃，知道吃完了就没有了。于是我一天啃一点儿，一个星期吃一块，一小盒巧克力我吃了半年。有一次母亲从外面回来管我要钱，平时母亲给我的钱，我从来不花，攒了五六块。我以为母亲是要买什么东西，就把钱给了母亲，一会儿母亲两手空空地回来，我问母亲，母亲说人家结婚，想送些钱，一时又没有，就把我的钱送给人家了，我很生气，想人家结婚关我们什么事，干吗把钱白白送给别人。后来结婚的那家人送来了喜糖，有喜糖吃我又高兴了起来。

母亲多疼我啊！有什么好吃的先给我吃，她自己舍不得吃，给我吃。母亲，你为什么不吃，都给我这个白眼狼吃呀？现在我是多么向往再回到母亲身边，多么希望再得到母亲的疼爱，我是多么愧悔我以前所犯下的过错啊！可是一切都已经晚了，对母亲的歉疚将伴随我一生！

后来，我这个淘气大王当不成了，因为来了一个更能闹的。

我从来没见过那样的孩子，他一来就大闹了一天，撒泼打滚骂大街，我从没见过，这回可开了眼了。恐怕连莎士比亚笔下的那个悍妇也自愧不如（我可没看过莎翁的《训悍记》，我是从广播里听的）。第二天他又大闹了一天，我对他佩服得五体投地，当医生问我还是不是淘气大王时，我说我是二王，现在想想，我当时颇有尧舜的风范。医生说以前见过像他这样的孩子，刚离开父母不习惯，闹三天就不闹了，果然第四天他不闹了。

这个让我脱袍让位的孩子来了不久，我们就因为没钱住院回家了。而就在我们快要离开的时候发生了一件让我惊讶的事情，那个只能在地上爬的男孩子竟然——站了起来！

那天，谁都没注意到他，突然他的母亲喊了一声，我们这才注意到他的两手扒着球浴池子站着，很像是挂在那里，可他的脚是着地的，虽然他的腿是弯曲的，可他确实是站起来了。

他的母亲大喊着跑过去，抱起儿子拼命地亲，满脸都是泪水。她的儿子五六岁了，今天第一次站起来了。

全天下父母中最难的就是残疾人的父母。他们付出的要比别的父母多几十倍，可他们却很少得到回报，因为他们的儿女没有能力去回报父母，对别人来说轻而易举的事，他们的儿女要做到却比登天还难。

在这里，我要向所有对自己残疾的孩子负责的父母致敬！你们是最伟大的爸爸妈妈！

我们离开医院以后，母亲又去了一次，她回来对我说我的那些病友都埋怨我不去了，那个淘气大王绑在床上还大喊我的名字。我听了心里美滋滋的，我那时不知道什么是朋友，只觉着有人想着我，很得意。我不知道他们现在怎么样了，我真心希望，他们已经有了健康的身体，拥有了好的生活……

第三章 在家康复

第一节 我可以蹲了

从医院回到家，一进门，我就傻了，院子里的野草长得比我还高。

那天，大姨和两个表姐以及母亲把院子里的草拨了。后来的几天，大姨和两个表姐又帮忙把院子铺上砖，然后才走。

回家以后，母亲就开始对我进行康复训练。这次母亲下了很大决心。她把很多大豆、小红豆、大红豆、绿豆放在一个碗里，让我一粒粒分别捡到多个碗里。我想这是在锻炼我的手与眼的协调能力，这对我以后使筷子、握笔、穿衣服都有好处。我的手从小就不灵活，发死，其实到现在还是很不灵活。

母亲还让我做手指操，就是一只手捏住另一只手的手指尽量活动。

每天晚上，母亲都要给我热敷腿，她烧一盆水，放在床前的凳子上，她让我躺在床上，等水稍微凉一点，就用手巾给我热敷腿。水非常热,我常常被烫得龇牙咧嘴,可我忘了,我忘了母亲啊,母亲就不怕热吗?母亲当然怕,可母亲为了我,母亲就什么也不怕了!母亲只为治好我的病,只为治好我的病!可那时我怎么忘了,我怎么忘了母亲!毛巾焐在我的腿上,一会儿就凉了,母亲要不停更换。那时我只想着自己被烫得难受,怎么就没想想母亲,想想母亲的辛劳啊!

她还经常给我泡脚,我这个人最怕热,记得有一次,泡脚时我就是不敢把脚放进水里,母亲生气了,一把抓住我的脚按入水中,我发出一声惨叫,堪比猪嚎。

每天晚上母亲都给我按摩,我躺在沙发上,母亲给我揉脚,我走起路来脚总是歪着,尤其是左脚,这都是脚腕太死的缘故。母亲一手抓着我的脚腕,一手抓着我的脚掌,母亲揉啊揉啊,一共要揉一百下,她一边揉着一边数着数。我的脚腕发死,又不会放松,母亲揉得很吃力。后来我听过一个广播剧,一位母亲把儿子歪着的脚揉直了,她的儿子不再是瘸子了。我一下子就想起我的母亲,我的母亲和那位母亲一样伟大,而我却不如她的儿子争气,不然我现在怎么会还是个瘸子,母亲怎么会……

揉完脚后,母亲让我蹬腿,就是用力伸直腿,然后蜷起来,再用力伸直。这是为了抻我的筋,我的腿伸不直就是因为筋短。我要蹬踹腿五十到一百下,之后母亲开始给我抻腿筋,这要比揉脚累得多。母亲一手捏住我的脚腕下的那根筋,另一只手按在我的大腿上,用最大的力气把我的腿抻拉直,要抻十多下。

以上就是母亲每天晚上给我进行康复锻炼的全过程。

在这些锻炼中,最成功的我想就是劈腿了。我是 X 型腿,那时连蹲都蹲不了,只能跪着。当初在医院时,医生教给母亲一种方法——劈腿:让我盘腿坐好,脚心对脚心。那时候,母亲在医院里就给我做这种训练,她坐在我对面,双手按在我膝盖的内侧,向外劈,向下按,按到底(一开始按不到底),然后保持一段时间。记得第一次劈腿,是医生给我劈的,疼得我几乎都失去理智了,我大喊大叫拼命挣扎,两三个人才把我摁住,有人往我嘴里塞了一条毛巾,让我咬着忍着疼,我差不多要把毛巾咬碎咽进肚子里了。母亲从我嘴里拽出毛巾,让我咬她的胳膊,也许母亲以为这样可以让我放松,可我马上咬了下去,这一口是何等的深啊!深得我掉到我的牙印里爬不出来,我永远也爬不出我的牙印!我这一口是咬在母亲的胳膊上吗?不!是咬在母亲的心上,母亲把心给我,我却咬了一口,不!是千百口,千万口。我把母亲的心咬碎了!

回到家里后,母亲继续给我劈腿,我躺在床上,母亲把我的腿按下去之后,用自己的腿压上,因为胳膊根本按不住。由于要压一定的时间,所以我很疼,看着的那个表就像停了一样,时间走得那么慢,那么慢!这时母亲就跟我说话,分散我的注意力,渐渐地我就觉得表也走得快了起来。

就这样,母亲给我劈腿整整劈了半年多,而我终于能蹲着了!

知道吗,这对我来说意味着什么?那时没有坐便,只有蹲便,而我蹲不住,所以只能半跪着或坐在盆儿上大便。想一想吧,一个人连蹲着大便都不会!也许有人会觉着好玩可笑,然而那既不好玩也不可笑,那是痛苦的!而母亲让我脱离了那种痛苦!

母亲为我做的这一切,就是为了让我少些痛苦,多些快乐,为了让我做一个堂堂正正的人!从一个生命成长为一个人,是很不容易的,对于我尤其困难。也许我有灵魂,但谁能看见?人们看见的只是一个极其丑陋的我:令人作呕的动作,令人恶心的声音,我自己都不想看自己,我躲避着所有的镜子,以免看见自己,从而失掉自信。我是怯弱者,我在逃避我不能逃避的现实!难看不要紧,只要不恶心。可我走路像个大猩猩,说话时面部扭曲、痉挛,声音难听之极。人们面对如此恶心的我,把我当成一个可怜的生命,就很不错了,谁又能看见我的灵魂?

好在我还有一个爱我的母亲。

第二节 失败的绑腿

母亲那么爱我,但我却让她经常失望。

有一天,母亲看到一则新闻,一个解放军为了治好自己的O型腿,每晚睡觉时都在自己的腿上绑根木棍,最终治好了自己的腿。母亲一下子看见了希望。第二天晚上就给我绑腿,绑的时候不是用木棍,而是用木板,每条腿前后两块木板,上中下绑三道绳,然后再睡觉。

我哪里睡得着，只觉着难受。母亲也不睡，一直陪着我，不时问我怎么样，这是从来没有过的。母亲从来都是严厉地规定我早睡早起。每当有好看的电视剧，我想多看一会儿，不管我怎样哭闹，母亲都会不管三七二十一地强迫我睡觉。可那一天母亲却陪我到那么晚，最后都到凌晨一两点了，母亲不忍心看我那样难受，就给我松梆了，一松绑我才感觉到疼，都已经麻木了，松了绑之后我很快就睡着了。

晚上绑不了，母亲就在白天绑，可白天绑比晚上绑还要痛苦。因为白天要走动，虽然扶着桌子、扶着墙能走，但是要站起来就很麻烦，由于腿被木板绑着，弯曲不了，所以要站起来，就必须拉着椅子把身子拽起来，或者侧着身子扶着桌子站起来，或者先翻身趴在床上或沙发上，再扶着床或沙发慢慢地站起来。每当站起来时，腿都会一弯，磕在木板上很疼。而走路的时候腿也会磕在木板上生疼。就是不走、不动也痛，尤其是膝髁，简直疼得受不了。后来，母亲想了一个办法，又在左右两侧加了两块木板，这样每条腿绑了四块木板，就有了支撑。但是膝盖上面的那块骨头是照磕不误，而且膝盖左右的两块骨头依旧被磕得生疼。母亲又想了一个办法，在大腿和小腿上各绑一块短木板，在短木板上面再绑一个长木板，这样膝盖与木板有了空隙，木板也就不磕膝盖了。但是大腿和小腿上又被短木板磕了两道印痕，也很疼。母亲就用刀把短木板的棱角砍掉，然后把每块木板都包裹上布，这样两条腿上总共有12块木板，真如甲胄在身，走起路来有点像变形金刚。

我从小就希望能拥有一套盔甲，幻想着我和我的朋友穿着木制盔甲威风凛凛、睥睨一切地走在大街上,见义勇为,拔刀相助,打抱不平,除暴安良。

但是,对这样的盔甲我越来越难以忍受,渐渐地有种欲望在我心中越来越强烈,越来越不可遏制……终于我给自己松绑了,终于,我不再难受了……终于,母亲对我失望了,不再为我绑腿了。你看到过那种恨铁不成钢的眼神吗?你看到过那种失望的眼神吗?我看到过。那时我不懂,现在我懂了。一个人不能让爱他的人失望,否则他迟早会后悔的!我恨我那时没出息,我恨我现在依然没有出息!我在努力,为了自己不再没出息,为了母亲不再失望。可母亲看不见了,永远地看不见了……

第三节 "呀,我儿子收拾了!"

母亲不仅要矫正我的腿,还要培养我的自理能力,而这是我最感谢母亲的一件事。

想想吧,假如我现在不会穿衣服,不会叠被,不会刷牙,不会使筷子,我会怎么样?

而母亲又是怎样教我的呀!我那时穿衣服要用一个小时,不是光穿衣服,而是边穿边玩。我总是在泡蘑菇,看着一个地方发呆,什么都不想,头脑里一片空白。我还总是唱歌,现在我说话声音这么大,就是那时唱出来的,记得当时我 唱歌,隔着一个院子和两排房子的小鸟都会被吓跑。

有一次,我系棉袄扣,系了一个上午都没系上,最后我哭了。母亲对我说:"我不能给你穿一辈子呀!"那时我怨过母亲,冬天脱棉裤很困难,棉裤腿很瘦,我坐在地上拽着裤腿转着圈使劲脱,但就是脱不下来,有时因为用力过猛,我栽倒在地上,就跟打滚一样。看着我这样,母亲从来不管,现在我感谢母亲那时不管我,如果母亲管我,那我就完了!

那时,我觉着被子是那么的大,那么的重,而自己却是那么的弱小,那么的无力,我叠不动被子。洗衣服也是一样,衣服对于我也是那么的大。我就是用不好搓衣板,搓衣板搁在我两腿之间,我觉着很别扭,我用肚子顶着搓衣板,可总是顶不好,它老是跑。我不会在搓衣板上搓衣服,而是在磨衣服,而且很不均匀,我的手总是发死,不会用巧劲儿。用手揉,小的衣服还行,大的就很吃力了。母亲很固执,明明我洗完了,她还要洗一遍,可她就是要让我先洗。

至于扫地、收拾屋子,我都会,只是懒得干,除非心血来潮或有目的,才大干一场。有一次我听评书上说"闻鸡起舞",我也天不亮就起来了,评书上说把院子扫得连根草棍都没有,我也照评书上说的把院子扫了,不放过一根草棍。母亲夸我扫得干净,我的虚荣心得到满足,于是干得更欢了,但只是三分钟热度而已,以后再没这么干过。

还有一次,我想给母亲一个惊喜,我把屋子收拾得整整齐齐,为什么不是干干净净呢,因为我懒呗。我懒得擦桌子、扫地,只是把东西摆放整齐而已。母亲回来时正巧一个人跟母亲说事情,也跟着进来了。母亲果然惊喜了:"呀,我儿子收拾了!"那个人却并不以为然,这是有原因的,别人家都比我家干净，我们家一直都是盆朝天碗朝地，什么东西都是乱摆乱放的，一点儿规矩也没有。母亲没心思收拾，因为我总在制造着新的凌乱。而这次，我只是把吃饭的桌子立了起来，放在墙边；把散落在桌上的锅碗瓢盆收拾起来，放在该放的地方去，仅此而已，但已经使屋子焕然一新了，让母亲如此骄傲，甚至对朋友"显摆"了。

有一次，匣匣（收音机）坏了，我不听评书简直活不了，我就天天跟在母亲后面求母亲买个新的，但母亲不可能马上就买一个，而我迫不及待地想一听为快。那段时间我是最听话的，因为有求于母亲，就要表现得好点，怎么表现呢？收拾屋子呀。我收拾完屋子，又写了很多"我要收音机"、"求求你买收音机"的标语放在最明显的地方，以便让母亲一目了然。

收拾屋子我懒得干，可做饭我却乐此不疲，其实母亲没怎么想教我做饭，可我这人逆反心理特别强，越不让我干什么，我越想干，而且我觉得做饭是件很有成就感的事。做饭当然要拿刀动火，拿刀切菜我还凑合，剁馅就太显飘逸了，以至于"银瓶乍破水浆迸，大珠小珠落玉盘"，简直无法收拾，罪莫大焉！当然有时也会见血，人有失手，马有失蹄嘛！

有一回我剁饺子馅，馅是素的，我们倒并不是素食主义者，只是因为母亲舍不得买肉。母亲一直在忧虑我的将来，她要给我攒钱，让我将来能活下去！大概是白菜吧，先要切碎了再剁。切菜时我把我的手也切了，我告诉母亲，母亲说我们的饺子有了我的肉，就成荤的了。这也叫舍身喂虎吧。

第四节　想再和母亲一起过年

每天晚上，我和母亲都会坐在沙发上看电视，就这样度过无数个快乐而温馨的夜晚！每到年三十，屋子里灯火通明，一年当中只有这么一天屋子里开灯，所以我感到屋子特别辉煌。我和母亲坐在沙发上，边看晚会边吃花生、瓜子、糖果。第二天，沙发前面会积起一大堆花生瓜子皮儿，我总是爱在上面踩来踩去，我喜欢从我脚下发出的那种欢畅的声音。

我有很深的过年情节，我总是迷恋那浓浓的年味，我一直不知道为什么会那样迷恋，现在我终天明白，我不是在迷恋年味，而是迷恋家，那曾经幸福的家！我迷恋亲情，使心温暖的亲情！

平淡的生活很难令人体味到这些，家里只有我和母亲，就更在平淡之上有了一层凄凉的意味。只有在过年时，家和亲情才借着年这个载体弥漫开来，家这个虚无缥缈异常空泛的概念，变得如此真实浮现在我面前，似乎伸手可触；对我来说是那么宝贵又那么稀有的亲情，像棉被一样紧紧将我裹在其中。

过年那段时间，我快乐，我温暖，我幸福，年味越浓我就越快乐越温暖越幸福。年过完了，家又变得虚无缥缈。凄凉感浸入我的心里，让我的心变冷，变凉，变成一块冰。有时我想哭，但泪已干涩。我多么羡慕那些对过年嗤之以鼻、满不在乎的人们，他们有大把的幸福供他们挥霍，他们对幸福就像吃多了大鱼大肉般腻了吧？我的幸福只有那么一点点，但那时就连这一点点的幸福我都没有好好珍惜！现在我只能是回忆那一点点的幸福：小时候我爱吃瓜子，可我不会剥，母亲就边看电视边将瓜子一颗一颗剥开送到我嘴里，有时电视上演得精彩，母亲一失手，瓜子尖扎到我嘴唇上，那么温馨的一痛，那么幸福的一痛，痛在我嘴上，甜在我心里。但现在却痛在我心里。有一回母亲煮了一锅瓜子，母亲把塑料布铺在地上，把瓜子倒在上面晾着，等干了吃。我等不及干就吃起来了，那湿湿的瓜子用不着剥，只要轻轻一咬，瓜子仁儿就会合着咸水喷溅在嘴里，吃起来滑滑的、嫩嫩的，饱涨着水分，比干的要好吃得多。我吃美了，就躺在地上继续吃。那幸福的时刻现在已离我远去！母亲已离我远去，童年已离我远去，美好的东西已离我远去。

　　母亲曾说过："等我死了，有你一把干枣嚼！"是的，我尝到了那种滋味，是那般苦涩！

第四章　家——我的学校

第一节　别了，学校

母亲一开始教我学习是从"1"、"2"、"3"教起的，我学会了写"1"，却怎么也写不好"2"。家里有一盒粉笔，母亲叫我每天拿粉笔在地上写"2"，直到写好为止。我每天跪在地上写"2"，先在小房间里写，没有地方写了，我就跑到大房间里去写，大房间里也没有地方写了，我就在地上乱画，画着画着，突然画出一个连笔的"1"、"2"、"3"，虽然是连着的，但却非常清楚，非常漂亮，母亲看了，说我能把"1"、"2"、"3"写成这样她已经很满意了。

写"8"的时候，母亲对我说："就是不告诉你怎么写'8'，我看看你能不能想出来！"我开始想把"8"拦腰斩断，因为"8"看起来就像上下两个"0"，于是我先写上面那个"0"，再写下面那个"0"，可无论我怎么写这两个"0"，看上去都很别扭。我灵机一动，将拦腰斩断改为力劈华山，因为

"8"看起来又像两个"3"对在一起的,所以我先写一个"3",再反过来写一个"3",把两个"3"对起来,不过我看着咋就有点不对劲儿呢。

于是我又画"0",可是不管我怎么画"0"写"3"都不像"8",我不明白"8"怎么会这么难写。有一天,我跪在地上写"8",正为写不好而发愁,突然看到床底下一个纸箱子上有个"S",看见这个"S"我真如醍醐灌顶,一下子豁然开朗,马上写了一个"S",笔画再一提,活脱脱一个"8"跃然"地"上!太棒了!我飘飘欲仙,马上"飞"到母亲面前,迫不及待地将我的"8"向母亲展示一番,母亲问我是自己想出来的吗,我太高兴了,一时竟说漏了嘴,于是母亲并没有夸奖我,只说我投机取巧。

会写的数字越来越多了,我就总是神气活现地对别人说:"我认识一百个字!"如果有人接下来问我是些什么字,我就会数:"1、2、3……"一直数到一百。

学到一百,母亲又开始教我写"一、二、三……"我说不是学了"1、2、3……"了吗,母亲说那是小写的,这是大写。小小的数字竟有这么多种,那我不认识的还有多少种啊!

后来母亲又教我写字,开始也是在地上用粉笔写,后来就在一本练字的书上写,我总是在别的书里找些怪异的字,写在那本书上,比如说"凹"和"凸"字。那本书上每页只有一个字,下面是几行空格,第一行是那个字的笔画,下面的空格本来是用来练习写那个字用的,我却找来一大堆自以为奇特的字写在上面。有一次我们家那片儿刷房,有个油漆工人看了我写的字说，应该照着书上写，我不以为然，母亲却认为很对，从此照着书教我，学完那本书，母亲又给我买了写字本，让我天天写字，但那时我老想出去玩，根本就不想写，写的时候也一点儿不认真，真真是少小不努力，老大徒伤悲！现在我一写字就发愁……

母亲一直想让我上学，有一次母亲带我去离家很近的一所小学报名，在路上母亲对我说："下回你就从这条路去上学，再从这条路放学回家，你自己走。"

我不想上学，怕有人瞧不起我，怕有人欺负我。我非常不情愿地被母亲带到了那所小学。那里有个老师正在招新生，母亲领我过去，他们一看见我就让母亲找校长去。校长见了我说他没办法，让母亲去请示教育局。院子里有几个老师看着母亲，目光中充满惊异，我知道那惊异是因为我。院子里还有几个孩子也奇怪地看着我，那时我也是和他们差不多大的孩子啊，可他们却用那种奇怪的眼神看着我……我不知道该怎样面对同龄人，不论是过去还是现在，尽管我一直不愿承认。他们都拥有自己的天空，我却一无所有！我对他们是羡慕，是嫉妒，甚至忌恨！同龄人怎么看我呢？他们从来没有把我当做一个同龄人，因为我没有跟他们一起站在起跑线上，没有和他们齐头并进，他们现在依然奇怪地看着我！

在路上母亲一直沉默着，我从来没有见过母亲这样伤心。

我讨厌那个学校，不是因为它没有录取我，而是因为它让母亲伤心了，母亲对我的希望又一次破灭了！

尽管不能怪那个校长，但我真的不能理解，一个母亲带着她残疾的儿子来求他，他怎么就不能给这对无助的母子一点点儿小小的希望啊！人啊，在没有办法的时候，是多么需要那一点点儿小小的希望啊！

其实，母亲的绝望并不是从这个时候才开始的吧？也许是那次，我在写字，或是因为我贪玩，或是因为我说了什么极其气人的话，母亲竟跪在地上给我磕了个头，我惊呆了，后来也就忘了。我想就是从那时起母亲开始对我绝望的。

母亲怀我的时候，父亲和姥姥因为煤气中毒去世了。母亲生我时又得了肝炎，好不容易生下我来，却是个脑瘫，母亲舍不得扔掉我，省吃俭用给我治病，给我做康复训练，教我穿衣服，教我写字，不知付出了多少心血！好不容易把我拉扯大了，母亲却对我绝望了！儿女本该是父母最大的希望，而我却成了母亲最大的绝望！母亲不像其他父母那样望子成龙，连养儿防老都不敢奢望，母亲只是希望我们娘俩能相依为命度过残生，我能自己养活自己，仅此而已。可我那时只知道玩，在我大玩特玩的时候，我可曾想到，我正在一点儿一点儿地折磨着母亲！母亲看着她付出一切所培养的儿子，如此的不争气，只知道玩，既不锻炼身体也不学习，更不听话，母亲终于绝望了！母亲只想和我相依为命，我却令她绝望了！我本不该贪玩的，本不该不听母亲的话的，因为我没有父亲，因为我是个脑瘫，更因为我家穷！穷人家的孩子必须要争气！可我偏偏不争气。我现在是多么怀念和母亲在一起的那些日子啊，虽然贫穷，但很幸福，很温暖，就像文学给我的最初的感动。这种温暖让我流泪，却抚慰着我心灵中最深、最软的地方，我在温暖的抚慰中幸福地哭泣。我一直固执地认为只有那些穷人、那些经受过苦难的人才会有那种温暖。

第二节　我被书征服

母亲开始自己教我写字，我也因此可以读一些东西了。

有一天，母亲让我默写生字，母亲拿着书念，我在地上写。母亲念着念着忽然骂起街来，其实也不是骂街，只是愤愤地说话，但样子很吓人。也许母亲是想说给什么人听的，虽然那个人根本听不到，也许母亲只是自己在和自己说话。

现在我能理解母亲了，那只不过是母亲的一种发泄。母亲常常这样，开始是抽烟，而且抽得很凶，她抽烟叶，可能是为了省钱，我想抽烟也是一种发泄，和借酒浇愁差不多。后来她摔了四五个烟灰缸，再后来母亲就不抽烟了，说不抽就不抽了！

我知道母亲在外面受欺负，父亲死得早，我又不争气，家里、外面全靠母亲一个人，外面肯定有人看不起母亲。母亲是个很要强的人，要强的人也许都是敏感的，像母亲这种正在经历着磨难的人就更加敏感。别人或有意或无意的伤害，母亲是无法忍受的，但母亲又无力改变这一切，母亲只能在家里发泄一下。

那天，母亲一边给我默写生字一边像骂街一样很吓人地说着什么。在母亲发脾气的时候，我都会很害怕，母亲越说越激动，在屋子里走来走去，又叫又喊，我吓坏了。后来，母亲又唱起歌来，声音异常尖利刺耳，母亲就像疯了似的，吓得我跪在那里动弹不得。

从那以后，母亲不再教我写字了。

那时母亲是在小南屋做饭，她在北屋把馒头揉好，把菜切好，端到南屋去上锅蒸下锅炒。我最爱看母亲做饭，常常跟着母亲去南屋，看母亲做饭。南屋有一个很大的柜子，是暗红色的，上面斑斑污迹，很是古朴，使人悠然地想到过去，想到过去的人以及过去的人的生活。我就坐在大柜子的旁边看母亲做饭。有时我会拿一本书读，知道吗，就是在那里书以它特有的魔力将我征服！

那时读的是小学语文第十册和第十二册，我记忆最深的是第十二册，从这册书的第二篇《伏尔加河上的纤夫》开始，我的阅读就一直在亢奋中进行，一篇比一篇好，一篇比一篇有意思，篇篇精彩，篇篇好看，我从来没看到过这么多好文章。读《伏尔加河上的纤夫》时我仿佛看见一个个悲惨的纤夫向我走来，正当我迷醉于那细腻鲜明的人物形象，慨叹纤夫的命运时，忽然峰回路转，原来这是一幅画的介绍文章啊，这和电影出人意料的结局有异曲同工之妙。

读《种子的力》时，我很惊愕于种子竟有那么大的力。我觉着长了很多知识，后来在广播中又听到这篇文章，我又有了新的感悟，我觉着人也应该像种子那样迸发出无穷的力来，不管什么样的压力，什么样的磨难，人都应该有力量抗拒，压力越大，磨难越多，他的生命力也应该无限增强。生命就像是一颗种子，会生根会发芽，迟早会破土而出的，不管上面压着的是什么！

《穷人》《小抄字员》《凡卡》和《高尔基的童年》，这四篇文章不论是在那时还是在现在都是我心中的经典，我永远的经典！它们拨动了我的心弦，最先向我展示了文学的魅力，是它们带我走向了文学，让我爱上了书籍。《穷人》一开始就抓住了我的心，让我欲罢不能，文中细腻的心理描写让我紧张得透不过气来，我同主人公一同担忧，一同悲伤，一同害怕，害怕着暴风雨的来临，但是暴风雨并没有来临，来临的却是一个温馨的结局，难以言表的温馨，在我的心中缓缓涌起一股悲辛的暖流，我的鼻子有些发酸，眼睛有些湿润。我知道这就是爱，是幸福的爱。

我永远忘不了《小抄字员》中那个父亲站在正在抄写签条的儿子身后的那个情景，父亲的胸中又是怎样激荡着爱意的河流，这爱意汇成了海，汹涌着将我淹没。

《凡卡》中小凡卡的境况跟我差不多，凡卡给人家干活，挨打受骂还吃不饱，我虽然没有挨打受骂，也吃得饱，可母亲一天到晚自言自语说个不停，和骂大街没什么两样，有时大发脾气，有时像疯子一样唱歌、大笑，我也很难受。而凡卡靠什么面对这一切的？靠幻想。凡卡幻想着爷爷会来接他，但小说的结尾告诉我这是不可能的。不管能不能实现，幻想都是我和凡卡最后的精神城堡。幻想是能消愁的酒，幻想是躲避风雨的港湾，是疗伤的圣药，也是精神鸦片！成也幻想败也幻想。如果没有幻想，我早就倒下了，幻想是我精神上的支撑。

　　如果说凡卡教会我如何用幻想抵御现实的话，那么另一位同是天涯沦落人的高尔基则教会了我另一种逃避现实的方法：读书。

　　高尔基的境遇比凡卡好不了多少，可面对现实他却能心如止水般平静，这都是因为他在读书。这真让我羡慕不已，我爱看书也是受了这篇文章影响。读书带给我很多快乐。后来我把读书当成工作，对自己说这样以后会有希望，这是幻想所编造的一个谎言，我到现在都无法戳穿它，一旦戳穿，我又将何去何从呢？

第三节　那本让我流泪的作文书

　　我记得在看小学语文之前，我还看过两本作文书。这其中有一篇文章《我的糖纸集》，是说一个小姑娘收集了几百张五颜六色的糖纸，她把各式各样的糖纸按照图案分门别类，编成动物类、植物类、人物类。从此我也迷上了收藏糖纸，也像模像样地集了个集子，遗憾的是，搬家时丢了。直到现在，我仍然什么都想留着，什么都舍不得扔掉，即使没有用，我也想，留着吧，以后看看也好。这也许是怀旧吧，但在我这个年纪本不该怀旧的，也许是我经历得太多了吧！

　　《奶奶的小屋》说的是家里盖了新房，却把奶奶搬到破旧的小屋里，因为没有人照顾，奶奶生了重病，后来父母就把奶奶搬到新房里，并为奶奶买了新家具，没过几天奶奶就离开了人世，原来这一切都是为了给海外归来的爷爷看的，果然爷爷看了奶奶的新屋很感动，把自己的积蓄全分给了那对父母。我不知道那对父母老了之后，会不会想起自己的母亲。这篇文章留下一个老人的悲叹，我希望以后不再有这种悲叹，我知道这只是希望而已，人只有老了以后才会真正明白这些，而当人真正明白这一切时，这个世界就又多了一声无奈的悲叹……

还有一篇文章尤其感人，姐弟俩，没有父母，相依为命，靠大家帮助生活，姐姐不但要自己上学，还要照顾弟弟。当我读到一天中午姐弟俩抱头痛哭时，我也哭了。我觉得哭泣是件很幸福的事，特别是当两个亲密的人相互分享哭泣时，两个人互相抚慰，互相温暖，在抚慰和温暖中幸福地哭泣。哭泣是灵魂的窗口，从这里交出自己的灵魂，迎接对方的灵魂，做一次灵魂的亲密接触，做一次灵魂的甜蜜交流，两颗心融化在一起。哭泣吧，哭个天昏地暗，哭个百骸松软，四肢麻木，心里甜蜜！眼泪，是最好的疗伤药和止痛药，它能医治所有的伤口，化解所有的痛苦。眼泪又是最好的洗涤剂，来一次灵魂的大清洗吧，涤荡尽一切尘埃污垢，让灵魂纯洁起来！不会哭泣的人就得不到幸福，找不到与自己分享哭泣的人是不幸的。那对姐弟是多么幸福啊！他们用亲情温暖着对方，那是灵魂的温暖，是爱！我是多么羡慕那对姐弟啊，我和母亲本来也可以那样温暖那样幸福的，但却没有……我想哭的时候，母亲已经不在了……

第四节　妈妈从破烂里为我捡书

对学习，我的真实感受是羞愧，因为我没上学，我觉着上学的人才有资格学习，没上学自己学，是会被别人瞧不起的，所以我羞于在人前看书读报，还没看，自己先脸红了。再有，在人前看书读报需要定力，我的定力太差，做不来。

不过，我却有一个和报纸有关的爱好：剪报。

刚开始我只剪报上刊登的小说、散文、杂文、诗歌，后来逐渐扩大范围，除新闻、广告不剪，几乎什么都剪。后来舍不得剪报纸，就整张整张地留着，只把边缘剪掉，再后来连边缘也不剪了。

我又把那些剪报分门别类，比如把小说、散文、杂文分为一类，我最喜欢这一类，好的文章往前面放，差一些的往后面放。还有生活知识类，上面都是生活中的小窍门、小常识。还有医药卫生类，一些偏方，一些关于防病治病的知识。

除了剪报，我还收藏日历、台历，那上面有名人名言、社交知识、偏方什么的。我还有几本破书，有的本来就破了，有的是被我翻破的。我管这些收集叫"乌合斋"。我羡慕那些有自己书房的人，他们还给自己的书房起名字，叫什么什么斋的。我没有书房，我只有母亲给我买东西用的布袋，我就用它们装我的剪报、日历、台历、破书。

而这些剪报、日历、台历、破书，其实都是母亲捡的破烂。

母亲是从摆摊开始捡破烂的。母亲在去摆摊的路上或者回家的路上捡破烂,一路上走走停停,总在捡破烂,有时母亲走到很远的地方,就为了捡一个纸片儿。母亲在回家的路上很少骑车,总是推着车走,这样方便捡,最后一段路才骑上车,要是看见有破烂,也要下车去捡。

由于家里既不订报纸,又不买报纸,剪完几张旧报纸,我就没得剪了。于是我就瞄准了母亲捡的破烂。母亲每次捡了破烂回来,我都要对那些破烂仔仔细细"检查"一番,如果有报纸,特别是有好文章的报纸,不管它有多破,不管它有多烂,我一律"没收"!我在刨母亲捡得的破烂时,都有一种探宝的感觉,如果刨出一篇好文章,我好像如获至宝!那是一种纯粹的精神愉悦,我觉着精神的快感比物质的快感大得多,也直接得多。我很幸运,能在那个时候感受到这种快感……

我总是把母亲捡的破烂刨得到处都是,好在母亲并不责怪,只是让我重新收拾好。母亲把破烂捡回家里,积攒到一定的数目,再卖给废品回收站。这样去卖一次要拉好几趟,因为实在太多了,得装好几车。母亲把纸箱子拆了,摞在一起,把废纸夹在里面,用绳子捆起来,然后再把这么两个扎得结结实实的"纸行李"或"纸箱子包"捆在三轮车上,总之每一车都要装到不能再装了为止。真不知母亲从哪里来的这么大的力气!也许是在给我按摩、绑腿时锻炼的,也许是卖冰棍儿、摆摊时锻炼出来的,总之这时的母亲已不是当年那个给我治病的母亲,那时候母亲是软弱无力的,这时候的母亲却是倔强有力的。母亲卖冰棍儿、摆摊对健康是大有好处的,她的精神面貌也开朗多了。要不是走了绝路,母亲一定会很长寿的,母亲那时还不到六十,什么病都没有。

母亲把纸、瓶子、易拉罐、玻璃等拉完之后,还要拉两车塑料,塑料袋不值钱,母亲也要捡。母亲还捡鞋,她捡鞋不是为了卖,回收站不收鞋,她是为了给我穿。我的脚特别废鞋,最结实的鞋,我也穿不到一个月。

有一回,母亲一回来就叫我,说她捡了一本书,我和母亲来到电视机前面,借着荧光屏微弱的光亮,母亲给我读那本书的序,那篇序写得很美,使我对那本书很神往,那是一本小学生获奖日记集。后来,我每天就坐在台灯前看这本书。之后,母亲又捡了一本书——《故事大王》。我就整天看这两本书,看书的时候是我最幸福、最快乐的时候,我之所以不愿跟母亲一起去摆摊,一个重要原因就是不能看书,我就算带上那两本书,我也没有勇气在大庭广众之下看。

母亲一共捡过五本书,除了那本小学生日记集和《故事大王》之外,另外三本是武侠小说、漫画书和一本银行方面的书。这怎么能满足我?我那时求知欲很强,我想看书,想得要命!我整天都求母亲买书,母亲说买不起,那时收音机坏了,我说要不就买收音机,母亲不答应。后来母亲还是给我买了收音机,虽然我能听评书了,但我还是想买书。有一回我看见离母亲的摊儿很近的地方有个书摊,我就跑过去跪在书摊前,冲着那卖书人傻笑,我多么想摸摸那些书,翻翻那些书呀!我多么想让母亲过来,给我买本书啊!可我知道母亲不会给我买书的,我们家穷,买不起书!卖书人看我冲着她傻笑,以为我是傻子,也笑了。

卖书人把书收起来走了,我很失落,不但没能摸一摸书,连自己的尊严也丢掉了,我只是想买一本书啊!

还有一回,我和母亲回家,母亲一边走一边捡破烂,让我骑着三轮。我突然看见路边有一个书摊,我下了车就跑了过去,我站在书摊前面等母亲,我要逼母亲买书,谁知母亲走过来跟卖书人说了声对不起,拉着我就走,我觉得脸上发烧,到了三轮车跟前,母亲对我说我们买不起那些书的!

母亲为什么不给我买小说看哪?因为母亲已经对我失望了。从康复训练到学习,再到自理训练,无一不让母亲失望甚至绝望!母亲认为我已经无可救药,我想要看小说,并不是想学习,只是想玩而已。我并没有把读书剪报当成学习,如果真的当成学习,我不会那样痴迷,正是那种精神上的愉悦和快感使我欲罢不能。那时我并没有想写小说、当作家,只是自娱,所以母亲没当一回事。如果我真是为了学习,母亲会不惜一切代价给我买书的!

第五章　和妈妈一起摆地摊的日子

第一节　"堂吉诃德"的三轮车

在和母亲摆地摊的日子里，我找到一个新的"娱乐方式"：骑着三轮车在外面玩。我早就跟大姨夫学会了骑三轮，又在家里狭窄的院子中把骑术练得炉火纯青。我骑在三轮车上，不亚于堂吉诃德骑在他的瘦马上，神采飞扬，思绪飘飞，轮转天下。我骑在三轮车上，就不用走路，不用走路也就不会暴露自己！我骑在三轮车上，别人误以为我只是一个骑三轮的孩子，放过我，不再看我，我只求他们不再看我！

母亲并不反对我骑三轮，一开始我不敢去远的地方，母亲还鼓励我说："你别老在一个地方转，去远一点儿的地方转转，别害怕，去吧，去吧……"我一条马路一条马路地转，去没去过的地方，一直骑到没有马路为止，再往回骑。有时我从这条马路骑到那条马路，再骑到另一条马路，这样转来转去，又转回到母亲摆摊的地方，不过不是从原路返回的，而是从街的另一头回来。

有一次我就是这么回来的，母亲以为我会从原路回来，所以没看到我，我偷偷地绕到母亲背后，下了车坐在台阶上看着母亲，母亲往我离去的方向张望，看我有没有回来，母亲在等着我，母亲在盼着我，但母亲并没有为我着急，她对我很放心，因为她相信我，她相信她的儿子能够回来！那一刻我感受到了母亲的爱！母亲坐在摊前向我远去的方向张望，等我盼我，那个背影，深深地刻印在我的脑海里。

有一次，我一时高兴，骑着三轮车回家了，这对我来说不费吹灰之力，可等我到家后我就傻眼了，我没有大门钥匙，只好坐在大门口的台阶上发呆，过了一会儿，母亲跟别人借了一辆自行车找了回来，母亲开开门，我们进屋歇了一会儿，母亲又带着我回去了。我当时没有想过，我把三轮骑走了，母亲可怎么回来，摊子可怎么收！

每天晚上收摊回家，母亲都让我在前面慢慢地骑，她在后面跟着，边走边捡破烂。有一次在菜市场，母亲要串个门，她给我买了根冰棍儿，让我等着她，冰棍儿吃完了，母亲还没有回来，我就慢慢骑着往前走，越骑越高兴，四周又没多少人，我就越骑越快，在我快骑出菜市场时，市场的出口被几辆车堵上了，我一着急忘了拉手闸，眼看就要撞上了，我一扭把，朝着一个穿白背心的人撞了过去，我一闭眼，心想完了！那个人吓了一跳，伸手抓住我的车把，让车停下来。他对我说不要骑这么快，下回注意点，放我走了。如果我撞的不是这么一个好人，那又会怎么样……我不敢骑得那么快了，又骑了一段路，母亲才追上来，我没敢说撞人的事，怕母亲骂我，我本来应该等着母亲的。

还有一次，我正骑着三轮车玩，忽然感觉我的三轮被人踢了一脚，我一回头，看到两个骑车的男孩，和我差不多大，他们看着我，目光中充满了敌意，我不明白这是为了什么。我低头一看，登时心中雪亮，我脚上穿的鞋是母亲捡的一双白布鞋，这没什么，反正他们也不知道我的鞋是捡的，可那是双女布鞋，最要命的是母亲嫌我穿白布鞋容易脏，就用捡来的墨水把那双白布鞋染了，染得白不白蓝不蓝的。难怪他们要视我如仇敌，本来嘛，谁叫我们家那么穷，如果我们家和他们家一样富有，我不就能买新衣服新鞋嘛！既然没有新衣服新鞋，干吗还要出来现眼，还偏偏让他们碰见……我觉着非常对不起他们，因为我们家穷，没穿新鞋见他们！

还有一次，我在母亲摆摊的地方骑三轮，这时有个小孩正在骑自行车，他看到我，就从他那边向我这边转了一圈，然后看着我，我也向着他那边骑了一圈，就这样你一圈我一圈，虽未言明，已有默契。忽然，他的奶奶出来拦住了他，指着我对他说了些什么，又指着母亲对他说了些什么，他跟着他的奶奶或姥姥走了，不再理我了！

当然，刻印我脑海里的母亲的背影还有许多，黑夜在自行车或三轮车上带我回家的背影；母亲弯腰捡破烂的背影；母亲每天从北屋到南屋（中间隔着院子）来回奔忙做饭的背影……这就是我的母亲的背影！这些背影中写满了母亲的艰辛和对我的爱！可惜那时我没有读懂……直到最后母亲那个后背湿湿的背影！

最后说一个与母亲有关的梦。

母亲死的时候我一直没有哭，直到大姨、二姨、表哥、表姐都走了，我睡觉做了一个梦。梦中那是快到中秋节的时候，母亲骑着三轮车带我去买月饼，到了商店门口，母亲让我在车上等着，她去买月饼，过了一会儿母亲从商店里出来，手里提着一包月饼向我走来……正梦到这个场面，我就醒了，醒来后我哭了，我知道幸福已不再，温馨已不再，母爱已不再了，母亲已经永远离开了我！母亲再也不会为我做好吃的饭菜，再也不会带着我去卖东西，再也不会和我一起过年过中秋、买年货买月饼、做年夜饭，母亲再也不会为我捡烂菠萝、烂橘子、破报纸、破书了，再也不会了……

第二节　母亲，对不起……

母亲总是被骗，母亲卖的东西很多都是劣质商品，没人买，这也怨不得母亲，母亲不懂，上货回来才发现上当了！有一天晚上，母亲跟我说她明天要去天津上货，我不知道为什么母亲要去那么远的地方上货。这时，母亲看见门口有一条蜈蚣在爬，她走过去把它踩死，她对我说在出远门前看到这种东西是不吉利的！

我有些不安，看得出母亲也很不安。

第二天母亲吃完早饭就走了，我想母亲去天津一定会去天津的大姨、二姨家，没准还要在大姨、二姨家住上一宿。谁知母亲晚上就回来了。结果，她又被骗了，货品又砸在手里了。

过年的时候，大姨和表姐来看我们，大姨责备母亲不去找她，说要是她跟着母亲一起去上货，母亲就不会受骗了。

我了解母亲，她不去找大姨、二姨是因为她不想麻烦任何人，还有，她也怕别人看不起她。大姨看到母亲对这次上的货品气得不成样子，就骗母亲说自己有办法把那些东西卖掉，大姨把那些东西买了回去。后来我才知道，大姨、二姨和表哥表姐各自出钱买了这一大堆东西。

我们家的亲戚从来没有从我们家得到什么好处，倒霉的事倒是分享不少。有一回几个人在大姨家玩牌，大姨倚老卖老地说这回你们别玩带钱的了，你们来玩带袜子的吧！那些袜子就是他们买的母亲的货啊。

母亲的摊位旁边是一个布摊，卖布的是夫妻俩，两个摊位中间是一大溜垃圾桶。有一天，因为前一天下雨，所以地上没有几块干的地方，那个卖布的男的把他那边的一个垃圾桶拉了起来，挡在我家摊位的前面，这明摆着是欺负人，因为我们的摊位是摆在胡同口边上的，如果再挪，那就把胡同口堵上了。

母亲把垃圾桶拉了回去，那个卖布的又把垃圾桶拉了过来，母亲又去拉垃圾桶，那个卖布的不让母亲把垃圾桶拉过去，还打了母亲两个嘴巴，母亲跟那个卖布的打起来了。旁边的人把那个卖布的拉到一边去了，他嘴里不停地骂着母亲，那个女的也跟着骂，他们骂得极其难听。母亲则报复性地唱起歌来："真是哏死人！真是哏死人！"我一直在竭尽全力地保持"镇定"，面无表情地坐在那里，生怕露出一点儿不自然的表情，让人看了瞧不起。但周围的人看着我和母亲不住地摇头叹息，那个卖布的男的骂道："这个疯老婆子，不知缺了几辈子德了，积出了这么个傻瘫子！"听着这话，母亲沉默了，而我，也沉默着，现在想来，我真为我当初的表现悔恨！我是一个儿子，在母亲受人欺负的时候，不能保护母亲，连冲上去的勇气都没有。我只想到了自己的面子，却一点儿也没想到母亲！

冬天的时候，母亲怕我冷，就把我留在家里。可以说我完全自由了，在家里我想干什么就干什么，看电视，跪在地上玩花生皮儿、火柴梗儿，翻翻剪报，看看书，或是什么也不干，在家里四处晃悠着想入非非。我从来没像那时那样懒散过，如果我不是那样懒散，母亲也不会……母亲只要求我看好家。母亲每天走的时候总是让我吃完饭把碗刷了，把锅刷了，就那么两三个碗、一个盘子，这对我来说简直是举手之劳。可我一放下筷子就去玩了，我想那些碗一刷就完，什么时候刷都一样，只要在母亲回来之前刷完就行了。可一玩就忘了时间，直到母亲回来，碗还没有刷。为了这件事母亲没少骂我，但我只当耳旁风。最后还得母亲刷，母亲累了一天回来，一进门就得先刷碗，刷完碗母亲就要去做饭，母亲马不停蹄地奔波劳碌，我啊，却只知道玩！

那时要把一车货物推进家门是很不容易的，因为台阶太高了，货物太多了。有一次母亲正在家门口艰难地推着三轮，有一个邻居看见了，就帮母亲推了一把，母亲着急地连说不用，就像母亲怕别人帮忙似的！

母亲不放心把三轮车放在院子里，非要把三轮车推进屋里去，这可不是件简单的事。屋门口的台阶比大门口的台阶要高许多，母亲一个人是推不进来的。母亲又不愿求人帮忙，只好让我在前面稳着车把，她在后面把三轮车抬起来，这个时候我只要用力往前一拽，车就进来了，可我偏偏一点儿劲都不使，我并不是没有力气，只是不愿使，我想放在院子里不就行了吗，干吗非推进屋里呢，屋里还不够乱吗！

另外，母亲一天到晚老骂街，我烦透了，就有了逆反心理，你让我干什么我偏就不干什么，也有点破罐破摔的劲头。我不但不使劲，还撅在车把上往后坠，母亲不仅要把装满货物的三轮车抬起来，还要往屋里推，甚至还要推撅在三轮车上的我，我究竟是怎么当儿子的！

母亲，对不起……

第三节　母亲让我恐惧

我们的摊子摆在一个胡同口的边上，一次，有一辆汽车进了胡同，车上的人明明看见了我们的摊子，仍然从摊上轧了过去，过了一会儿，他们下车了，车上的人轻蔑地瞟了我们一眼，那意思好像在说："谁让你们挡路的！"是的，我们挡路了，但是你们这些坐车的人，可曾想过，母亲起早贪黑累死累活，无非是想挣一点点可怜的钱而已。

后来，母亲怀疑有人偷她的钱，母亲总是丢钱，在外面母亲肯定丢过钱，可母亲认为在家也有人偷她的钱。我想这是不可能的，母亲总是把钱和存折在家里藏来藏去，最后连自己都找不着了，然后她就骂大街，说有人偷了她的钱。有一次母亲找不到存折了，赶紧去银行挂失，可后来又找到了。

还有一次，母亲把捡了好几个月的破烂卖的钱缝在被子里，说给我买东西吃，可后来却找不着了，为此母亲的眼睛都要瞪裂了，是啊，不说钱多少，捡那点破烂实在是不容易！

如果锅漏了盆漏了，母亲也认为是有人故意破坏的，我们家的东西几乎都是十年前买的，自然老化是难以避免的。可母亲就是不相信它们是自己坏的，东西总在坏，母亲就总在骂。再后来母亲连做个梦也要大骂一顿，说这个梦是欺负她的人给她制造的，母亲一边大骂一边解析这个梦的含义，母亲有点儿像鲁迅笔下的那个狂人，小说上面写的的确挺好玩的，但这不是小说而是现实，那也不是狂人而是我的母亲！

最后母亲把这一切的一切都联系在一起，她认为这是一个计划，几乎所有人都参与了这个计划，在外面人们用眼神和话语伤害她，用撞车、打她伤害她，用罚她的钱、偷她的钱、骗她的钱来伤害她，让她做噩梦来伤害她。母亲整天大骂这个骇人听闻的莫须有的计划。有一次母亲说她梦见了一个死去多年的人，母亲说这个人也参与了计划，她认为死人也在欺负她。电视上某个人的一个眼神、一个话语、一个动作，以及穿什么衣服，也会招来母亲的一顿大骂，母亲认为这都是有含义的。母亲甚至认为一些动物也参与了计划，比如有小鸟飞来，母亲认为是受了谁的命令来监视我们的。这不是鲁迅笔下的狂人，这是我的母亲！母亲虽然把不幸夸大了，事实上母亲的确很不幸，但她不该把这不幸归咎给那个所谓的计划和所谓的参与计划的那些人。母亲真正应该归咎的人是我！我本该是母亲的希望，本该和母亲一起分担家庭的重担，可母亲用心血培育了十四年之后，我却让母亲绝望了！如果没有我的拖累，母亲会过得很好。

母亲最发愁的是我以后的出路，她要是以后动不了了，母亲毕竟五十多岁了，我们该怎么活下去？母亲想了一个办法，那就是再婚，母亲以前也再婚过一次，但以失败告终，这对母亲伤害很大。母亲跟我说过，找一个农村的人家，然后就让我去放羊。母亲一天到晚除了骂大街之外，就是无休止地诉说、大骂、大叫、大喊、大吼、唱歌、大笑，这对我是多么的残忍啊！小时候我总爱往外跑，去外面玩，母亲关都关不住。可那时我连屋门都不出，我觉着母亲那样子很丢人，我没脸见人了，我不想让别人看到、听到甚至感觉到我的存在，我真想钻进地缝里！

我最盼望的就是大姨、二姨能来，她们一来母亲就会安静几天，而且她们还能劝劝母亲，开导母亲，这是我想做而做不到的。大姨、二姨一来，家里就充满了温馨和欢乐，大姨、二姨和表姐把家里打扫得干干净净整整齐齐，家里从来没有这么干净过，从来没有这么整齐过。家里弥漫着大姨、二姨带来的特殊的香味，之前我从来没有闻到过。大姨、二姨一来，母亲的心里也敞亮多了，就好像有了依靠，再没人敢欺负她了。大姨、二姨来的那几天这个家才真正像个家。我也分外觉得扬眉吐气，我们家也来人了！

大姨、二姨过年的时候肯定会来。于是我就盼着过年，过年的时候即使大姨不来，家里也和平时不同，充满了过年的气氛。母亲这个时候要置办年货，会做各种各样的好吃的，母亲也变得温和多了，不再大骂大喊了。有一次母亲一边和着肉馅一边微笑着说："人家都会做一个肉丸的饺子，就我不会，今天我也试试！看看好不好吃？"这是我最美好的回忆，是的，那是关于过年的美好回忆，那是关于幸福的美好回忆，那是关于母亲的美好回忆！母亲虽然爱发脾气，母亲虽然爱骂人，母亲虽然给我无尽的恐惧，母亲虽然让我无地自容，但那是我的母亲！最好的母亲！因为她曾经给过我幸福，无与伦比的幸福！给过我爱，伟大的母爱！

第六章　自己选择福利院

第一节　有的人不用读书，就已经很高尚了

　　母亲去世的时候，大姨和二姨想让我和她们一起过。有谁不愿意亲人在自己的身边呢？可我想起了母亲多少次耳提面命的话："千万别求人啊！千万别求人啊！"母亲要了一辈子强，最怕求人！我想大姨和二姨的年纪都大了，照顾不了我了，表哥表姐的工作都很忙。我不想麻烦他们，我又凭什么麻烦人家！我想学我母亲，要靠自己！

　　所以我选择了去福利院。至于未来，我想只要努力地学习，将来一定有希望！

　　到了福利院，我进了一间陌生的房间，见到许多陌生的面孔，我生出一种从未有过的陌生感，屋子的门是开着的，里面很多人都奇怪地看着我，这时我遇到一个人，一个让我逐渐放松的人：邢爷爷。

　　邢爷爷的身材很高，背微微有些驼，面庞黝黑，眼睛里射

出慈祥的光来。记得有人说过:"有的人不用读书,就已经很高尚了。"邢爷爷就是这样的人!

那时福利院的房子拆迁了,福利院暂时和光荣院合并在一起,福利院在光荣院的二楼,因为我的腿不好,所以就让我住楼下,邢爷爷和福利院的其他孩子都住楼上,我想看看那些孩子,就偷偷地上楼,可那些孩子跟我还不熟,不怎么欢迎我,这时邢爷爷就把我叫到他屋里去,后来我上楼就不去找那些孩子,而是找邢爷爷了。

邢爷爷经常对我说的一句话是:"你得多学点知识,有了知识,才能活下去!"邢爷爷说完总是摇摇头,说他没有文化,不然他一定教我!我很感动!而有一次,邢爷爷因为一个事情跟我发脾气了,可他发完脾气,居然向我道歉,让我又很感动。

我那时也在想自己的出路,我想自己的身体不好,干不了体力活,可我想象力丰富,我可以写小说!写小说赚了钱不就可以养活自己了吗。当时想得简单,以为有想象力就能写小说。

我开始照这个目标努力……

尽管我有想象力,编了很多故事,但我写不出来。当然,我那时写字也很困难,想写的字几乎都不会写,写两三个字,就要跑去问别人,写五六个字,手就疼得受不了。那时我写字是拿铅笔,总是因为用力过猛而折断铅笔,毕竟我的几个手指因为脑瘫根本无法放松,很是僵硬。

另外,我不会削铅笔,好不容易削好了,又很快被我折断了，我总是不小心把铅笔掉到地上，于是，写东西对我几乎就是折磨，许多时候，费了很大的力气，写出的东西连自己都看不懂，我真想用头去撞墙！

后来我看鲁迅小说全集时，看到一篇《幸福的家庭》，觉得很不错，就模仿着写了一篇，大概内容就是一个残疾人想要干点有意义的事情，他觉得写小说就是有意义的事情。

我写完后拿给邢爷爷看，邢爷爷看了，说我写的很像小说。我听了非常高兴！

那时，有几个学生到光荣院做志愿服务，他们给我打扫完房间后，一个姐姐和一个哥哥说："咱们跟他交流交流吧。"

那个哥哥说："像他们这样的人是没法交流的！"

我听了他们的话很生气。他们过来问我喜欢什么，我说我喜欢文学，他们很惊讶。我就把我写的那篇模仿《幸福的家庭》的文章拿给他们看，他们更加惊讶了。我当时觉得他们还有点佩服我呢！从那以后我知道了，要想让别人看得起你，你必须有知识！为了让别人能够尊重我，我下定决心，一定要学好知识，多写文章！

第二天，那位说跟我无法交流的哥哥又来了，他说他叫贾洪涛，他怕我把自己的文章弄丢了，所以特意来给我抄写了一遍，多好的哥哥啊……

一次贾洪涛哥哥来看我，正碰上乔奶奶在说我，乔奶奶是光荣院里的一位老人，对我很好，对我总是恨铁不成钢，那次乔奶奶骂我不爱护书，因为我总是把剪报、日历什么的夹在书里，把书都夹坏了，乔奶奶还给我买了写字本，让我每天写一页,练习写字,可因为我太懒了,都没写。乔奶奶大骂了我一顿,贾洪涛哥哥劝乔奶奶别骂了,说他会跟我谈谈。

乔奶奶走后,贾洪涛哥哥问我为什么不写小说了,我说一写字我的手就疼得受不了,贾哥哥说正因为你的手不好你才要多练习,不能怕疼。贾哥哥说他的写作能力还算可以,他的经验是在看一篇文章时,先在自己的心里想一遍,想要是自己写这篇文章会怎么写,比较一下自己想的和这篇文章有什么不一样。

我说我想上学,贾洪涛哥哥说:"你现在要是上小学,纯属浪费时间,你上中学还有用,可没有小学的知识是上不了中学的。"贾洪涛哥哥还说:"你只能自学,主要攻写作,休息的时候也可以看看别的书,给自己多充充电。"

不过,说实话,在福利院的生活很安逸很舒服,衣食无忧,我又有点偷懒了,现在想想,如果不是遇到另一个志愿者哥哥,我可能这辈子就真的一事无成了。

那个哥哥名叫郅永强。

有一次我在读一张报纸,这时郅永强哥哥来了,我不认得一个字,就问郅永强哥哥那个字怎么念。郅永强哥哥看着我说:"这个字念堕,堕落的堕,你如果像现在这样怕手疼而不写字,你就是堕落!"我要永远记住郅永强哥哥的话,永不堕落!

一天,郅永强哥哥把我叫到乔奶奶的屋子里去。他给我们讲了一个故事:"国外有位残疾母亲,她没有钱养自己的孩子,她就在大街上吹口琴给人们听,有些人就给她钱。有一天警察来了,问她在这里干什么,那位残疾母亲说,我在这里吹口琴给人们听,他们听到我的口琴声觉得快乐,所以他们应该给我报酬,我的报酬是我应得的!"

邰永强哥哥讲完这个故事对我说:"咱俩之间没有什么关系,你好与我无关,你坏也与我无关。我今天来跟你说这些话,还是希望你能好。我给你几天时间,你好好想想,你以后打算怎样活下去。过几天我来的时候你告诉我。"

我想来想去决定给邰永强哥哥写一封信,陈述我对理想的坚定信念。可我一提起笔来就有一大堆的字不会写,我问邢爷爷,邢爷爷也不会写,他就叫我把不会写的字空着,都写完了之后再问别人。可是没等到写完我就病了,晚上我发烧吐了一地。我可真难受,平时都不觉得,这一有病才想起母亲的好来,我那时真想母亲,真想身边能有个亲人啊!我感到一种凄凉!邢爷爷帮我收拾干净,冲了一碗姜汤让我喝下去。这时邰永强哥哥来了,我把那封没写完、满是空格的信给了邰永强哥哥,他看完之后点了点头。

我感到了时不我待,我想,难道我就要老死在这里吗?我难道就只有等死吗?我不服啊!我不能眼睁睁地看着时间白白地从我身边溜走!我有理想!我得为理想奋斗,我得为以后活着而奋斗,我得为以后好好地活着而奋斗!

第二节　给我买日帀豆的姐姐

我后来写了一篇寓言,说一个过客走累了,坐在一把路边的木椅上休息，由于他贪图舒适，忘记了赶路，那把木椅就成了他的坟墓。我想我们不应该为眼前的一点舒适安稳迷惑住，我们应该居安思危，一定要有危机感，不要失去前进的方向，勇往直前！

我写完后，给郅永强哥哥看，他很高兴，说很好。他又给他的同学看，两个姐姐一边看我的文章一边说，看了这篇文章，都觉着自己以前太贪玩了，真的应该好好学习。我听了以后很高兴，心想自己的文章也可以教育别人啊！

除了贾洪涛哥哥和郅永强哥哥，还有几个管道局学校的姐姐对我帮助很大。记得有一个姐姐教我读小学二年级的语文，"冰雪融化，春暖花开……"她念得是那么的好，她的声音是那样的甜美动人，我从她的声音里感受到了温暖。声音是能够温暖人心的！那时我想学点英语，她们每次来都教我，有一次一个姐姐说好了来教我英语，可是因为有事来不了，她就委托她的同学来教我，记得那位姐姐叫我俊雨，张俊雨这个名字是母亲死后，大姨他们在户口本里发现的，在这之前我一直不知道自己有这个名字，我对这个名字感到非常陌生。可是那个姐姐叫我一声俊雨时，这个名字忽然变得亲切了起来。这一声俊雨，让我看到了优秀的同龄人对我的尊重！可惜我没有记下她的名字。

那时邢爷爷老觉得教不了我，挺遗憾的，有一天来了几个学生做好事，邢爷爷就把他们拉到我的屋子，让他们抽点时间教教我。后来有两个姐姐每个星期都来教我拼音和算术，我那时一门心思地只想写小说，所以没心思学这些，老是不好好学,现在觉得很对不起她们。

她们教我学习挺有意思的,有一次她们教拼音,我就是念不清"L"的发音,不管她们怎么教我,我都是念不清,一个姐姐一边教我念"L",一边替我使劲,她使劲拉自己的钥匙链,结果没有教会我,却把自己的钥匙链给拽断了,那个姐姐把头一低,带着哭腔说:"我真倒霉啊!"

还有一次,她们来的时候我还没吃完饭,她们等我吃完饭,陪我回我的屋子,这时又有其他学校的学生来做好事,那些学生都奇怪地看着我,两个姐姐用手扶着我,非常不好意思。因为我走路的样子很难看,所以这种对我的歧视就波及她们身上了。

有一次,我没有笔了,她们就出去给我买,她们买了一支可以装两个笔芯的红蓝笔,那是我第一次用这么高级的笔。她们还买了一袋日本豆,我也是第一次吃,她们一边教我一边和我一起吃日本豆,那一幕温馨的场景我至今记忆犹新。

后来她们上高中,学习忙了,就来不了了,她们最后一次来还送我几本书,我也没记得她们叫什么名字,只知道有一个姐姐大概叫辛欣。

第三节　风雨读书

我开始尝试写一部小说。故事有两条线,第一条线是:一个残疾孩子王一宝想改变自己的命运,要写小说。这好像是自己在写自己,没什么意思,所以我虚构了一个父亲,把自己曾经遭遇到的偏见都集中在这个父亲身上，还把过去母亲给我捡烂菠萝的事加在这个虚构的父亲身上。写这段文字的时候我哭了，自己把自己感动了！

第二条线是王一宝写的一篇小说，也就是小说中的小说。我对这种形式特别感兴趣。小说的内容大致讲一个中学生方紫木，他的父母离婚了，所以他特别内向，不善于与人交往，他没有朋友，很孤独。后来他交了坏朋友，而父亲因为聚众赌博被警察抓了起来，这件事深深伤害了他，所以他离家出走了。

我给这部小说起名为《成长状态》。

一天，一个叫陈晶的姐姐来看我，她问我想看什么书，我说想看武侠小说。真的，我对武侠有特别的爱好，一个健康人和一个残疾人，谁会更喜欢武侠呢？我想是残疾人，喜欢武侠就是崇拜健康，正因为我们没有健康，才会那样崇拜武功高超的侠士！另外，我是个男人，虽然我残疾，我也是个男人，是男人就要做个男子汉！

陈晶姐姐后来自己花钱借了《笑傲江湖》，后来又给我借了《天龙八部》。为了能快一点儿看完，少花陈晶姐姐的钱，我一天到晚什么也不干，只是拼命看书，那时我达到有生以来看书的最快速度，每天看六十页，这是我第一次这么奢侈地看书，我把自己的小说抛在一边，拿所有的时间用来看书。

我每天都在与懒和贪玩争夺时间，我如果不看书不写字，我就会有种罪恶感。而我又总是难以抉择是把时间放在看书上还是在写字上，这每每让我痛苦不堪。不过花费这么多的时间看书，的确是过瘾，这要算我最为奢侈的看书时光！

记得有一天我正在看《笑傲江湖》，忽然外面阴云密布，狂风大作，真有山雨欲来风满楼之势，不一会儿，瓢泼大雨倾盆而下，我就在这暗淡的光线下读《笑傲江湖》，耳畔是呜呜的风声和哗哗的雨声，书里的境界一下子被这风声、雨声带了出来，书里的氛围弥漫在四周，阴暗而又带有淡淡的雨腥味，我已分不出什么是现实中外面的风雨，什么是小说里的场景了，它们已经融为一体。屋子外面风雨如注，屋子里我如痴如醉地看着《笑傲江湖》，一直看到云开、风停、雨住，我放下书走到门口，深深地吸了一口气，而后缓缓地吐了出来。

看《天龙八部》时，我得了肺炎，咳嗽得连饭都吃不下了，我躺在床上边咳嗽边看《天龙八部》，我忘记了疾病，完全沉醉于书中。

第四节 创作失败

看完《天龙八部》，我不想再让陈晶姐姐花钱为我借书了，我想把时间放在写我的小说上。

《成长状态》的第二条线是我完全不熟悉的，比如学校，再比如方紫木的家庭，我没上过学，也根本不知道方紫木的生活环境会是个什么样子，只能瞎编，我意识到了这一点，我想请陈晶姐姐帮忙，请她说说他们的学校和他们的同学。我从广播里听到一个小说《花季雨季》，就模仿着《花季雨季》给方紫木编了几个同学，可是写着写着，我发现我写得越来越像本武侠小说，真是气死我了。我想这主要是因为我编的都是男同学，没编女同学。于是我就想让方紫木出走的原因跟一个女同学有关，比如她把方紫木的父亲赌博被抓的事情在学校宣扬，人言可畏嘛。

后来，我决定重新写《成长状态》，方紫木不再是王一宝虚构的一个人物，他们就生活在同一个城市。我让他们互换了身体，我在想一个问题，一个人最重要的是身体还是灵魂，如果一个人的灵魂是他自己，可他的身体却是别人，那他还是不是他自己？如果一个残疾人的灵魂安到一个健康人的身体上，那会怎样呢？

那时武警学院的学生来福利院做好事，他们看了我的小说，这其中有个哥哥叫武亚军，他也在写小说，他说想把我写的文章拿回去给我改改，我同意了。过了几天武亚军哥哥又来了，他兴冲冲地对我说，他想把小说改好后投到报社去，他拿出他改的开头给我看，我看了，果然比我写得好，我十分感谢他，他说我这个小说的名字起得不好，应该改。我们想了好多个名字，都不满意，最后武亚军哥哥突然想到了一个名字：《生命之花》。

最后的结局没有我们想象得那样好，那家报社没有发表，这本小说我写了一百多页，估计也有几万字，最终也没有发表，对我的打击太大了！

在这段时间里大姨把我接到她家，我在大姨家住了半年多，大姨说以后她年纪大了，就接不了我了，趁着还能接，让我多住几天，给我多做些好吃的，让我趁她活着的时候多享享福。大姨七十多了，自己有冠心病，大姨父又半身不遂，大姨疼我啊！

　　除了想让我享享福，大姨还想托人给我找个工作，大姨说她老是不放心我，我要是有个工作，她就放心了。大姨的眼睛不好，在帮我联系工作打电话时看不清电话机上的号码，好不容易拨通一个电话，人家不接，又得费很大的劲重新拨。大姨还托了很多人为我找工作。她求了人，送了礼，可工作还是没找到。我这样的人实在难以找到工作。过完年，大姨无奈地把我送了回去。大姨对我说："你长大了，以后就要靠你自己了，你要自己挣扎着活下去！"

　　大姨看我骑三轮车骑得挺好的，大姨说："三轮车就是你的'腿'，有了三轮车，你就有活路了，以后你卖个东西什么的，就能活下去了！人活着就要挣扎！"大姨说，以后她的身体要是还结实，就还来接我，她要是有病，就很难帮到我了。

　　回到福利院后我哭了好几个晚上，我想自己怎么这样没用，以后要是没人管了，我可怎么办啊？我为我的前途忧虑。我还有前途吗，如果谁都不管我，我会不会去要饭？严峻的现实就摆在我的面前，我不得不多想。我这些年的努力，得到了什么，什么也没得到！

　　另外，我想靠写小说吃饭的想法错了吗？

　　这时候田伟哥哥来了，他说他已经毕业了，就要走了，他来跟我告个别。那时我的情绪很低落，我就把我的痛苦跟田伟哥哥说了，田伟哥哥鼓励我继续努力，他建议我学电脑。受到田伟哥哥的鼓励之后，我又重新振作起来。人的力量是自己的，同时也是别人给的。那时要不是田伟哥哥鼓励我，我也许就彻底一蹶不振了，在痛苦中走不出来了。我想起了一句歌词："每当想起你，就有无穷的力量！"是田伟哥哥给了我力量！

田伟哥哥走后，我又写了一篇寓言《给勇敢者》，我以前曾经听到"贝多芬扼住命运的咽喉"的故事，所以我就描写了四种人面对厄运的不同态度，这四种人分别是：弱者、半途而废者、宁死不屈者和勇敢者。我觉得即使做不了勇敢者，也要做个宁死不屈者，决不能做弱者和半途而废者！我想把这篇文章作为我的誓言和决心！

我继续修改我的那篇小说《生命之花》，最终我匆匆忙忙地写完了。我太急于求成了，但是我不能不着急啊，我多么想得到一次成功，是的，哪怕只有一次。

过分的急于求成，对写作自然没有好处，写完第三稿后，我几乎就要崩溃了。

武亚军哥哥帮我投了稿，不久又被退了回来。

那部小说就这样彻底搁浅了……

但我不想放弃努力，我也不想让自己无所事事，我选择了另一个可以获得进步的方法：读大量的书。

武亚军哥哥给我借了很多书，其中有一本书对我影响很大，那就是卢梭的《忏悔录》。我觉得卢梭能把自己一生的罪过都坦白出来，写成书，而且那么有思想，我真的很崇拜他。要是光忏悔自己的过错，只要不要脸，谁都可以做到，但是谁能写得像卢梭那样有思想！

除了《忏悔录》之外，我还看了高尔基的《童年》、《在人间》、《我的大学》和托尔斯泰的《童年》、《少年》、《青年》。

看了这些传记之后我也想写写自己的事情，再加上我曾经给《残疾人之友》写过一封介绍自己的信，多少有一点经验。我给自己的文章起了个名字，叫《那一年我十五岁》（其实应该是十四岁），我很喜欢两首歌，即许巍的《那一年》和马兆骏的《那年我们只有十九岁》，所以我就把这两首歌的歌名拼在一起做文章的名字，更重要的是，十五岁那年母亲永远离开了我。这篇文章是为母亲写的，我要从母亲给我治病写起，一直写到母亲自杀。

对我来说，这篇文章就是我的《忏悔录》。

一天中午，我正在睡觉，被杨姨叫了起来，说有人要见我。我去了华姐姐屋里，看见一位阿姨正在和华姐姐聊天，见我进来，那位阿姨从包里拿出四本书，有余秋雨的两本书，还有一本是《世界一百个名人》以及一本传记。那位阿姨听说我喜欢读书，就把这些书带来送给我。我以为那位阿姨是记者什么的，我就把我那篇《那一年我十五岁》拿给她看，那位阿姨说她会尽量帮我发表，我听了很高兴，以为这一次我会成功。

当然，最终文章还是没有发表，不过我已经渐渐不在意是否能够发表了，我在意的是，不论怎样，我要一直读书和写作。

这是我的生活，这是我的希望！

第五节　我希望住在图书馆里

在马阿姨送我的《小说月刊》里，我读到了一篇小说，讲的是一个没落的读书人，在他自杀时，他说过一句话，鹰飞得很高很高，它死的时候就会彻底消失了，因为它飞得太高，被太阳熔化掉了，他说的就是读书人。这句话很感动我，我也要做读书人，做飞在天上的鹰。

何阿姨说要帮我在电脑上上网，我很高兴，我听说网上有好多书籍可以看，我的梦想就是有一天能够住进图书馆里，整天看书，那样就心满意足了。如果能在网上看书，我的梦想也能实现。那时我时刻盼望着能上网看书，我对书有一种无比强烈的欲望。

在刚开始上网时，我在网上找不到书，就觉得上网什么用也没有，很生气。后来一群学生去我们福利院做好事，他们帮助我在网上找到了书，那是一本网络小说，叫《万物生长》，讲的是大学生活，主人公秋水是一个天赋异禀的奇才，我从他漫不经心的叙述中只读出了两样东西：那就是渊博的知识和叛逆的性格。文字当中透露出某种阴郁的邪气，这种邪气让我着迷，这种邪气令小说显出某种诡异的气氛，而这诡异的气氛不是由小说的情节所赋予小说的，而纯粹出自小说的文字，我第一次被文字征服了，在这之前我从书中只能看到情节和故事。与其说我痴迷于那些好玩的情节，不如说迷恋于那些富有魔力的文字。

我对大学的向往就来自这篇小说，我想大学里应该充满桀骜不羁的奇才，就像鲁迅、李敖、王朔、秋水一样的人物！我那时迷信医科大学是出文豪的地方，因为鲁迅和秋水都是学医的。我向往那座充满人文气息的圣殿。我多么想在那座圣殿里读书，和那些奇才们交流。

同学们还教了我从网上下载电子书的方法，新建一个文档，把要下载的东西拿鼠标刷一下，然后复制到那个新建的文档里去。可是我的手不好使，老是点不准，刷不好，有时候好不容易把文字刷蓝了，却一不小心击错了键，前功尽弃。后来我学会了"全选"，才不用那么辛苦地拿鼠标刷。一次，何阿姨的儿子来看我，我问他有没有更加方便的方法，他又教给我"发送"，先新建一个文件夹，然后再把要下载的东西发送到那个新建的文件夹里，这样就方便多了。

我疯狂地下载网上的书籍，我一开始看尼采的《悲剧的诞生》，看得我脑袋直疼，于是我就不看了，转看弗洛伊德的《梦的解析》，我觉得很好玩，野心勃勃地想解析一下别人的梦，可总是不成功，我不明白，弗洛伊德为什么要把人说得那么坏。直到后来我遇到了林老师，林老师告诉我，人有三个自我，弗洛伊德站在本我的角度解析梦，没有提高到超我的高度，所以只解析了人的本能。从这里我明白了一个道理，那就是光有书读是不够的,还要有老师指导,只有这样我才有可能进入神圣的文学圣殿,我才不会在浩渺的文字的海洋里迷失方向。我多么渴望遇到这样的好老师啊!

除了看弗洛伊德和尼采的书,我还看了王小波的《黄金时代》和余华的《活着》,我更喜欢《活着》,这篇小说让我想起了我读过的小学课本里面的文章,像《穷人》、《凡卡》、《小抄字员》和《高尔基的童年》,也许因为我就是个穷人,所以特别喜欢描写穷人的作品,特别容易被打动。我之所以那么痴迷于文学,很重要的一个原因就是,我想在文学中看到别人的幸福,以温暖我的心。那么什么样的幸福才能温暖我的心呢?那就是穷人的幸福!每当我看到穷人的幸福,哪怕就那么一点点,我的心就会暖融融的,软下去,软下去,整个心就好像化了一样,含在胸腔里,满满的,满满的,像要溢出来似的。我有个理想,就是以后也能给穷人写一部小说。

我还看了普鲁斯特的《追忆似水年华》,一读,就被这本书迷上了,我敢说这是我所读过的最清新的一本书,我被普鲁斯特清新的叙述所征服。我觉得普鲁斯特跟我很像,我们都很怀念过去的似水年华,并相信那里有我们的幸福。我们同样懦弱,对于别人来说无关痛痒的一句话、一个眼神,对于我们却有着难以想象的痛苦。

我一直想在网上看武侠小说,可是又觉得看那些东西没什么用处,如果看了,就有种罪恶感,但是我还是忍不住地看了。刚开始我看的是古龙的《绝代双骄》,看了几章,因为心里的那种罪恶感就没有再接着看。后来又看了黄易的《寻秦记》，黄易是一个很会讲故事的人，读他的书有种欲罢不能的感觉。就因为这部小说，我疯狂地喜欢上了历史。就和当年我读金庸的《笑傲江湖》、《天龙八部》而后疯狂地喜欢上古典诗词一样。我相信只要我能学好古典诗词和历史，我写的东西未必比黄易的差。黄易比我强的地方只是他的历史知识和文笔，如果比起想象力来黄易未必是我的对手。那时我对战国时代产生了浓厚的兴趣，特别想了解那个时代，我听说有本书叫《战国策》，就很想看看那本书。

除了上面提到的在网上读到的这些书，我还下载了二十多部小说，只下载前面第一章的小说更是数不清，古今中外无所不包。只可惜没有时间看，虽然已经看不过来了，但我还是没命地下载，对于书，我从来都是贪得无厌的。

第六节　遭遇梵高

在我拥有网上图书馆的同时，李岭存阿姨又给我在市图书馆办了一个借书证，李岭存阿姨一直都想帮助我们，她非常喜欢我们这里的一个叫"小新疆"的小孩，她总是为"小新疆"的未来发愁，是啊，"小新疆"长得那么漂亮，却得了孤独症，他把自己的内心封闭起来，对外界毫无所知，真是太可惜，上天既然把那么完美的容貌赐给他，又为什么要让他得那样的病？李岭存阿姨说她很想帮助我们，可她没有能力，她费了很大的劲才给我办了这张借书证，因为我没有身份证，只有户口本，所以办起来很麻烦。

去图书馆的那天，李岭存阿姨对我说，只要我多看些书，一定能写出好文章，将来靠着写文章就能有饭吃。李岭存阿姨还劝我不要再看那些武侠小说了，她还告诉我不能满足现状，觉得有饭吃就满足了，要想以后，要有危机感，一定要抓紧时间多学习，多读书，为将来打基础。她还教我在哪里等公共汽车，以及要交多少钱。

我说我的梦想就是住在图书馆里，李岭存阿姨说如果她要是有了钱，就帮我开个书店，让我一边卖书一边读书。

在图书馆里挑选自己中意的书简直是一种美妙的享受，我总是陶醉在这种享受当中，往往忘记时间，我权衡利弊，比较轻重，最终还是下不了决心到底要选哪一本书才好，脆弱啊，你的名字应该叫读书人！

我踌躇了很久才选了一本萨特的小说集，李岭存阿姨说二楼还有很多书，要我也去看看，二楼的书主要是一些传记什么的，正当我准备离开的时候，突然我发现了一本书，那就是《梵高传》，这本书我早就听说过，因此我没有一丝一毫的犹豫，马上决定就借这本书了。

李岭存阿姨说借一天要交几毛钱，所以要尽量快一点看完，这样就能多看几本了，她希望我能在一个月的时间里看完这本书，我有点犹豫，要知道我一天最多也只能看六十页，而前提是我除了看书什么也不干。李岭存阿姨怕我没钱借书，就给了我三十多块钱，我不要，李岭存阿姨说："你以后还我！"

李岭存阿姨怕回去晚就打了辆出租车，她让我坐在前面，说这样我会感觉更舒服点。李岭存阿姨很细心，她知道我很少出来，而我多希望能有机会看看外面，如果坐在车前面的话，透过车窗就能把外面看得更清楚一些。

李岭存阿姨还说下个星期送给我一个台灯，并且再带我去图书馆借书。

李岭存阿姨走后，我开始拼命看书，这本《梵高传》果然是一本奇书，如果说卢梭的《忏悔录》是传记中最有思想的，那么《梵高传》就是传记中最有精神力量、最有灵魂的一本书！梵高一生都在追求理想，为了理想他可以千里跋涉，把脚磨破，可以忍饥挨饿，可以晒太阳晒到发了疯。在我心里，梵高就是理想的象征，他始终鼓励着我向着理想奋斗，奋斗！奋斗！这本书的魔力之大，是难以想象的，我觉得它和《钢铁是怎样炼成的》一样有力量、有灵魂。还有一点我非常喜欢，那就是梵高是为穷人画画的画家，而且他自己也是个穷人，虽然他有那么多有钱的亲戚，但他依然挨饿。这一点我非常喜欢，我再说一遍，我喜欢穷人的故事，并深深地感动着，这个时候我的心会柔软下来，我会觉得自己更像个人！

我觉得每一个人都应该读一读这本书，它会给我们力量，让我们知道我们该去的方向。

第七节　电脑写作

在我做手术之前，何阿姨给了我一台旧电脑，就在给我电脑的当天，何阿姨让她的儿子教我打字，那时我不会拼音，所以打不出字来，后来我惊喜地发现词典上有拼音，我不会拼音，我只会用部首查字法。可怎么用部首查字法查我不会写的字呢？比方说我要查嫉妒的"嫉"字，我就先查"计"字，找到"计"字就能找到嫉妒的"嫉"。有的时候我还拐着弯地迂回地找，比方说我还是查嫉妒的"嫉"字，我先查嘀咕的"嘀"，找到嘀咕的"嘀"，就能找到估计的"估"，找到估计的"估"，就找估计的"计"，找到估计的"计"，就能找到嫉妒的"嫉"了。当然，我经常查错音，比方说我本来要查资本的"资"，却查到了"ci"部或"si"部。我经常为了查一个字而找上一两个小时，对此我乐此不疲。

我在电脑上一遍又一遍地打词典上的拼音，一遍又一遍地打，打到最后我就可以背着词典打了。我整整背了一个星期的字典，最后基本上可以打字了。

我先把我的两篇小说打了上去。《另一类人》是我在广播里听到的一个残疾人的故事：一个盲孩子非常喜欢音乐，可他家里很穷，他上不起学，他的母亲就求一个音乐教授教她的儿子，那位教授很感动，就答应教她的儿子，每次他的母亲很不容易地把他送到教授那里，最后那个盲孩子终于学有所成了。我听了这个故事很感动，就想把它写出来。那时有几个邻居的小孩老来欺负我们，有一次有一个男孩和两个女孩站在光荣院的楼上骂我们，嘲笑我们，朝我们扔石块，我们躲进屋里，可他们还是不停地骂我们。我急了，领着党胜光去打他们，那个男孩已经跑掉了，只堵住了那两个女孩，她俩害怕了，求我别打她们，说全是那个男孩骂我们，往下扔石块，跟她们没关系。见她们求我，我的心一软，让她们别再骂我们、打我们了，我就把她俩放了过去。可我刚刚回到福利院，他们三个又站在楼顶往下扔石块，而且骂得更欢了。我和党胜光往上扔石块，用棍子打他们，可怎么也打不着，只能任由他们骂我们。这样的事情谁都不会管，他们的父母会认为这只是小孩子们闹着玩，而其他人碍着他们父母的面子也不会管的。假如我把其中的一个孩子给打了，那我想他的父母一定会跳出来的。

根据这件事情我就编了两个人物，一个盲孩子和一个腿有毛病的孩子，故事讲述的就是他们被身体健康的孩子欺负的事，我甚至用了鲁迅当年说的"救救孩子"的字样。

另一部小说是追忆我的童年，小时候我只能看着别人玩，没有人跟我玩。有一次我躲在墙角偷偷看着他们玩耍，我很自卑，怕他们看见我就走开，所以躲起来偷看。可是他们却发现了我的影子，他们像发现了什么秘密似的，兴高采烈地跑过来看，可一看是我，都大失所望，十分扫兴地走开了，只留下孤单的我……

还有一次，他们说要挖一个很深的坑，做一个陷阱，一旦有谁不注意就会踩空，没准还会把脚崴了。我觉得很有趣，一直看着他们把坑挖好，在上面盖了一张报纸。第二天我又到了他们挖陷阱的那个地方，看见了那张报纸，我踩了下去，结果却是踏实的地面，原来的那个坑不知被谁填平了。我感到很孤独，什么游戏都没有我参与的份儿，我连崴脚的机会都没有！

我把这样的故事打进了我的电脑里……

第七章 那些和我一样的孩子

第一节 我被推进了手术室

我是一个孤儿，是一个连行走都困难的残疾人，我从来没有想过能有机会去医院做手术，但这一切真的发生了。

在诸多帮助我们的人中，李照萍阿姨给我留下很深的印象。她出钱帮助我们福利院装修，从北京请来装修公司用高档油漆把所有屋子的墙面都刷了一遍，在房子外面盖了一个走廊，全部铺上了地砖；给福利院买了两个热水器，安在厕所里；还买了两个空调，一个安在小孩子的屋里，一个安在娱乐室；买了一台洗衣机，专门洗小孩子的衣服和尿布。在几家慈善机构和一些好心人的帮助下，那些小孩子终于用上了尿不湿，小屁股不再发炎了。

李照萍阿姨拿出钱来为我支付了手术费用。给我的腿做手术的医院在天津，陈老师和张姨陪我过去，陈老师和张姨都是李照萍阿姨自己花钱请来福利院的，陈老师专门教我们学习，张姨陪着党玉莲和小国去一个康复中心做康复训练。

我们住进了医院的病房。

除了我们，住在病房里的还有来自全国各地福利院的十几个孩子，这是一次大规模的慈善活动，李照萍阿姨从美国请来了医疗专家，自己出钱给全国各地的残疾孩子集体做手术，我是其中的一个受益者。在十几个孩子当中，我是年龄最大的一个。

住在我病床右面的是天津福利院的一个男孩，年龄大约十六七岁，他叫国彦，我一见他就很喜欢他，因为他实在是太漂亮了，高高的鼻子，大大的眼睛，线条分明的嘴，真是完美。可国彦的脚是歪向一边的，听说他住在一个外国人开办的孤残之家，那里的外国人还来看过他。

住在国彦右面的是一个来自北京郊区一家福利院的孩子，叫党牛，大概五六岁，小党牛胖乎乎的，既结实又健壮，真的像头小牛似的，好可爱。

住在我左面床上的是一个像极了党胜光的小女孩，尤其是她走路的样子真的和党胜光一模一样，她站着时也是一样地晃动身体，简直就是"女党胜光"啊！她的手也不会拿东西，可能得的是和党胜光一样的病。

病房里还有一些跟着残疾孩子一起过来的各个福利院的工作人员。他们一直陪在孩子们身边，照顾他们，寸步不离。我们有床，可这些工作人员连床都没有，夜里只能坐在床边的椅子上。

国彦他们一个一个地都做了手术，国彦的脚被正过来了，打着石膏，只露出脚趾。他刚开始还没什么，后来就疼得睡不了觉，看得出国彦是个听话的孩子，如果不是疼得实在无法忍受，他是不会"声张"的，可以想象，他有多么痛苦。好在天津福利院每天都派人来陪国彦，在他身边鼓励他。

要说最听话的还是小党牛，做完手术打着石膏能不疼吗？能不难受吗？小党牛疼得直哭，可陪小党牛的那个奶奶一哄小党牛，小党牛马上就乖乖地不哭了。唉，小党牛在这样小的年纪就那样懂事，真让人心疼啊！

看到别人的痛苦我就预感到自己即将到来的痛苦，我可没有他们那么坚强，就算一点点的疼痛我都受不了，更别说手术后那种难以忍受的痛苦了。我很懦弱。

做手术之前要先把腿上的汗毛全部刮掉，从小我小腿上的汗毛就特别多，长大了更是又长又密。给我刮汗毛的是个女护士，这让我很不好意思，她刮我腿上的汗毛，让我脱裤衩，啊，连那个部位也要刮，我不情愿，央求着别刮，她说必须刮，张姨哄着我说给我盖上手绢，她们看不见，就像在哄一个小孩。后来医生跟那个护士说上面的不用刮，那个护士笑着说，早知道上面的就不刮了。

那天晚上，我求陈老师给大姨打个电话，说我明天要做手术了。我想在这个重要时刻能有亲人在我身边，陈老师的心眼好，花自己的钱给大姨打了个电话。陈老师去打电话的时候，雅琴表姐来了，早知道雅琴表姐来，我就不用求陈老师给大姨打电话了，浪费了人家的钱。雅琴表姐问医生第二天手术的情况,说一定会来。

因为夜里没盖好被子,第二天早晨我有点发烧。大家都很担心我还能不能做手术,好在医生说没有关系,手术还是可以照做的。

大姨和表哥、表姐都来了,他们安慰我,叫我别紧张。我被医生抬到一架有轱辘的床上,推出了病房,在电梯门口等电梯,大姨和表哥、表姐,还有我们院长都跟在后面,我们上了楼,我被推进一间屋子,打了一针镇定剂,医生问院长和表哥谁给我签字,院长和表哥说李大夫还没来,等李大夫来了由她签字。他们都管李照萍阿姨叫李大夫,因为李照萍阿姨不仅是位慈善人士,而且还是这方面的康复专家。过了一会儿,李照萍阿姨赶来了,她给我签了字。李照萍阿姨不但给我出钱做这次手术,而且还在手术同意书上签字,这就意味着她不仅是拿钱做好事,还要担负责任,一旦手术失败,责任就落在她的身上。现在敢于负责任的人越来越少了。

李照萍阿姨签完字后,我被推进手术室,抬到了手术床上,美国来的专家还没有到,一位女医生给我输液,然后我就睡着了,可能给我输的是麻醉药。等我再次醒来的时候,感觉就像在做梦似的,是那样的不真实,我迷迷糊糊的,想说话可怎么也说不出来,嘴上还戴了一个呼吸氧气的塑料罩子。大姨和陈老师就站在我的床边,可我看着她们老是恍恍惚惚的,她们说话的声音像是从很遥远的地方传来。大姨好像在说我,让我别闹了,让我别说话了,真是奇怪,我没闹呀,我是想说话可是说不出来啊……

等我最后清醒过来，我才感觉出，我的两条腿都被打上了石膏。我就那么躺着，吃饭喝水都要别人喂。最大的问题就是小便，我躺着尿不出来，把我憋得别提有多难受了。那时真是把我憋糊涂了，我求陈老师帮助我，陈老师是个女老师，她也没有办法。医生说最好是自己尿，实在尿不出来，就只有插管子了，我也不知道是怎么插管子，现在想来估计不是什么好事。后来我终于尿出来了，真是千呼万唤始出来呀！

休息了一段时间后，我和其他孩子就要各回各的福利院了。

国彦出院了，天津福利院的很多人来接国彦。在这些人中，我看到了当年教我母亲帮我做康复训练的那位女医生，她竟然认出了我，她说她还记得我的母亲，我的母亲很要强，那时她看我们家困难，就把她儿子穿小了的衣服给了我母亲，我母亲觉得过意不去，买了几斤鱼非送给她不可，最后放在医院的水房里就走了。

大姨给我买了十几袋奶粉，让我补身体，还嘱咐我千万别丢了。大姨说她身体不好，不能去福利院看我了，以后全靠我自己了。我听了心里很不是滋味，大姨越来越老了，以后我还有机会孝顺她吗？

我们走的时候，王曼心阿姨正好也来送小党牛他们回福利院，王曼心阿姨看我们也回去，嘱咐我路上要小心，多注意身体。我对王曼心阿姨说："你真了不起，帮助这么多孩子，我真佩服你！"这些话我也想对李照萍阿姨说，但我跟李照萍阿姨不太熟，不好意思跟她说，也没有机会说。我这个人太懦弱了，连感谢的话都说不出口。

后来我因为丢了一本书，跟院长大发脾气，院长跟李阿姨说了，李阿姨以为我是后悔做手术，她很伤心，后来我发现那本书并没有丢，我觉得对不起院长和李阿姨，但是我这个人不好意思说是我错了，对不起……

第二节 月亮为什么会亮？

党胜光也是脑瘫，我觉得我之所以比党胜光强，只是因为我的母亲心太软的缘故。党胜光六七岁的时候就被他的母亲丢在马路上，而我却一直跟着母亲到十四岁（我原来一直以为是十五岁），这近十来年的时光，对我和党胜光来说就是天壤之别，有父母和没有父母是不能同日而语的。

母亲教会了我自理，教会我读书，我永远也不能忘记，是母亲让我有希望能够靠自己活下去。而党胜光就不一样了，他没有遇到一位好母亲，所以他不如我。

第一次见到党胜光的时候，我觉得他很好玩，原因是他的脑袋很大，是评书上所说的那种夹扁头，尤其是他的脑门，简直和评书里面说的尖头有一拼，"有一拼"这个词，原来是人们用来讽刺我的，因为我长得太难看了，所以当人们看到什么怪物的时候，就说和我有一拼，对此我当然很气愤。我曾经开玩笑地给党胜光做了一首打油诗，现在我只记得两句：粗腿大脚没有根，肉厚身沉扁脑袋。虽说是戏谑之言，却也是很写实的。

那时党胜光住在楼上不能下来,我也不能随便上去,因此跟他接触不多。后来他们搬了下来,就常常见面了。有一次我心血来潮,读书给他们听,党胜光问我:"月亮为什么会亮?"我没有在意,只说是太阳照的。后来我把这件事情告诉了邢爷爷,邢爷爷说可能党胜光晚上睡不着,就看月亮,而他的小脑袋里又想不出月亮为什么会亮。于是我觉得党胜光很不一样,可到底怎么不一样,我那时说不出来,现在想来那是一种幽微的情愫,如果一个人有这种幽微的情愫,那他是很有魅力的。

有一年的中秋节,福利院发我们每人一个月饼,还有一个苹果,党胜光分得了一个大鸭梨。晚上我们拿着月饼、苹果、鸭梨去大厅看电视,当时大厅里就我和党胜光两个人,我们一边看电视一边吃东西,其乐融融啊!真是幸福,就是现在想来还是很幸福。可是好景不长,有一次,忘记为什么了,党胜光把我锁在了大厅门外,不管我怎么威逼利诱他就是不开门,忽然我看到窗台上有一把钥匙,我当然知道那不是大厅门的钥匙,可我也知道党胜光一定会以为是。果然党胜光看见我手里拿着钥匙,他的脸就变色了,我本来是想把门诈开的,可我表演得太过,竟然把钥匙真的插进锁孔里,根本就开不开门嘛,最后我只好颓然地离开了。谁知党胜光见我离开,也出来了。我岂能饶他,举起扫把冲他就是一下,打完我就跑了,党胜光一个跟头栽在那里,半天爬不起来。我打他的那一下可着实不轻啊,党胜光趴在地上哀哀地哭了一会儿,才爬了起来。我心里有些痛,毕竟我和党胜光是一样的人,今天我这样打党胜光,明天会有谁打我吧?

提到党胜光就不能不提到另一个孤儿大力新,大力新就是党胜光的手,党胜光的手和我的一样有些变形。大力新帮党胜光穿衣服,系鞋带,叠被子,甚至盖被子,让我惊异的是党胜光坦然地接受大力新的服务,而且如果大力新稍有怠慢或服务得不好,党胜光就会埋怨他,骂他,而大力新无怨无悔地为党胜光服务,就像原本就该如此似的。

大力新有时也会罢工,于是两个人就斗起气来,以至于大打出手。他俩打架很有意思,党胜光会大叫一声,扑上去,想扬起胳膊,但他做不到,所以他的身子会往后一仰,带动胳膊向上一扬,然后用力地向下一挥,但他用尽全身的力量挥出的这一下,连挠痒痒的力都不够,结果就是党胜光被大力新推倒在床上,幸好是倒在了床上,但有时党胜光也会撞上什么硬物,于是他就大声尖叫,最后号啕。这时党胜光在床上会抬起腿,他的腿在空中摇过来又摇过去,摇过去又摇过来,终于对准大力新一个鸳鸯连环脚,而大力新发出一声吼叫,紧跟着第二声、第三声……大力新握起他那无力的拳头哆哆嗦嗦、颤颤巍巍地向党胜光打去。大力新的拳头在空中会画出优美的弧形或 S 形曲线,拳头因为无力所以颤动,因为颤动所以会画出优美的弧形或 S 形曲线。这种拳头当然打不疼人。他们一个号啕、一个狂吼,气势不小,却是雷声大雨点小。

党胜光常常找给我们做饭的李爷爷聊天,有的时候李爷爷就教他两句百家姓或者谚语什么的,党胜光的记性还算可以,教他的东西都记住了。我想，党胜光也会孤独也会无聊，他也想和别人交流，也想学习知识，我也想教他些东西，但总是因为自己懒而放弃了。我总是和党胜光说些心里话，因为华姐姐走了以后，就只剩下他能够讲些心里话了，别人既不愿听，也不能理解，毕竟我们是一样的人。但他知道的实在太少，基本上是教一句说一句，而且来回就那么一句，要想让他说别的，就得再教，所以说不了几句我就烦了。可下次我还是想去找他说话，他是我唯一能够随时见到的朋友。

还有最重要的一点，他和我是一样的人，所以他是站在我的角度看问题的。后来我上学了，放假回去时，发现党胜光也上学了，而且认识了很多字。我很高兴，我让他读书，因为我就是靠读书学习的，一读书认识的字就会多起来。谁知道党胜光不爱看书，他迷上了看报纸，并且喜欢看新闻，我不是说不应该关心国家大事，但我还是有点遗憾，我多么希望党胜光能够爱上文学，能够领略到文学的那种美啊……

第三节　大力新的尊严

大力新比我大一岁，他只能在地上爬，他不会走，他的腿比我的还要瘦弱，简直像麻秆，但他的上身却很健壮，天生就有发达的肌肉，评书上说像他这种身材就叫做细腰扎背扇子面。

大力新的脑子比党胜光的慢一些，他也许很难学习什么了，我不知道他想不想学习，也许他想，但他不会说。大力新不管干什么都是爬着去的，上厕所时，他从屋里爬进厕所，然后再从厕所爬回来。厕所外面摆着一台洗衣机，有时候地上会有水，大力新上一次厕所，裤子就全湿了。我这样的人是磨鞋，而大力新却是磨裤子。我不知道大力新对这样爬着会不会感到耻辱，后来院长特意在墙上焊上了铁管，让大力新抓着铁扶手，这样他就能够站起来了，而且能够抓着铁扶手走上几步，这是个奇迹！从此以后大力新只要有机会就会扶铁扶手站起来走，要是没有铁扶手去扶，他也要用脚和手爬，把腿绷直，将膝盖抬起来。那时我才知道原来大力新也是想走的，一个人的脑子就是再慢，他也有自己的尊严！

大力新平时都是很安静地坐在那里，他没有事情干，只是那么呆呆地坐着。人是不能什么都不做的，所以他那时一直在搞破坏，什么都能被他弄坏，玩具、水管、门窗锁、纱门帘子什么的。而且大力新的力气很大，他能将吃饭勺子拧成麻花，能把门把手从门上拔下来。我想，他是受不了空虚。后来大力新迷上了晒太阳，不管外面多热他都出去晒太阳，直到晒中暑，直到哇哇大吐为止。后来他又迷上了换衣服，这一点他比我强，他知道衣服脏了会被别人看不起。他没事就叠衣服，整理衣柜，这点他又比我强。他一直在找事做，不管是好是坏他不能闲着，总之要找事情去做。

福利院和光荣院分开以后，我就和大胜住在一起，那时大胜不到一岁，躺在小床里，除了拉屎和哭，什么都不会。他还在吃奶，我曾经说大胜是我喂大的，虽然有点夸张，但我的确喂过大胜。为了喂奶，我特意叫阿姨找了个小盆，因为我沏奶的时候，总把奶洒在外面。有了这个小盆，就好多了，我先把奶沏在小盆里，然后再倒进奶瓶。每当我喂小喳喳（大胜的外号）的时候，我就会感到幸福，我的内心会涌起温柔的潮水，他是那么的小，吃奶的样子真美，美得让我心醉。

我觉得小喳喳太好玩了，他怎么可以那么可爱呢！一次邢爷爷给我送饭，我对邢爷爷说："大胜真好玩！"邢爷爷深深地看了大胜一眼，说了一句："他也是一个人啊！"……大胜只有九只手指，不，确切地说是八只手指，因为他的左手大拇指只和他的手掌连着一层肉皮儿，也就是说大胜没有大拇指。大胜右边的胳膊也有点畸形，所以他是左撇子，但他的手相当的灵活，比我的灵活。回想起我和小喳喳在一起的生活，真是好爽，他总是很乖，总是乖乖地看着我，我感到了幸福，只因为有他在看着我，只因为有他在乖乖地看着我，我知道这幸福是属于我和他的，幸福不是很玄的东西，幸福是实实在在的……

第四节　福利院的"亲人"

闫院长是我们福利院院长，他平时很严厉，但对我们这些孤儿很是疼爱。我是福利院里表现最差的一个，从来就没有好好听过话，又懒又脏，动不动就发脾气使性子，真没少闯祸惹事，母亲当年把我惯坏了，改不了了，可除了母亲，谁又能够原谅我，忍受我，闫院长却以他宽广的胸怀包容了我。

　　我这个人爱看书，老是想出去买书，可大家工作都很忙，没有人陪我去，可如果我自己去，院里又怕我被车碰着，所以不让我一个人去，我又实在抵挡不住书香的诱惑，总是偷偷跑出去。开始闫院长很生气，怕我被车碰着，总要大骂我一顿，后来闫院长看见我每次都一瘸一拐地拎回几本新书，就不忍心再责骂我了，只看着我叹气。我暗暗下决心，要学出点样子来，让闫院长高兴高兴，但最后什么也没有学出来……

　　因为闫院长很严厉，所以我一直很怕闫院长，可有一次我却很感动，那天在慈善人士的帮助下，我们去了天安门看升旗，在去天安门城楼时，地下甬道太长了，我实在走不动了，这时闫院长背起了我，为了赶上看升旗仪式，他跑着登上了天安门城楼，等到了地方，闫院长已经累得说不出话来了，汗水湿透了他的衣衫，毕竟，他已经是五十多岁的人了。

　　我终于看到了升旗仪式，国旗班的战士迈着整齐而庄严的步伐走到升旗台前，他们以潇洒漂亮的动作，挂上国旗，一抖手甩出一条优美的弧线，国旗冉冉升起，同时国歌奏起，这个时刻庄严肃穆，台下万头攒动。作为一个中国人我感到自豪，我永远也忘不了那个时刻，闫院长，谢谢你，让我见到了那难以忘怀的一幕！

　　副院长到我们福利院的时候，我还在学校，记得那年王校长留我在学校过年，副院长到学校来看我，给我带来很多吃的，临走还留给我一百块钱，说是福利院给我的压岁钱，感动得我说不出话来。

副院长以前在民政局工作,经常把车停在我们福利院里,他很喜欢党胜光,平时总和党胜光开玩笑,党胜光也很喜欢他,只要听见他的汽车响,就跑去给他开门,副院长就更喜欢他了。党胜光看见电视上的人看报纸喝茶,他觉得很神气,所以他也看报纸,他还把吃剩下的橘子皮留下泡茶喝,有时候副院长看见了,就会把自己的茶叶给党胜光一些,这时党胜光一边看报纸一边啜着茶就更加神气了。

有一次副院长送我去学校,他听王校长说我正在写书很高兴,对我说,"好好听王校长的话,好好写,要是王校长真能够帮你出本书,你就有希望了"。副院长的话让我心里热乎乎的。

我的懒和脏一直让徐姨很生气,如果我不住哪个屋子了,那个屋子就会干净整齐,而只要我一住进去,那个屋子就绝对不可能干净整齐,我成了干净整齐的终结者,这绝非我所愿也。其实我不是不会收拾,我只是不能够坚持,总是三分钟热度。

徐姨十分能干,无论搞卫生或是给孩子换尿布,都手脚麻利,我心里十分尊敬她。帮助素不相识的残疾孩子料理生活,抓屎抓尿的,这不是什么人都能够干的活,这需要爱心,如果没有爱心的话是绝对干不了的。

别看徐姨老是骂我,可心里却老想着我。我的脚费鞋,徐姨常常把家里穿不了的鞋拿来给我穿。徐姨她们把我们看成自己的孩子，有时开玩笑说谁是谁的孩子，小九是徐姨的"孩子"，我也很喜欢小九，因为小九长得太搞笑了，我喜欢和他玩，可老是把他玩哭，每当这个时候，徐姨总是护着小九，批评我一顿。

徐姨很少夸我，我也没有什么值得夸的，一次偶然听到徐姨说，真没想到我能够在那么短的时间就学会打字了，我听了心里很美。

杨姨在我一开始来的时候就在，那时她看到我喜欢看书，就送了我一本名人名言的钢笔字帖，我很喜欢。后来我因为要上楼看小孩，杨姨怕我摔着，不让上，我第一次在福利院发脾气，现在想想真是不应该。虽然发完脾气也后悔，可我就是控制不住，老是一而再，再而三地发脾气。母亲把我惯坏了，我知道这样不好，可就是改不了。在家里母亲惯着我，在外面谁还能惯着我呢？杨姨和其他阿姨在我发脾气的时候总是不理我，有时急了骂我一顿，最后总是原谅我。有时我也想，阿姨们一天干了那么多活，凭什么还要任我发脾气，受我的气呢？

平时杨姨、徐姨她们都会把自己或自己的孩子的零食分给我们一些，虽然福利院也有零食，但那是定时定量的。

我跟张叔叔最好，一般没有人爱听我说话，因为我不是怨天尤人就是吹牛，我很自卑，自己没有父母，身有残疾，长这么大还一事无成。可对于写文章我却很有抱负，甚至野心勃勃。

有时候王姨休息，张叔叔就做饭，我很喜欢看张叔叔做饭，我喜欢一边看张叔叔做饭一边跟张叔叔怨天尤人或者吹牛，要是别人早就烦了，张叔叔不烦，他耐心地听着，有时说我两句，有时劝我两句，悠悠然地说出一两句至理名言，让我倒吸一口凉气。

张叔叔平时喜欢跟我闹着玩，有时把我闹急了，跟他发脾气，张叔叔脸上挂不住，也开始骂我，想想真有趣，我们俩就像两个小孩。

张叔叔总是对我另眼相看，有一次我想吃辣椒油，张叔叔就跟王姨商量着给我炸了一瓶，我把那瓶辣椒油带到学校，许多同学都很羡慕我。

高姨很能干，她每次值夜班时都在睡觉之前把走廊和每个屋子的地面拖一遍，这样第二天上白班的阿姨就不用再拖了。

我喜欢吃咸的，吃糖包子也喜欢就着菜吃，有一次高姨问我，吃糖包还是吃馒头，我说吃馒头，谁知那天王姨没有炒菜，高姨急了和王姨吵了起来。高姨能够为了我们和别人吵架，我很感动，又觉得很对不起王姨，王姨这么大年纪，一天到晚忙着为我们做饭，多不容易啊！我老是挑三拣四，我凭什么啊？我为别人做了什么啊？这么大了还是一事无成。一连好几天，我还是觉得对不起高姨和王姨。

白姨负责玉莲他们的学习和锻炼，白姨很有才，她编的快板很押韵。

有一回我睡觉着凉了，肋条疼，白姨说她给我治治，她用勺子沾水在我后背上刮，又用手在我背上轻轻地拍，我感到非常疼，白姨说她只是轻轻地拍，逼出骨头里的寒气，果然白姨拍完，就不那么疼了。

罗姨从来没跟我发过脾气，对我总是特别和气，我跟她发脾气时，罗姨从来不会和我当真。罗姨老是跟我说，多活动活动，干点活什么的，我试过，可老是干不好，就放弃了。

罗姨每年都给我们压岁钱，虽然给的不多，但我们每一个人都不会被落下。有一年除夕罗姨值夜班，她还把自己的饺子分给我们吃。

张姨是新来的阿姨，因为是新阿姨，所以孩子们不怕她，有一次我买了一包瓜子，和小弟弟小妹妹们分着吃，本来可以多分他们一些的，但我嘴馋，自己吃的多。我也想让张姨吃，张姨开始不吃，后来她就抓了一小把，剥给那些不会剥瓜子的弟弟妹妹们吃。张姨叫我们把皮扔到垃圾桶里，可最后我们还是吃了一地瓜子皮，张姨什么也没说，只是把地扫干净，我觉得给张姨找了麻烦，就想帮张姨扫，张姨只说不用，说我身体不方便。

张姨平时喜欢和小弟弟小妹妹们玩，甚至还会做倒立给他们看。张姨还会把自己女儿的好玩的玩具带来给大家玩。

过年的时候福利院给我们压岁钱，党胜光高兴地说他有三十多块钱，张姨和杨姨听见，就说给党胜光凑个整，一人给了党胜光十块钱，这回党胜光总共有五十块钱了，可好景不长，党胜光把钱弄丢了，虽然党胜光丢了钱，但我还是觉得张姨和杨姨真的挺好的。

　　李姨是专门值夜班的阿姨。我曾经因为吃方便面被李姨骂了一顿，我喜欢吃方便面，可我一吃，大胜他们也都要吃，一开始我以为两包方便面足够我们吃的，可吃时我才发现，方便面都让大胜他们吃了，自己没吃多少，我一时气往外冲，就打了大胜，大胜的狮子吼震天动地，他一边狮子吼一边接着吃方便面，李姨来了，骂了一顿大胜他们，接着又骂我，不许我以后再吃方便面了，我不服气。

　　又有一次，我和李姨抢电视看，我非要看《鹿鼎记》，李姨就不看，我就跟李姨发脾气，这时一个小妹妹看我和李姨发脾气，就拿她的小拳头打我，我简直要气疯了，就想打她，可那个小妹妹太小了，我舍不得打，我就去打另一个小妹妹，那个小妹妹无故挨打，委屈地哭了起来，李姨笑了，因为那个小妹妹最是调皮，老是捣蛋，我也跟着笑了起来，只有那个倒霉的小妹妹兀自抹着眼泪。李姨抱过那个小妹妹说："谁让你老调皮的，该，下回再调皮就不管你了。"

　　后来我和李姨越来越好，有什么话都愿意和她说，我跟张叔叔说话常常不着调，老是吹牛，而和李姨说话就很少这样，总是有一说一，有二说二。

　　梁姨喜欢开玩笑，常常和我们闹着玩，她值班的时候老是不怎么管我们，相对来说我们就自由一些，大胜他们就疯玩傻闹，以至于闹得不可收拾，梁姨没办法才骂两句，看来太自由了是不行的。

有一次梁姨对我说，我表哥来过，可我上学去了，没找到我。梁姨让我问问院长有没有我表哥的电话，她要帮我联系，我很感动，可我想我现在一事无成，即使联系到表哥又有什么用，白白让表哥难过，可我也是很想表哥、表姐、大姨、二姨他们。我很矛盾，就没有去问。

第五节 彭 姨

彭姨是一个风趣的人，喜欢开玩笑，但是没有恶意，我既喜欢开玩笑，又怕开玩笑，因为我过于敏感。

有一回彭姨看见我的耳朵里有好多耳屎，就想给我掏耳朵，我怕疼不敢掏，彭姨向我保证她会轻一点，我就让彭姨给我掏，想起来我也真是的，就因为怕疼而不想掏。那一回彭姨给我掏出来好多耳屎来，掏完耳朵我的牙也不疼了，我这才明白，原来我一直上火是因为我的耳屎太多，堵的，我太感谢彭姨了，牙不疼了啊。

彭姨知道我喜欢吃醋吃蒜，每回吃饺子都从厨房给我要一点，我想，要不是彭姨的人缘好，人家肯定要烦的，怎么老要啊，这是要喝醋吗？有一次，彭姨偷偷将两瓣蒜塞在我手里面，我一下子愣住了，想了一会儿才明白，那次彭姨要的蒜少，要是被别人看见，还不够分的，她只好偷偷地塞到我手里，彭姨偷偷笑着对我说这是一个秘密。

有一次彭姨买了一个小电视，特别小，是专门用来看戏的，我非常喜欢，彭姨说买这台电视要去非常远的地方，她下了班之后要看孙女，没有时间出去，如果我想买的话，她就得抱着孙女坐车去给我买来。后来我没有买，但是我依然很感动，因为彭姨心里有我！

彭姨很疼我，但是我却常常对彭姨发脾气，还是党胜光的那句话对啊，我是个没心的猴儿。我一不开心就发脾气，却没有想到别人的感受，为什么我老是想着自己，却没有想到别人！我真恨我自己！彭姨也会生我的气，但之后她又忍不住继续疼我，我对不起彭姨啊！

第六节　二三事

我记得彭姨过年的时候帮助厨房蒸馒头，彭姨知道我爱吃醋，特意给我从厨房端了一碗醋，并帮我倒进我的醋瓶子里面，那时我正在睡午觉，一阵沁人心脾的馨香扑鼻而来，将我从睡梦中唤醒，这时彭姨笑着说，她拿来的这醋里有香油，香不香？

要知道彭姨能记着我爱吃醋，已经很是不容易，更难得的是厨房离我的房间很远，彭姨端着一碗醋从厨房走到我的房间，千里送鹅毛，礼轻情意重，这沉甸甸的情，这醇美馨香的醋，我都不能忘啊！

那时大力新有一件红外套，和我的那一件一模一样，是院里给我们买的。大力新的那件有个地方开线了,彭姨拿来针线,她戴上花镜,一针一线地缝补起来。彭姨说没有红线,怕这样逢起来不好看,我就去找红线,可没有找到,彭姨又去楼下找,也没有找到,只好拿黑线缝。彭姨缝得很细很密,不仔细看绝对看不出来,我笑着说,这次我和大力新的这两件红外套终于能够区分开了,不过要仔细地看。

我望着彭姨戴着花镜给大力新缝衣服时慈祥的样子,想起两句诗来,"慈母手中线,游子身上衣",心里一阵温暖,彭姨是把我们看做她自己的孩子啊!

要说我这个人啊,就是个浑蛋,顶不是东西。彭姨对我们这么好,可我说翻脸就翻脸,什么事情光想着自己,自己怎么合适怎么来,一点儿都不想别人。

有一次彭姨说我这屋的空气不好,要开窗户,我就翻脸了,因为我怕冷,就不愿意开窗户。后来我想彭姨一定很伤心吧,想想彭姨给我端来的香醋,想想彭姨给大力新缝补衣服,我真想对她说一句对不起,可是我这么浑蛋,难保以后不要浑蛋,一句对不起,又有什么用啊,说完对不起,以后接着要浑蛋吗?哎,我这个人啊!

第七节 搬家

我几天前就开始准备搬家了。我把衣服、书籍提前搬了过去,院长给我一个书橱,我把书摆进书橱,就有了感觉,这些书有一部分是张院长给我的,有一部分是大胜借我的,还有一些是别人送我的以及我自己买的，这些书都是我很喜欢的，把它们放在书橱里面，感觉格外的不一样，书摆在一起，有一种整齐典雅的美，还有人拿书作为装饰，听说有一种精装书，只有外壳，没有内容。

我的书不美，大多已经破烂污损，它们虽然不美，但依然是我心爱的书，是书籍让残疾丑陋的我变得和以前不一样了，是书籍让我黯淡的人生有了些许亮光，虽然只是莹莹的一点，但那是我发出的光……

书只有读才会有意义，人生只有发光才有价值。

书静静地躺在书橱里，我立刻觉得自己风雅了许多，一股文艺气息扑面而来。

还有一个让我喜欢的是，我的桌子不是对着门了，我就可以开门了，以前桌子对着门，我不敢开门，看书、写字一定要入境，一定要忘我，这也就是为什么我一看书、写字就带耳机，让音乐带我入境，然后忘记音乐，忘记我自己，全部精力全部放在书和文章上面。

所以不管屋里如何臭，我只能把门紧紧关上。现在我的桌子对着墙，我可以专心学习了。

下午高姨问我，这回搬家了，好不好？是不是偷着乐了？

我又去看党胜光的屋子，发现他的房间比我的收拾得还干净。以前大冬天的，党胜光早早地撞开我房间的门，冷风直灌进我的被窝，将我从梦中冻醒，我会大声骂他，他会笑得摔跟头，那时候他喜欢和我待着……现在党胜光学会了看新闻、看报纸，他的理论知识比我还多，我只对文学感兴趣，在这方面我不如党胜光，但是党胜光有时会骄傲。

有了新房间的狂喜逐渐降温了，还是张院长教我的既济和未济，既济是达到彼岸，未济是尚未达到彼岸，这两卦永远无限循环着。人在快乐之后会有落寞的感觉，就像过山车，爬到制高点之后就会无情地跌落下去。

第八节　小张姨

我一直都想写小张姨，可就是无法动笔，不是不想写，而是怕写得不够好，所以一直拖到现在。

小张姨是非常随和的人，跟什么人都合得来，我们都很喜欢她，党胜光总是爱和她闹，大力新也爱和小张姨闹，还说小张姨好欺负，因为不管怎么闹，小张姨也不会生气的，小张姨总是那样自自然然的，给人没有压力的感觉。

小张姨看我们这些人又有残疾又没有家，觉得可怜，总是想为我们做点什么，她看见我爱吃酱，就把自己家里炸的酱拿来给我吃。

小张姨常常帮我买东西，有一次小张姨给我打电话，说她忘了问我喜欢什么口味的面，她怕买错了，我不喜欢。

有一次小张姨甚至想带党胜光回她家住，还有一次小张姨见我看着书上面的美食图片流口水，就有些遗憾地对我说，可惜她不能给我做点好吃的……小张姨不但不嫌弃我们这些肢体残疾、相貌有缺陷的人，还这样充满爱心地心疼我们。

每当我遇到一个不知道的词语或典故的时候，我就会去找小张姨，小张姨就会不嫌麻烦地帮我查字典翻书，小张姨总想尽量帮助我，希望我能够好。

我有了第一笔稿费的时候，我求小张姨给我买一本《古代汉语词典》，小张姨就连夜打电话预定，第二天词典就到了。没有人知道我是多么喜欢这部词典，我是喜欢读古书的，可是古书上没有注解，我就看不懂，有了这部词典，我就宛如有了一把金钥匙，一扇通往宝库的大门就此打开了，只要我努力，再没有任何一本古书能够难住我！

小张姨总是说我聪明，会写文章，小张姨说她相信我一定能够写出好文章来。

我那时正在修改文章，改得昏天黑地，我真的绝望了，小张姨对我说不如写点别的，所以我写了《大风行》，那时就想听小张姨的劝，写着玩，换换脑子，后来感觉不错，就把文章发到了网上，没想到有网站编辑要给我签约，我就求小张姨帮忙，要不是小张姨帮忙，我是绝对签不了约的。

我想起小张姨对我的好，就感到内疚，以后我一定努力，尽我所能不让小张姨对我失望。

我想起了张学友的一首歌："每当想起你，我心中就有无穷的力量……"只要你们相信我，我就要为你们去创造奇迹，你们的信任，就是我心中无穷的力量！

第九节　坤姨

坤姨是个很正直的人，她对我们很慈和，我们犯点小脾气，她都包涵，并不介意，尤其是对我，以前母亲舍不得管教我，我的脾气就有些大。

有一回我的嘴角烂了，很疼，坤姨说抹点白糖也许管事，她就拿了一个细长的小瓶子，里面是白糖，对我说，若是疼了，就抹一点，可那时我光喊痛，就是不想抹。记得坤姨说那糖是她从家里拿来的，我这个样子坤姨也许觉得我不珍惜吧。后来我一想起这事，就觉得对不起坤姨。虽然这样，我还是翻脸比翻书还快，常常发脾气，尽管事后会后悔，还是不懂得珍惜。现在那只瓶子可能还躺在学校的某个抽屉里面。

坤姨喜欢看书，但是她不像我有大把的时间可以挥霍，她要为了生活去奔波，很少有时间和心情去看书，但是坤姨知道我想要别人看我的文章，她就挤出时间来看我的文章，她总是说我写得好，我知道她这是为了鼓励我，但是我还是很高兴，毕竟有人欣赏是一件值得愉悦的事情，要是大家都说不好，那我还怎么写啊。

第十节 小九

杨姨说小九有些咳嗽，要吃药，其实止咳糖浆挺甜的，可是不知道为什么小九就是不吃，没有办法杨姨扳着小九的脑袋，强制灌药，但是小九并不屈服，使劲地拨浪着小脑袋，只是不肯把嘴里的药咽下去，杨姨只得轻轻地捏住小九的小鼻子，只要小九喘一口气，就会把药咽下去。我觉得捏着小九的小鼻子挺好玩的，也想捏，可是我的手没轻没重的，怕把小九的小鼻子给捏掉了。

可捏了半天，小九还是固执地将药吐了出来，杨姨一边给小九擦衣服上的药，一边说多一半都吐了，让小九缓一缓之后还得接着喂。

这次我和刘奶奶也来帮忙，我抓着小九唯一能动的手，刘奶奶抱着小九的脑袋，杨姨灌了小九一大口药，捏着小九的鼻子，托着小九的下巴，这回小九可挣扎不了了，一挺身子，她一急，哭了一声，一哭，咕咚咽了一口，杨姨急忙松手说这回终于咽了，杨姨的手刚一松，小九一喘气，咕咚又咽了一口，我和刘奶奶也松了手，小九拧着眉毛，睁着小眼睛，哀怨地看着我们，似是受了极大的委屈，小脸憋着通红，张着嘴发出一连串走音变调的哭声……

唉！小九还不懂良药苦口的道理。

我看着小九这副尊容，觉得很好玩，忍不住地笑了，刘奶奶说你看，小九眉毛上面有个痦子，这是喜鹊登梅，有福气啊。

我说那俩大耳朵呢？刘奶奶笑着说大耳扇风也有福气。我说那脖子长呢？刘奶奶更笑了，说都是福相。

我摸着小九的扇风耳说，小九的耳朵特别软和，也是有福！

我们都看着"啊啊"哭个没完的小九笑了。

我最喜欢小九，因为小九的长相真的很好玩，两只大扇风招财耳，长在一个三角脑袋上，上窄下宽，我怎么看小九的小脑袋有点像独头蒜呢，窄小的脑门下面一对三角眼，我仔细一看，好家伙，小九还是一双丹凤眼，要知道凤姐有一双丹凤眼，关老爷也有一双丹凤眼，卧蚕眉、丹凤眼也就是小九长的这样子的吧！还有极为精致的小蒜头鼻子，看来，小九和三角与大蒜十分有缘啊，小九小小的嘴是不值一提的，因为更为逗人的是那两腮团团的肥肉。

不知道为什么，小九的五官长得都没有问题，只是这么一配合，就有一种坏坏的意味，特别是小九笑的时候，这种意味更加明显了，有一种神秘莫测的诡异，若是达·芬奇复生，给笑着的小九画一幅肖像，也许小九的笑能够超过蒙娜丽莎的微笑也未可知……那么美学家宗白华也就不用去观摩蒙娜丽莎的微笑以寻找那恍惚迷离的美了，直接来看看我们小九诡异的微笑吧，也许就能够找出巧笑倩兮的真谛。

马爷爷说小九天生就是个丑角，都不用化妆，这不让那些喜剧演员羡慕死了吗？什么卓别林、憨豆先生，只要小九笑着摇摇头就都给比下去了。

小九不能成为一个丑角，真是遗憾啊！

可爱的小九只有一只手能动，他不能走路，只能坐在轮椅上面，但是我还是最喜欢小九，因为小九总是那样的乐观，只要刘奶奶她们说，小九啊，你给我们摇摇头吧，小九就会给我们摇摇头，我们就会笑，他也就笑了。

我们因为小九摇头而笑，小九因为我们为他摇头而笑也欣然而笑。

第十一节　鸡蛋壳与三子棋

我记得家里有一本手工书，已经残缺不全了，那时我还很小，母亲和我在上面看到了用鸡蛋壳做的玩偶，有企鹅，还有其他的一些人物和动物。

母亲也动手做了，她把鸡蛋洗干净，在一头打一个小洞，将蛋清和蛋黄从小洞里倒出来，再把蛋壳晾干了，就可以做玩偶了。先用纸剪两只耳朵，用浆糊粘在没有洞的一头，用笔在下面画上眼睛和嘴，也许还有鼻子，我记不清了，再用纸剪两只小脚粘在有洞的那一头，好像企鹅还有黑色的披风，猫头鹰还有两只小翅膀，用纸贴在背后，然后立在桌上（因为蛋壳下面有洞，可以立得住），俨然一个可爱的小玩偶。

母亲给我买过一盒跳棋，我总是不爱玩，后来母亲教我她小时候玩的一种弈棋，就是在地上画一个大大的回字，在回字里面的小口里再画一个更小的口，在这相套着的三个口中画上横竖斜八条线，记住，那八条线不能贯穿最里面的那个口。这样棋盘上就有二十四个点，所以要有二十四枚棋子，双方各是十二个子。每条线都有三个点相连，所以只要一方的三个子相连，就算弈上了（赢了一手），可以吃对方一个子，下的时候不但要想办法让自己的三枚棋子连到一起，还要阻止对方的三个棋子连在一起，有点像五子棋，但是不是连在一起就算赢，而是不停地吃对方的子，最后看谁留下的子最多。

我对玩这种弈棋总是乐此不疲，总是缠着母亲弈上几局，没有棋盘，就在地上用粉笔现玩现画，没有棋子就用跳棋子代替，我总是在地上画好棋盘，摆好棋子，去求母亲跟我下，有一次母亲没注意一脚还踩碎了一枚棋子。那时候我似乎没有现在这样大的好胜心，输了也不着急，只觉得有趣，和母亲下棋，其乐融融，在刮大风的日子里坐在小板凳上和母亲来几局栾棋，显得格外的甜蜜温馨。

好怀念过去的玩具，一堆石子就能够玩三国演义，花生皮和火柴梗就能够玩剿匪记和夺嫡风云……

那些都是我的治愈系玩具啊！

第十二节 头发

鲁迅有《头发的故事》和《说胡须》这样的名篇，大抵连文豪都觉得这些身外之物是很麻烦的，只恨不能像曹操那样，自己的马踩了老百姓的麦苗，按令当斩时（没有办法，这是他自己说的），他却潇潇洒洒割了自己的一绺头发了事。那样一绺头发就能够震撼三军的事情，已经不会再有了，现在，三千烦恼丝就是个大麻烦，不知道我有多么倒霉，我的头发的新陈代谢格外的快，真是惟陈言之务去，不是，是惟陈屑之务去，苟日新，日日新，又日新啊。

那些头皮屑越胡噜越有，越有越胡噜，像雪像雾又像霜，一胡噜头发头皮屑就噗噗而落，不胡噜也落，走到哪里落到哪里，PM 2.5 指数直升……

那就洗个澡吧，哪里知道，不洗还好，洗完之后，第二天就一脑袋白毛雪,好像刚刚弹完棉花。

曰:"没洗干净……"

有时候我也恨自己的头发,怎么老是长,不长好不好,长得慢一点儿好不好,可是它不听我的,非长不可,真让我无奈,想起《岁月神偷》里面大伯对爸爸说:"咱们兄弟一个剃头、一个做鞋,本来想一辈子不愁吃喝,谁想到……"

人的麻烦是一头一脚啊!

后来彭姨、杨姨她们给我理发,常常跟我开玩笑,说管我要理发钱,我知道现在理发的价格也涨了,我不想麻烦别人,可是头发却执意要长,咋办哪?

每当彭姨、杨姨她们将我包裹在塑料斗篷里面,我心中就对头发无比怨恨,盼望着这次把头发剃光之后永远不再长头发,别人怕脱发,我盼望脱发,就是怕麻烦。

理完发,张姨把头发扫干净,细小的头发很不好扫,随处乱飘,遇物就沾上,沾到笤帚上,沾到鞋底上,哪儿哪儿都是。

小张姨给我们洗头,我们的脑袋没有了头发的覆盖,一片片的白花花的皮屑乱飞,耀人眼目。我们的头被小张姨洗得头皮泛青,分外干净。一开始我都是自己洗头的,有一回懒意袭人,求小张姨给我蜕蜕皮,不是,那个,洗洗头皮屑,我老是搞不定那些该死的头皮屑。

我觉得很不应该,这么大了连头皮屑都搞不定,不是白活了吗?

后来终于让我发现了一件神器,那就是刷子,从此我每回洗澡，必要洗刷刷一番，虽然拿刷子刷脑袋有些疼，但是可以和头屑说拜拜了，拜拜了您啊！

我每次洗澡先要借陈爷爷的刷子，有两次忘了，脱光了才想起来，于是我只好一边骂街一边重新穿上衣服去借……

第十三节　吃饭

吃饭时我和大力新坐在高桌上面，有时挨着有时并不挨着，党胜光坐在矮桌上，因为他坐不了高椅子。

食堂的高椅子并不多，老是少一把，有时杨姨和党胜光一起坐在矮桌上，有时张姨或者彭姨要去别的房间去吃饭，我很想和党胜光一起坐在矮桌上面，把高椅子让给她们，她们已经很辛苦了，连吃饭都没有位置。

打回来的饭有时多有时少，多了吃不了，浪费，少了，不够吃，没有一回是正好的。常常是饭多了的时候大家都不饿，而饭少了的时候大家却感觉很饿，就好像故意起哄似的。彭姨、张姨她们常常为分饭菜发愁，多了没人吃，少了又不够分的，分着分着却发现自己的没有了。

厨房离我们食堂太远，杨姨、张姨她们就宁可自己少吃些，也先可着我们吃。她们辛苦了一天，饭却吃不好，本来她们可以去食堂吃的，可是她们还要喂李奶奶，还得给我们盛饭。

我永远是去食堂吃饭最晚的一个，也永远是吃得最慢的一个。

我觉得坐在食堂里面干巴巴地等着吃饭实在是最没意思的事情，我曾经想拿着一本书去等着饭来，可是又觉得那样子实在是太做作，只好作罢。

在吃饭这件事情，我不如大力新仁义，不管饭菜多么烫，大力新都往嘴里塞，就怕自己吃得慢。

我就没出息，如果饿了，我就死抱着饭碗不撒手，不把自己撑死绝不罢休；如果不饿，我就尽力多吃下几口，直到看到大家都走光了，才做出恋恋不舍的样子很无奈地把碗一推，说："我吃不了……"

第十四节　买包子

我看到赵叔叔买了包子，吃得挺香的，我也眼馋了，就鼓动党胜光说现在主席吃包子，可有名了，要不咱们也尝尝？党胜光心动了，于是我、小国、大力新、党胜光四个人合起来用过年的红包，让郭爷爷给我们买包子，吃了一顿。

其实我是有私心的，吃着包子，就想起母亲来。有一年母亲说自己很笨，人家都会做包着一个肉丸的饺子，自己不会，这次也试着做一回，母亲一边说一边用力搅着肉馅……

我现在也记不清那饺子到底好吃不好吃，只清楚地记得母亲一边说话一边用力搅着肉馅的情形，现在还如在目前，那是过年的回忆，那是童年的回忆，那是爱的回忆。

记得我看余光中的文章时，我跟老师说，自己没有故乡，是不会有乡愁的，老师说每个人都会有乡愁的。

直到我看梁实秋和普鲁斯特的文章时，才明白梁实秋念念不忘的北京小吃、普鲁斯特的那块似乎永恒的小玛德莱娜饼干都饱含着浓浓的乡愁，回不去的都是乡愁，不管你有没有故乡……

母亲就是我永远的乡愁，母亲在坟里面，而我在坟外面，我好像又听到罗大佑所吟唱的《乡愁四韵》："啊，给我一枝腊梅香啊腊梅香，那母亲一样的腊梅香，那母亲的芬芳，那乡土的芬芳，给我一枝腊梅香啊腊梅香……"

和母亲在一起的点点滴滴，就够我回味一生了……

陈爷爷过生日时，院里给陈爷爷买了猪头肉，我分享陈爷爷的猪头肉的时候，又想起了母亲。那一年过年，母亲买了一个大猪头，可是她被人家撞了，胳膊被撞得无法使力，但是年还要过，记得母亲忍着疼，用斧头用力劈在那个猪头上面，不知道是血还是油脂，迸溅在屋顶上，我永远都不会忘记，母亲忍着疼劈猪头的样子和那滴迸溅在屋顶上的血，那是过年最深刻的回忆……

母亲不是每一年过年都包一个肉丸的饺子、都买猪头的，那是仅此一次，母亲舍不得呀。

我和党胜光过年，都求门房的大爷或者是阿姨给我们买火腿肠，这也是我的私心，母亲从来舍不得买火腿肠，都是大姨、二姨过年时候来看我们时带给我们吃的。每当我把筷子频频伸向桌子上面的火腿肠时，母亲总会说你呀，就爱这些贵的，而她自己的筷子却舍不得去多夹一片火腿肠……

记得有一回大姨走了，母亲舍不得吃大姨带来的火腿肠，我实在忍不住，偷偷地咬了一口，后来那香喷喷的火腿肠被猫叼走了，记得母亲惆怅地对我说，要是你多咬两口该多好啊。

我记得母亲后来跟人家学的，过年就做两根灌肠，把买来的肠子煮煮，洗净，然后把肉汤拌进面粉里，然后把漏斗固定在肠子口上，记得那面粉和肉汤总是堵在漏斗上，母亲就用筷子一点一点地把堵在漏斗上的面粉和肉汤捅下去，然后母亲用手在肠子上面一捋，将那些面粉、肉汤捋到肠子底部，肠子那头母亲已经用绳子系起来了，就这样灌满一根肠子，母亲再用绳子把这头也系上，就算大功告成了，把灌好的肠子挂在外面就可以了。吃的时候用刀一切就好了，奇怪，那些肉汤都已经凝固了。

母亲灌肠子的时候我总是蹲在旁边看着，觉得母亲一灌肠子，过年的味道就特别浓。

这些对我们来说都是极为奢侈的享受。

我总是求杨姨和小张姨给我买豆腐脑，她们早晨来上班，带豆腐脑十分不方便，但还是给我带了几回。

我跟母亲从来没有买过这些早点，母亲总是觉得自己做饭比买早点便宜。记得有一次母亲看着早点摊子馋了，就和我一人买了一碗豆浆，她看着人家的油条和我说："这太贵了，妈回去给你炸果子好不好……"

母亲不在了以后我才知道有一种吃的叫做方便面，别说方便面啊，母亲连挂面都舍不得买。有一次邻居说自己的面汤吃不了，给我们喂鸡吧，我们养过鸡，我望着鸡槽里的面条，问母亲："妈，为什么人家的面条比咱家的细啊？"母亲说那是挂面，不是擀的。我似懂非懂地点点头，我那时还没有见过挂面。

有一年过年，母亲一高兴，买了一罐可口可乐，那是母亲唯一一次买饮料。母亲将那罐可口可乐给我，我也舍不得喝，就打定主意，要等晚上过除夕的时候喝，我就将可口可乐放在柜子跟前的地上。母亲说晚上是除夕，睡得晚，让我白天睡觉，我睡不着，我在床上面看着地上的可口可乐咽口水，后来我实在馋得受不了了，就偷偷地打开可乐，喝了一小口，好好喝啊，然后我又回到床上，过了一会儿又馋了，就又下床喝一小口……就这样一小口、一小口，到了晚上我的可口可乐只剩下一点了，我兑了点水，喝了，虽然滋味淡了，还是觉得好喝。以后我也喝过可口可乐，但是感觉都没有那次母亲给我买的那一罐好喝。

这些都是只有过年才能吃喝到的东西，其实我更爱吃母亲平时做的饭菜，像炒土豆、炒白菜、鸡蛋炒西红柿。记得吃鸡蛋炒西红柿的时候，我总是将鸡蛋炒西红柿拌在米饭里吃，有一次母亲说新疆有抓饭，就是把菜拌在饭里面，用手抓着吃。我很羡慕地说，新疆人多幸福，没有脑瘫还能用手抓着吃，你看我多可怜，有脑瘫，还得拿筷子，好辛苦啊。母亲严厉地说，好好拿筷子，这是锻炼……

唉，母亲的味道就是乡愁的味道……

第十五节　洗脸

有一回张姨发现助子眼睛上面的眼屎没有洗掉，就给助子往下擦，可是助子就是不让擦，助子左躲右闪，脑袋晃来晃去，躲避着张姨手中的毛巾，张姨想尽方法，逗引哄骗，声东击西，助子开始发起了脾气，大叫着用拳头推拒张姨的毛巾，甚而伸手去打张姨，张姨只好动强，固定住助子的脑袋，强制给助子擦洗，助子杀猪似的哭闹，助子的脾气好大呀。

每次张姨她们给助子洗脸时都要斗智斗勇，给小九和老虎洗脸时都很听话，唯独助子，死也不愿洗脸，洗脸似乎对于他是一件极为痛苦的事情。

可是助子似乎是最脏的一个，每次睡觉起来，眼屎都比小九和老虎多，不知道是不是助子比他们睡得好的缘故，反正助子不但脏而且不愿洗脸。

看着张姨她们给助子洗脸时的千难万难，我不禁想起我小时候洗脸的经历来……

小时候我洗脸要端着脸盆去小南屋打水，然后回到北屋把脸盆放在脸盆架上洗，我刷牙是在小南屋的水池子边上刷，可是洗脸却要回到北屋，不知道这是为了什么？

我端着脸盆，从小南屋回到北屋，要穿过院子，我走路歪歪斜斜，脸盆里的水一路上颠簸倾覆，到了北屋，放在脸盆架之上，脸盆中的水已经所剩无几了。

我一路走来，妈妈不停地唠叨着，叫我慢一点走，不要溅出水来，我不听，恨不得快快地走完这些路，把脸盆放在架上，我想只要走快一点，就能够多保住一点尚未溅出的水，但是我错了，我越是走得快，水越是溅出的多。

记得那时我正在听评书《水浒传》，我一天到晚抱着话匣子不松手，我洗脸的时候正是播评书的时候，我舍不得放下我的匣匣，就把匣匣拿到小南屋去，一边刷牙一边听《水浒传》，刷完牙，再接一盆水，然后将匣匣叼在嘴里，收音机上面有一个小绳子，我就用牙齿咬着这绳子，然后端着脸盆摇摇曳曳地在匣匣的评书声中走向北屋。

但是有一回我失手了，准确地说我是失嘴了，我正叼着匣匣端着脸盆往屋里走时，我的牙一松，匣子掉进了脸盆中的水里，马上就不响了。不出意料，妈妈对我一顿雷烟火炮，我并不在乎，我只在乎我的匣子还有没有救。妈妈也无奈，只好死马当活马治，把匣匣放在暖气上面烤。幸亏是冬天，后来记得匣子又响了，可是被暖气烤得走积（变形）了，在这水火交攻之下，没过多久就坏掉了……

要是等它自然干了，说不定还能够多用些日子。

第十六节　病后杂感

过年了，忍不住想起了母亲，有一回梦见母亲就睡在我身边，就和我小时候那样，可是当我醒来时，才发现只有我一个人……

年三十身体很不舒服，昨天和党胜光洗澡，有点着凉了。杨姨和李姨一直在一刻不停地忙，我的头还是觉得晕晕的，过年闹病，心里说不出什么滋味，穿上新衣服，觉得好多了，以前母亲从来不给我买新衣服，母亲自己也不买，现在每年院里给我们买一身新衣服，我很知足。

我又去看党胜光的新衣服，杨姨说党胜光的衣服有点小，和别人换换，党胜光想和大力新换，可是大力新已经出去了，我就跟党胜光换衣服，感觉大的衣服很好穿。

党胜光说他也有点难受，我说就是昨天洗澡的时候着了点凉。

杨姨和李姨也给小九他们穿戴了，我看小九他们穿上了新衣服，都显得格外的精神，我就推着小九四处转。杨姨叫我去领香皂和牙膏，小国哪儿都好，就是也太浪费了，不到半个月，一块新香皂、一筒新牙膏，就全浪费完了，我也实在接受不了，眼睛不好，我可以理解，但是往热水里面搓香皂，似乎和眼睛不好没有多大的关系吧。

他们说，这回知道党胜光的好处了吧，党胜光起码不浪费啊。

领了东西，我都不敢放在外面，我怕小国又给我浪费了，我这个人和母亲节俭惯了，就把东西放在抽屉里，现用现拿。

听说党胜光难受得不行，我赶紧推着小九去看看党胜光，党胜光正在床上，李姨刚给他量完了体温，说没事，我就说党胜光你不能在床上躺着，老在床上躺着，没有病也要躺出病来的，党胜光听了我话，就起来了。

我倒是光说党胜光了，怎么我自己也有点不舒服啊，我想得赶紧喝水去，于是推着小九到我屋里喝水，小九也要喝，我先喝完，又给了他一点，正在我们喝水的时候，一位和蔼的长者走了进来，他对我说，他看过我的文章，说我的文章写得挺好，让我继续努力，我说一定努力。过年局里领导来看我们，我们心里暖暖的。

中午还是觉得身体不自在，我没有吃饭，想着睡一觉就会好的，谁知道睡了个午觉之后就有点发烧。我和小九一起去打针，小九也有点发烧，上午是陈大夫值班，下午是杨大夫值班，年三十的，她们还得上班，杨大夫给我们打完针，小九高兴了，于是杨大夫给了小九一块糖，小九更加兴奋了，高兴得直叫。

刚刚回来，张院长带着韩院长、高院长给我们发红包来了，每人都有一个，张院长说合个影吧，又叫郭爷爷把小新疆领来，小新疆也有红包，不过不能给他，如果给他，小新疆非得把红包吃了不可，张院长嘱咐杨姨拿红包里的钱给小新疆他们买点好吃的。

小新疆一来就抢了个大苹果吃，一般人比不了啊。

抚摸着手里的红包，想过年了，不管是局里还是院里都没有忘记我们，局长来看我们，院里给我们穿新衣服，还给我们发红包，唉，过年，其实不就是过一种感觉吗，那是一种家的感觉，这就是过年的意义！虽然我们没有家，但是也有人想着我们、念着我们，这就足够了，这就是最最幸福的事情。

知道吃饺子，可把我们乐坏了，我和党胜光说，咱们的腊八醋该动了，十年磨一剑，今日把示君！腊八醋就饺子，绝配啊！

三十晚上又出事了，杨姨给我量体温，我非要自己看看几度，我不是想知道自己发烧不发烧，我就是想证明我能够看懂体温表，可是我看体温表看得慢，杨姨又急着去干别的，于是我大发脾气，后来想，大三十的，杨姨不能回家，陪我们过年，实在很辛苦，我就是太自私了，就为了证明自己能够看体温表，太自私了啊。

关上门，看电视春晚，渐渐有了寂寞的感觉，过去和母亲一起过年的时候，都干什么呢？其实也没有别的什么吧，三十晚上，母亲会包饺子，包好多好多的饺子，一盖垫板儿，两盖垫板儿，三盖垫板儿……母亲最后总要剩下一点面，说要年年有余……

然后就是看晚会，吃瓜子，一晚上的瓜子皮儿、花生皮儿，都不扫，初一的早晨，我就在上面踩一踩，那是最好听的声音，那也是幸福的声音……

现在母亲不在我身边，电视上的节目越来越精致了，我问小国，晚会好看吗？小国乖乖地点点头说好看。

我脱了衣服，上床盖上被子看晚会，虽然盖了被子，还是觉得冷，也许还有一点烧吧，晚会没有完，我就把电视关上了，睡觉的时候我想，能不能再梦见母亲啊……

初一起床之后我还在生杨姨的气，我想杨姨为什么就不明白，我真的会看体温表啊！

吃饺子的时候又是就着腊八醋，母亲说初一的饺子，吃的越多越有福，我就多吃一点，其实母亲活着的时候，打死我我也不会信这些东西的，那时我想，这些全是迷信，可现在母亲不在了，我比谁都迷信，我相信它们就是真理，只因为它们是母亲说的。

张院长上来看看我们，我知道张院长再过一会儿也该回家过年了，三四年了，每个三十都在福利院里值班，真的不容易啊……党胜光老想做院长，其实做个好院长真不容易，党胜光没有家，体会不到过年不回家的滋味啊。

我的确不应该吃那么多饺子，中午食火就烧起来了，下午打了一针，又是和小九一起去的，我和小九还真有缘。

到下面一看，楼下好几孩子全病了，打针都要排队，陈大夫的孩子不到一岁大，还离不开母亲，所以陈大夫是带着孩子来值班的。唉，大初一的，她又不能不来，要是不来，我们这些病号怎么办啊？

虽然打了一针，还是没有遏制住食火，晚上我吐了一床，张姨没有嫌我脏，给我收拾干净，又给我吃了退烧药，这时我又难受又后悔，唉，我这样的人，脾气这样怪，谁受得了啊，记得母亲活着的时候，从来不舍得吃药，得了病，就给我刮刮痧什么的，然后病就好了，唉，我这样的脾气怕是只有母亲才能忍受吧……

早晨四点食火又烧起来了，五点半，我实在难受，把张姨叫来，一量，果然发烧，吃了退烧药，不那么难受了。

在床上躺了三四天，病老不好，新闻上说禽流感什么的，我有点害怕了。杨姨带我去打针，让我走走，躺了好几天，身子发软，不想动，还没有走到医务室就摔了个跟头，又是陈大夫值班。打完了针，杨姨说，我得写遗嘱，陈大夫说快回去写去吧，我只能苦笑，我现在连笔都拿不动了，还写遗嘱。

其实我什么也没有，唯一有的还是自己的身体，我想，我死的时候，最好把眼角膜捐了，好东西不能埋没，还有什么能够捐的呢？其实关于死，我的想法是很罗曼蒂克的，将我埋在土里，上面种一棵树，也许是柿子树，到时候我就和用身体滋养桃林的夸父一样了吗？到满树坠满金灿灿的柿子的时候，我在土里笑……

睡了一觉，我才有了精神。

过这个年我想母亲了，也病了，还发脾气了，有了一身新衣服，还得了一个红包。

过年了，长了一岁，我也该长点心了吧……

第十七节　我拿什么感谢

本来我想放弃，无论写多少文字都不会有人看的，难道非逼着人家看我写的那些不怎么好的东西吗？我心灰意懒了，不想写了。

可是没有想到，有一天，张院长、韩院长和高姨都来了，说我有稿费了，而且是意想不到的多，就算是稿费很少，我也知足，这么多年来，这是唯一一次对我的肯定，我感谢院长、阿姨和那些好心人的帮助，没有人家，无论如何都不会有我的今天，我知道我写得并不好，是因为有人帮我，否则我怎么可能发表文章，而且还拿稿费啊，人要知足，我很知足！

院长问我准备怎么用这笔稿费。我想回报大家，我总是在说感谢大家，可是说出来的话，却显得矫情，因为自己确实底气不足，我拿什么去感谢大家啊？

我不知道买什么好，就怕大家不吃，大家都知道我有点钱不容易。

我和党胜光说，买方便面吧。可大家都会做饭，不喜欢吃方便面。我们之前也没有买过什么，不知道买什么东西给大家合适。

半夜睡不着，我猛然想起来了，就把党胜光叫醒，问他："请大家吃煎饼好不好？"

党胜光迷迷糊糊地说："人家未必吃，再说也不好买啊。"

我又想，要是人家说我狂，写了篇文章，挣了一点钱，就不知道姓什么了，那该怎么办呢？

怎样才能让大家知道我的感谢是发自内心的呢？后来做了下面这个梦：

我决定为大家包饺子，我买来面粉和大白菜，还有酱油、香油、五香面……

我跟母亲学过包饺子，那时母亲出去摆摊儿，我常常在家包饺子，那时没有肉，所以我不会包肉的，我只会包素的，白菜馅，真香啊，吃不够啊！

我会剁白菜，不过我拿刀发飘，那时母亲老是骂我，太过大开大合，稳不住，把白菜丁溅得到处都是，怎么说来着，大珠小珠落玉盘，白菜如雪落，铺了一地，母亲都是一边骂我，一边给我收拾，说我干点活还要工钱，得六个人跟着我收拾，那时候的我听到母亲这样叨唠可烦了，现在我再也听不见母亲骂我了，我真想让母亲一直骂我。

母亲教我，要用盐把白菜煞一煞，等水出来了，再用纱布把水分挤出来，不过我老是不放盐，直接挤，那时我的手劲大。

白菜这玩意儿不出数，剁半棵一挤就没了，我这个人没出息，好吃的就没命地往嘴里塞，所以得多包点饺子。

下面该和馅儿了，其实我和的馅比母亲和的香，因为我舍得往里搁东西，母亲就比较节省。我拿一个碗，先放酱油，再放五香面、味精、胡椒面和盐，然后再一股脑儿地倒进白菜馅里面，再倒点油，那时是菜籽油，我们家还有大油，不过只有过年时才有，因为买肉可是很奢侈的事。

母亲舍不得买香油，可是我们有麻酱，麻酱棒极了，上面浮着一层油，听母亲说，那就是传说中的香油啊。

我有的时候吃饺子往醋里放点麻酱油，香死啦！

一提起麻酱，我就生气，有一次母亲出去打麻酱，有个小孩问我母亲干什么去了，我就说她去打麻酱了，他非说我母亲去码长城了，我差点和他打一架，什么人啊，连麻酱都没吃过。

把配料都放好，再这么一拌，太香了，别处都吃不着，因为是我拌的！

然后是和面，应该是先醒面，再做馅，我这个人包饺子有点本末倒置，我是拌好馅再和面，母亲说包饺子面要和得软一点，擀面条的话面就要硬一点，我却不认同，因为面软了不好擀，粘擀面杖，让人不爽，所以我和的面，一律都是硬面，都是很有风骨的，反正很容易，软了就加面呗。

这也是要被母亲骂的，因为有时母亲回来的晚，我擀的皮儿都已经风干开始皲裂了，母亲还得重新做剂子。

做剂子很好玩，把圆圆的面团揉揉搓搓，就变成一条蛇的样子蜿蜒于面板之上，然后用手掐住"蛇头"，一个一个地往下揪，直揪到"蛇尾"，用铺天盖地的面粉将剂子覆盖（一般包完饺子，我就会变成一个白人，浑身上下无处不白，母亲就一边骂我，一边给我拍打，于是雾霾满屋，白雾茫茫，所谓伊人，只能挨骂），一胡噜，剂子就变成了小圆球。听过一个笑话，说蚯蚓寂寞了，想踢足球，把自己切成了十二段，是不是就是这个效果？

擀皮儿时母亲说先要把那些圆球用手摁扁，这样就好擀了，我擀皮儿，只要面够硬，有风骨，我就能够擀得圆圆满满，薄厚适中，恰到好处，我爱面的风骨，容易使力，美中不足的就是我干活太慢了，但是俗话说得好，慢工出细活啊！

如果面软了，就是要了我的命啊，擀皮时面皮要不就是破一个洞，要不就粘在面板和擀面杖之间，被扯得老长，我想问问，都说扯皮扯皮的，是不是在说我？有时面皮糊在面板上面无法收拾，我被母亲赶走，去旁边凉快凉快去。

这可不是我的技术不过硬啊，是面没有风骨，面要有骨气，要有骨头，要经得起擀面杖的压力，面如人生啊！

下面该煮饺子了，我还记得是盖盖儿煮皮儿，开盖煮馅儿，我那时很喜欢收集这些小窍门什么的。

那时母亲很放心让我开煤气，说实话，我也有点紧张，太靠近怕火烧着手，太远点不着火，火一起就好了，水一开，就往里抓饺子吧，母亲总是怕我把饺子抓坏了，或者粘锅，她亲自端着盖垫板儿而往锅里扒拉……我只能站在旁边干着急，插不上手啊!

慢着,怎么没有说到包啊?

这个这个这个,我其实不会包……

关于包饺子,所有的程序我都门清,可就是不会包!

把馅儿包进皮儿里,怎一个难字了得,用我这修炼大力鹰爪功的爪儿,不是,是手,包饺子,不是杀鸡用牛刀、大炮打蚊子吗?

在梦里面,是党胜光、大力新和我一起包饺子的,我们包得一团糟,最后煮出来的饺子全都破了,变成一锅片儿汤,我不知道有没有人品尝我的片儿汤,我只是想感谢每一个帮助过我的人,我用最真的真心去感谢他们,不知道他们能不能知道我的心!

我拿什么感谢啊?

第十八节　马

奔驰千里迎客来,踏雪翻蹄到君前。
负君万里追梦还,蹄跳咆嚎嘶转吉。

追风踏浪缟素来,寂寞沙场一点白。
为君冲陷敌重围,三军兵马属第一。

来如一团火,去似赤龙怒。
愿君如赤马,一年红到尾。

乌云压地临，乌光耀目灼。
黑马现银芒，今年吾夺冠。

黄马频回顾，相亲莫相忘。
不能夺其冠，伙伴愿同行。

西风骓马烈，咆跳欲踏天。
他日龙腾时，莫忘贫贱岁。

龙马仰天啸，竞技吾争先。
功成既身退，不骄是宝马。

八骏吾不显，并非不争先，
翼友夺其冠，吾再从中笑。

伙伴皆争先，怎敢步后尘。
奋力骨肉突，驽马当自强。

蓝马如梦亦如幻，飞驰奔走如掣电。
来如闪电去似烟，恍惚变化难觅踪。

蓝色的马是一个梦
从海的那一头驰来
神秘而忧郁

神秘如海

忧郁如我

像梦一般

飘过

飘过

第八章　城堡学校

第一节　有学校接收我了！

有一天，何阿姨、黄阿姨和另一位阿姨来福利院接我，她们对我说，她们要带我去上学，她们说那是一个技能学校，上两三年学后就可以工作了，她们让我带些东西马上就走。我心里很不安，我不知道那是座什么样的学校，我也不知道以后会怎样，我怀着忐忑不安的心情上了车。在车上何阿姨给了我一些牙刷牙膏什么的。和我一起去的还有"小新疆"，在路上何阿姨她们聊天，她们说这次送我们去学校是花了大资本的，希望我们能好好学。

我们到了学校，这个学校的楼房有点像外国的城堡，我想也许就是我在小说里常看到的那种哥特式城堡吧。

吃完饭我被带到一个房间，在这个房间里我第一次见到石老师，石老师的眼睛很有神采，这让我对石老师很有好感。屋子里还有两个孩子，他俩躺在床上的被窝里，见我来了他们都把头探出来，向外张望。我以为他俩是瘫在床上不能动，石老师让我也躺在床上睡觉，我睡不着，躺在床上看书，但我也看不下去。我心里很乱。好不容易熬到起床，铃声一响，两个同学就从床上爬起来，我这才知道他们不是不能动，而是很守纪律。

我跟着石老师走出宿舍楼，出了宿舍是一条小路，顺着这条小路走，过了一座小石桥之后就是操场，穿过操场走进一栋楼里，我刚要上楼梯，老师们说我还没有分班，我正不知所措，石老师说先到办公室待一会儿。进了办公室，里面有几位老师正在聊天，一位高大的老师来到我面前，问我会不会写字，我说会，他让我在纸上写自己的名字，我写完了他又拿过一本书让我读。然后，他又给我出了几道算术题，开始出的题目很简单，我一算就算出来了，后来他出了几道四则混合运算题，我就算不对了。他看着我说："先上几年学，以后再工作。"他还给我计划以后的生活，我觉得这位老师处处为我着想，很慈祥，很可亲。

第二天，老师把我安排在成教班，班主任就是那位高大的老师——郑老师。郑老师教我做四则混合运算题，这些题对我来说很难做，我总是出错，郑老师不停地让我改。本来语文我应该学得比较好，可是我的手不好使，写东西很慢，几乎每次都完不成作业。写作文对我来说也有难度，要是让我写小说或者长篇的文章，肯定没问题，但是写短的文章，我又没有灵感，简直写不出来，几乎就是折磨。其他科目的成绩我也不怎么好。

刚开始的时候,我对学校很不习惯,不上课的时候,我会在操场上看着同学们玩耍嬉戏,心里很难受,那个时候,我非常孤独,没有朋友,觉得这个学校是那样的陌生,我对这里的一切都不习惯。我在操场上一圈儿一圈儿地走,一方面是锻炼,另一方面也是一种发泄。卢梭在《忏悔录》里很崇尚散步的作用,我也很喜欢走路,我在走路时是自由的,什么都可以想,也可以什么都不想,很有朱自清的境界,不仅如此,我在走路时头脑中各种意象接踵而来,应接不暇,我在走路时想象力达到了最高峰。

晚上,我不想回宿舍,在走廊里徘徊,那时我真的很苦闷,不光是不习惯,我也在为我的未来发愁,我不知道我的未来会怎样。可能是水土不服,也可能是心里太苦闷,我的牙龈开始红肿,我忍受不了这种肿痛,很想找一支牙签或是一根火柴剔剔牙,可是找不到,哪儿都没有。我只好用手指抠牙,这虽然很不卫生,但是抠出了血,感觉会舒服一点儿。我经常用手抠牙,特别是晚上,因为晚上最疼,每当我抠牙的时候都会发出一种很痛苦的呻吟声,尤其在半夜,那声音更令人毛骨悚然,虽然我自己并不觉得,石老师却被我吓得够呛,嘿嘿,真没想到像石老师长得这样魁梧的人也会怕我。

第二节 "那一年"的歌声

一个周末的中午,我在院子里溜达,看到几个大学生姐姐,她们正在院子里跟狄先生的孩子玩,我就跟她们聊了起来，才知道她们是从政法大学来的，我那时正在学英语，我求一位姐姐教我英语，她很耐心地教我，但我真的好笨，刚教完，一转眼就忘了。我跟那位姐姐聊天，对她说了我的痛苦。我说我在学校里最大的不习惯是没有电脑，那时我已经不用笔写字了，我对电脑有很严重的依赖，没有电脑我几乎就不能写文章了，这是我最不能忍受的。我无法改变自己的处境，我没有别的出路，我只有写作了。人最受不了的就是空虚，无事可做，没有追求。如果没有追求，那我还有什么，什么都没有，只是一片虚无，我害怕这虚无，对于我来说，这虚无简直比死还要可怕。我必须借助写作来战胜虚无。我把我的未来寄托在写作上，这是我唯一的救命稻草。

那位姐姐让我多看点书，说下次给我带些杂志来。她走的时候又教了我一遍英语，还说是朋友就拥抱一下吧。她抱了我一下，我很感动，因为那位姐姐没有嫌我脏，也没有嫌我长得难看，没有嫌我残疾。

第二个周末，那位姐姐又来了，真的给我带了好多本杂志，我对她讲了贾洪涛哥哥、郅永强哥哥、武亚军哥哥的事情，我对她说他们都帮助过我，可又都对我很失望，离我而去了，我觉得自己很没用，很对不起他们，让他们对我失望了。我说我这个人性格不好，老是伤害别人，到这个学校又把老师给伤害了。那位姐姐劝我改变自己的性格。她还给我留下一封信，上面是她抄给我的朗费罗的一首诗，我知道她是在用诗鼓励我。

有一回，老师让我们去多功能厅去听歌，多功能厅里有卡拉 OK，可以唱歌，我在多功能厅里又看到了那位姐姐。那时正好听到一首动画片的主题歌，我跟那位姐姐说，我被这首歌击中了，因为这首歌使我想起我的童年。那位姐姐说她小时候也看过那部动画片。我问她什么是幸福，她说幸福就是和自己爱的人生活在一起。我说要是我有一间小屋，我在里面自由自在地看书、写文章，那就是我最大的幸福了！那位姐姐拿出随身听，给我戴上耳机，耳机里传来许巍的《那一年》，自从我来到这座学校，就再没有听到许巍的歌声了。

那位姐姐走的时候又给我留下一封信，在信上，她说每个人都有缺点，重要的不是抱怨而是改正。就像做手术，不能只是把肚子剖开看看里面的毒瘤，然后就缝上，而是要把毒瘤切掉。我们并不完美，但我们可以彼此理解，彼此鼓励，这就是朋友！信的后面是姐姐抄给我的许巍的《那一年》的歌词，这首歌我听过好多遍，可从没有看到过歌词，直到那一天我才真正喜欢上这首《那一年》。

从那以后，我虽然还是像只没头苍蝇似的在屋子里或者在操场上四处乱撞，但我总会拿着那位姐姐抄的许巍的《那一年》的歌词，我一边走一边不停地念："那一年你正年轻……你站在这繁华的街上，找不到你该去的方向，你站在这繁华的街上，感到从来没有的慌张……你站在这繁华的街上，找不到你该去的方向，你站在这繁华的街上，感到从来没有的慌张……"

有一次，我正在操场上逡巡，念着《那一年》的歌词，碰上了曾老师，曾老师是新来的老师，他是搞音乐的，留着一个马尾辫，凡是搞艺术的，都喜欢留长头发，听说这样容易有灵感,有没有灵感我不知道,不过夏天可就有点热,但我又一想,人家女孩子不也都是长发飘飘的吗,人家也没中暑。

曾老师问我在干什么,我就向他倾诉我的痛苦,他用他那富有磁性的声音大笑,说我在瞎想,他说带我去听他弹琴,我问他能不能给我弹《那一年》,他问我有没有谱子,我说没有,只有歌词,他说没有谱子他就没法弹,他拉着我到了多功能厅,他弹起琴来,弹的是《我的野蛮女友》的主题歌,他一边弹琴一边唱,闭着眼睛,完全沉醉在音乐的世界里。我很羡慕曾老师,我也想有一个自己的世界让我躲藏起来。

后来闹了非典,就一直没有再看到那位姐姐了。我很感谢她,她让我安然度过了刚到学校的不适应期。

第三节　我的破塑料袋

一个周末,老师让我们去多功能厅唱歌,我拿了本陀思妥耶夫斯基的《罪与罚》去了多功能厅,在学校不像在福利院,在福利院我可以看一整天书,没人管我,我有的是时间,想怎么看就怎么看,在学校就不行了,得上课,得做作业,要遵守学校的作息时间,能看书的时间说没有也有,说有也没有,就看你怎么挤时间了。我的办法就是手不释卷,我整天手里拿着本书,上课的时候也带着,课间的时候看,学校发了一个书包,我嫌沉,就把书放到一个塑料袋里,每天提着塑料袋去上学,塑料袋里装着很多东西,课本、作业本、铅笔、橡皮、草纸，外加几本书，时间一久，这个塑料袋既脏且破，提着这么一个又脏又破的塑料袋去上学实在是有碍观瞻，全校只有我一个人提着个破塑料袋，而且走到哪里提到哪里，我走路的样子本来就不好看，再提着个破塑料袋，就更不好看了。

  我总是多带几本书，一开始我的习惯是死看一本书，看完了再看另一本书，这样看书很累，效果很不好，林老师说几本书一起看，这本书看累了就看另一本，这样看书不会累，而且看书的效果很好。于是我一次看很多本书，我总是随自己的心情选择要看的书，正看着一本书时，突然心血来潮就会换另一本书看，全凭一时的好恶决定自己看与不看某本书，因为我想得到更多的东西，如果我不想看一本书，可我非要硬着头皮去看那本书时，无论我怎么努力看那本书，我都不会得到什么的。只有有读书的欲望的时候，我才读书。

  在我要出门的时候，我往往踌躇于不知带哪本书好，这几本书中我到底想看哪一本，而看完这本我还要看哪一本。于是我只好多带几本书。几本书一起读的好处就是看书的时候不累，不会囫囵吞枣。这么多东西也够沉的，我走起路来就更不好了，既不稳也不好看，特别容易摔跤，再加上那个塑料袋也实在太破了。怎么办呢，正好那时天气很冷，老师给了我一件外套，这件外套有一个很大的口袋，我就把书揣在口袋里，书在外套里沉沉地坠着，把我的身体也坠着往一边倾斜，老师们很快就看穿了我的把戏，他们并不跟我一般见识，反倒是我的外套承受不住精神食粮的重量，给坠得开了线。

第四节 我和电脑的"斗争"

不久之后,何阿姨来看我了,还把电脑给我送来了。太棒了,这样我就又可以写文章了。我决定着手写我最想写的武侠小说,不过,我刚用它没有多久,它就坏了。

我开始疯狂地找人帮我修电脑,只要见到大学生,我第一句话就会问:"你会修电脑吗?"只要他说会修,我就让他帮我修电脑,但总是以失败告终。在学校我被人当成笑柄,有人说我:"下次要是再有人来,一看见你的破电脑就都跑了!"其实我心里很难过,这台电脑,是何阿姨送给我的,没用几天就坏了,我觉得很对不起何阿姨。另外,我那时以为只要修好电脑我就可以写文章了,我真的很想写文章,那毕竟是我的希望,如果我不写文章,我真的不知道我还能为我的未来做些什么。有的时候我也会想,我能不能为别人做些事情,那样我也算成人了,但一想到我的处境,我又觉得那是不可能,我也知道自己逼自己是没有用处的,但我真的不知道,怎样做才对得起别人,怎样做才又对得起自己?我知道不要给自己压力,但我真的不想再看到别人对我失望的眼神,那简直比杀了我更让我心痛。我没有倒下,全是因为有文学支撑着我,如果连文学也没有了,我还有什么?一无所有!我知道这有点阿Q精神,可对像我这样的人来说,有点阿Q精神未必不是一件好事,起码我还不至于倒下。我不想让别人为我失望,我想实现我的梦想,我想帮助别人,我知道还有很多人比我还要困难,我想要帮他们，我真的想帮助他们，可是这一切我全都做不到！我连一件也做不到，我努力，还是做不到，我再努力，还是做不到，我知道做不到，但我还是要努力！努力！努力！

有一次学校搞活动，我求几个大学生帮我修电脑，他们是华北电力大学的，我跟他们聊天，我说我想帮助别人，只有帮助别人的人才是真正的人。我说电脑就是我的笔、我的书，我不能没有电脑。他们答应一定来帮我修电脑。过了几天我参加学校的一个活动出去了，我回来的时候发现华北电力大学的一位哥哥和一位姐姐正在给我修电脑，看上去他们已经修了一段时间了，那位姐姐我见过，那位哥哥我没见过，听说是那位姐姐请来的电脑高手。他们修到很晚，我们吃饭的时候，他们还没有修完。我吃完饭，回到屋子里，他们很为难地对我说，因为丢失了一个进入系统的文件，所以我这台电脑修不好了。我一听，很难过，我想我再也没有电脑了！我再也不能用电脑写文章了！我再也不能看那些电脑上的书了！我那十几本从网上下载下来的中外名著全都没有了！我的心好痛！事已至此，难过也没用，我慢慢地接受了现实。

电脑修不好，我也不能闲下来，既然不能写，那我就读书。

我开始学习中国古典文学，听人说，要想在文学上做出点成就，必须把"根"扎好，这个"根"就是古典文学。我要想写武侠小说，那就必须要有古典文学修养。那个时候我已经开始读《唐诗三百首》，虽然那是本盗版的《唐诗三百首》，我这一读，简直就被唐诗迷了个神魂颠倒。记得我读的第一首唐诗是张九龄的《感遇》，诗的头两句就把我深深地吸引住了："兰叶春葳蕤，桂华秋皎洁。"我对这两句很有感觉，"葳蕤"对"皎洁"，尤其是"葳蕤"这个词，我觉得这个词简直美丽得不可方物，就像上次我看到"睥睨"这个词就有了灵感一样，这次虽然我没有得到灵感，但我好像已经领悟到古典文字的精髓，我兴奋到了极点，去找林老师，林老师说这首诗最好的一句是"草木有本心，何求美人折"，意识是说草木生长出于自然，不是为了什么美人。林老师说第一句只不过是一般的对仗，没有什么新奇的，可我还是认为第一句最好。

我读诗时，特别是读那些激情澎湃的长诗时，我身体的血液仿佛也跟着沸腾了起来。另外，我发现读长诗是一种享受，要高声朗读，才能得到淋漓尽致的宣泄。我以为长诗有一种超然的筋脉，如果我能够掌握这种筋脉，那么对我写文章是大有好处的。可读完长诗，我就无法读懂那些短诗，我想长诗是由飞扬的文脉一气贯通而成，在气势上很能感染人，那飞扬的文脉就像是熊熊火焰，有着燎原之势。那么短诗呢？短诗有意境，没有一定的修为是很难读懂的，意境就像是水，上善若水，能够领悟意境的性格要静而柔，可我的性格却是刚而烈，所以我只能被火感染，而不能领悟到水的真谛。可我必须悟透水的真谛，在我的心目中完美的小说必须有完美的意境。

我想大声读出来，但是这样我就影响了一个屋子的同学和老师的生活，所以我不想回屋，能不回就不回，我把书拿到外面去读。最理想的地方当然是教室，在课间的时候我就拿出书来读上一段……

每个星期五只上半天课，下了第四节课就直接去吃午饭，同学们把自己所有的东西都带走，我可不行，一个塑料袋装上作业本、铅笔和课本，已经很重了，再加上我带的几本书，那个塑料袋真是重啊。

我们的教室是在三楼，出了教室的门就是一条极陡的楼梯，我每次下这条楼梯都会心惊胆战，因为太陡了，更何况我还要提着一个超重的塑料袋啊，下了这条可怕的楼梯，还要穿过走廊，再下一条楼梯，再穿过走廊，穿过大厅，才能到达食堂，这一路对我来说简直就像是爬雪山、过草地。为了能赶上吃饭，我只好轻装前行，把那些东西先放在教室里，等吃完饭我再上去拿。本来我们教室的门是不锁的，因为没有钥匙，可偏偏有好事之徒把门给锁上了，我吃完饭去拿东西，就碰壁了，找老师，老师说没钥匙，星期一上课时再说吧。可我的书被锁在里面了，我的书啊！世界立刻变得天昏地暗，我的世界天塌地陷，两天半没有书的日子我可怎么熬啊！这又是我的情绪在作怪，区区几本书竟能把我折磨得痛苦不堪。

后来，马洁把自己的电脑借给我用，而我的笔力和文字水平也都有了很大的进步，我终于完成了一部我最想写的武侠小说——《流泪的刀客与美丽的花蝴蝶》

第九章　流泪的刀客与美丽的花蝴蝶

槛菊愁烟兰泣露，罗幕轻寒……

不知为什么，我特别喜欢这首《蝶恋花》，每次看到总有一种特别的感觉。记得我第一次看到这首《蝶恋花》时，就有种似曾相识的感觉，好像以前我曾与这首《蝶恋花》发生过什么事情。

阿杰是我最好的朋友，他喜欢制作蝴蝶标本，在他屋里摆着几百个蝴蝶标本，那里面有各式各样的蝴蝶，真是美丽异常，可我总觉得把活生生的生命制作成标本有点残忍。

今天，阿杰非拉着我跟他到野外去捉蝴蝶。阿杰捉蝴蝶的本领很高超，一准二轻，这点很重要，因为只要稍稍重一点，蝴蝶的翅膀就会破碎了。

突然，阿杰碰了我一下，我回头看阿杰，阿杰手指着一朵野花，那朵野花上停了一只蝴蝶，这只蝴蝶美得无法形容，它的翅膀的花纹如万花盛放，我从来没有看到过这样美丽的蝴蝶，我一下子被这种美丽惊呆了！

阿杰慢慢走了过去，缓缓地举起了网，我的心渐渐地缩紧了，我在祈祷，这只蝴蝶能够逃过这一劫，我希望阿杰这一次失手，可是阿杰又得手了，我感到我的心好痛！

我对阿杰说："把这只蝴蝶放了吧，让这美丽在人间多停留一会儿吧！"

阿杰说："我要把这美丽永远留在这个世界上。"

"可我想让这美丽活着。"我哀求说。

阿杰笑着摇摇头。

我的心一下子碎了，泪水不知不觉地流了下来。

阿杰看到我这个样子，叹了口气，把那只蝴蝶放了，头也不回地走了。

我呆呆地注视着那只蝴蝶，它在花丛中飞舞，舞动着它那精美绝伦的翅膀。那只蝴蝶仿佛有某种奇异的魔力吸引着我，令我欲罢不能。

那只蝴蝶飞远了，我呆呆地望着它，往前迈了一步，突然脚下一空，我掉了下去，我急速地往下掉，这是哪里？这时忽然有什么东西托住了我的身体，我回头，看见了那如万花盛放的翅膀，是那只蝴蝶！

……

我醒了过来，发现自己躺在一张床上，床边站着一个少女和一个男孩，他们的背后都长着一对蝴蝶般的翅膀，那个少女异常美丽，长发披在肩头，她的翅膀如万花盛放，美丽不可方物，她竟然是那只蝴蝶！她是那样的美丽又是那样的忧伤，她那双美丽的大眼睛充满了无尽哀伤。我知道忧伤的痛苦，我不忍看那双无比哀伤的眼睛,尽管它是那样的美丽!

那个男孩长得和少女极像,看上去十五六岁的样子,但却英气逼人。他的翅膀没有少女的翅膀那样美。

我问他们:"这是哪里?你们是谁?我怎么会到这里来?"

少女说:"这里是'花香谷'。"她叫"兰泣",那个男孩叫"风",是她的弟弟。他们是"蝶族人",是她把我带到这里来的,因为不久"黄魔"就要来攻打这里,他们请我来就是要我帮他们抵御"黄魔"。

我很奇怪,我又不会武功,怎么能打败"黄魔"呢?

兰泣走进另一间屋子,过了一会儿,兰泣手里捧着一把刀和一本书,她幽幽地说:"这是你的东西!"

我接过那把刀和那本书,那把刀的形状很像蝴蝶的翅膀,刀鞘上刻着三个字:蝴蝶刀。我又拿起了那本书,心头一震,那是本很旧的古书,书的封面上写着五个字:蝶恋花刀谱。我翻开这本书,上面写着"蝶恋花刀法第一刀:槛菊愁烟兰泣露",下面是一幅图,图上是一个刀客在氤氲迷离的薄雾中练刀的情景,这个刀客的身旁有一丛娇艳欲滴的兰花,上面飞舞着一只美丽的花蝴蝶,这只蝴蝶极像兰泣。那个刀客身穿无比绚烂的战衣,在这件战衣上有一对蝴蝶的翅膀,那刀客飞舞到半空横劈出一刀,姿势异常优美,可那刀客的脸上却有着无尽的哀伤,而且他在流着泪!画面朦胧而感伤。我无法相信自己的眼睛,那么多宋词,怎么会是《蝶恋花》呢!那么多《蝶恋花》,怎么会是这首《蝶恋花》呢!难道我真的与这首《蝶恋花》有什么渊源吗?我不敢再往下想了。

这个刀谱总共有十刀的样式，这十刀分别以《蝶恋花》的十句词命名，每一个刀谱都配有一幅图。兰泣幽幽地说："二十年前黄魔来夺取花香谷，我们蝶族无力抵抗，眼看就有灭族的危险。这时突然来了一个刀客，经过一场激烈的厮杀，那个刀客打败了黄魔，黄魔答应二十年内不再侵犯花香谷。而那个刀客在交战中受了重伤，不久他就死去了，只留下这两样东西。我们的父母为了纪念那个刀客，就拿这首《蝶恋花》里面的词给我起名为'兰泣'，给弟弟起名为'风'。"

兰泣说到这里停了下来，满含深情地注视着她的弟弟，伸出手抚摸风的头，眼神里充满无尽的哀伤，她继续说："虽然黄魔被打败了，答应二十年内不侵犯花香谷，但二十年后他还会再来，来报当年的仇。所以我们一直在寻找那个刀客的今生，因为只有那个刀客才能克制黄魔。不久前我们终于找到了那个刀客的今生，那就是你！只有你才能拯救我们，只有你才能保住花香谷！"

兰泣用她那双充满忧伤的大眼睛注视着我。

我觉得这简直是天方夜谭，我的前生怎么可能是个刀客呢？就算我的前生是个刀客，那又关今生什么事！我怎么可能打败黄魔呢？请一个不会武功的人拯救他们，这简直是天大的笑话！我不能在这里，我要回家！

可当我看到兰泣那双充满忧伤的大眼睛时，我却不忍回绝她。

我低下头不敢看她，我说："我不会蝶恋花刀法！"

兰泣说："没关系，你可以从现在开始练，这刀法本来就是你的,你有天资,你一定学得很快!"

看着兰泣忧伤的眼神里所充满的期待,我不愿伤她的心,只好点了点头。

兰泣的眼睛放出喜悦的光彩,她说:"如果你帮我们打败黄魔,我就会为你做一件事情!"说到这里,她的脸一下子红了。

风一直很漠然地看着我,我感觉到了他的敌意,却不知道他为什么对我有敌意。

我走出小屋,走进了一个花的世界,这是一个花的海洋,成千上万朵花竞相开放,一时间暗香浮动,疏影横斜,我看花,看花了眼,我迷醉在花香当中。

我发现其他的蝶族人都很尊敬兰泣姐弟。原来兰泣的父亲是这里的王,兰泣就是这里的公主,风是这里的储君。

兰泣把我领到一棵长满黄色叶子的树下,她叫我就在这里练刀。兰泣说,我在前生最喜欢在这里练刀了。树上的黄叶时不时地落下一两片,给人一种萧瑟的感觉。

兰泣站在旁边默默地看着我练刀,这是我第一次练刀,我照着刀谱一刀一刀地练下去。我从来也没有练过刀,这刀法很难练,不管我怎样努力都练不好。可兰泣却看得很认真,她对我充满了信心,认为我肯定能练好刀法,保护他们。

到了吃饭的时候,兰泣请我和他们一同进餐,她告诉我他们蝶族只吃蜂蜜,蜂蜜是花香谷的宝贝,黄魔之所以要夺取花香谷,也是为了夺取蜂蜜。这种蜂蜜叫做"幸福",是蜂族和蝶族共有的宝贝,只要吃了这种蜂蜜,就会得到快乐,就会满足。黄魔本来是蜂族的人，可是由于他们对这种蜂蜜贪得无厌，最后他们变成了黄魔，所以人不能太贪婪了，否则就会变成魔。兰泣说到这里忧伤地看着远方，我喝了一口"幸福"，感到说不出的甘甜，心里充盈着满足感。

　　这天晚上，兰泣为我举行盛大的欢迎会，全谷的蝶族人都参加了，实在令我受宠若惊，我从未受到过这样的礼遇。兰泣代表全谷的蝶族人向我敬酒，我俨然就是他们的保护神。这让我很痛苦，因为我知道我根本保护不了他们。我不知道该怎样面对他们，我不想欺骗他们，可我更不想让兰泣对我失望。

　　兰泣带领所有蝶族的少女为我跳舞，她们舞动她们那精美绝伦的翅膀在千万朵鲜花上翩翩起舞，舞姿曼妙，在朦胧的月光下，四周弥漫着凄迷的薄雾，我有一种凄楚的感觉，同时我又迷醉于这种美，这种美叫我黯然神伤，我又一次流下眼泪。我暗暗下了决心，一定要让兰泣快乐，哪怕为此献出生命！

　　兰泣这几天没有来看我练刀，她说她要和她的姐妹们为我缝制一件战衣，一件与《蝶恋花刀谱》里的那个刀客一样的战衣。她说黄魔是会飞的，所以她们也要为我缝制一对翼，让我能飞，能够在空中杀敌。她说一定要为我做一件最美丽的战衣！

　　不管我怎么练，就是练不好蝶恋花刀法，我觉着对不起兰泣和蝶族人，我觉得自己是那样的没用，我感到绝望。就算我献出自己的生命，我也无法拯救他们，我帮不了他们！我仿佛又看见了兰泣那双忧伤的大眼睛，说不出的心痛，于是我一边练刀一边流泪。不知为什么，流泪的时候练刀总是感觉练得比平时好，可当我为练得好而高兴时，却又练不好了，总之，刀练得忽好忽坏，就这样，我流着泪练习刀法。

一天，我又因为练不好刀而流泪，忽然我感到有一双充满敌意的眼睛正在看着我，我回过头一看，是风。我不明白风为什么这么恨我，他怀着深深的恨意注视着我，很久很久。

他用手指着我说："你是个骗子！你骗了所有的人，也骗了我的姐姐！你真能打败黄魔吗？你真能拯救花香谷吗？你能吗？你只会哭，只会流泪！你连刀都不会使，你怎么能保护我们！你怎么能打败黄魔！你这个无耻的骗子！"

他缓缓地拔出他的刀说："姐姐要是把那把蝴蝶刀和刀谱给我，我肯定能打败黄魔，肯定能成为拯救花香谷的大英雄！可姐姐太傻了，竟会相信你这个大骗子！我今天就要揭穿你，让姐姐看看你是个怎样的伪君子！如果你赢不了我手中的这把刀，那你就给我滚出谷去！来吧！"

他说得没错，我是个大骗子，我骗了所有的人，也骗了兰泣。我看着他那把寒光闪闪的刀，心里好痛。

风说："亮出你的蝴蝶刀，别让我看不起你！"

我拔出了蝴蝶刀，风身形一晃来到我身前，一刀劈向我，我来不及闪躲，慌忙举刀招架，"哧"的一声，我的右臂被划了个口子，伤口一阵剧痛，可我的心比伤口还痛，我又一次绝望了，连风都打不过，又怎么能打败黄魔。

我又一次流下了眼泪，风冷笑一声，说："你只会流眼泪，别的你什么都不会！"

我无视风的话，我只想死在风的刀下，也算是一种解脱，那样就再也不会痛苦了。我抱着必死的决心去迎战风，我不想赢，只想死！我随手使了一刀"望尽天涯路"，只听到一声惨叫，风倒了下去，我看着刀上的血发呆，直到兰泣跑来，她抱着弟弟哭泣，难道我真的杀死了风吗？这怎么可能？兰泣用一种异样的目光看着我，那是怎样的一种目光啊，把我的心都看碎了，她抱着风的尸体走了，秋风吹起她的长发，地上铺满了干枯的黄叶，她就在这秋风黄叶中走了。

我木然地跟着兰泣，所有的蝶族人都用一种异样的目光看着我。兰泣抱着风的尸体进了他们的小屋，花香谷的所有蝶族人都来到兰泣的小屋前。

风的葬礼在晚上开始了，蝶族人抬着他们储君的尸体向着蝶冢慢慢地走去。到了蝶冢，他们把风放下，然后飞到天上，往风的身上一片一片地撒着花瓣，刹那间花瓣如雨雪般飘落下来，渐渐地风被花瓣埋了起来。兰泣哭得是那样伤心，最后兰泣的眼里竟流出了血！

兰泣和风的父母被黄魔杀死了，如今风又被我杀死了，兰泣已经没有一个亲人了。

我到底做了什么啊！

从那以后我一直没有再见到兰泣，我知道她在躲着我，我拼命地练刀，饭也不吃，觉也不睡，我的泪已干了，我的心已碎了，我的肠已断了，无情的秋风吹不散我的哀愁，片片凋落的黄叶也不会懂得我的愁思，我感到自己的身体每况愈下，我好像武侠小说里的受了极重内伤的大侠，我的刀法倒是练得出奇的好，可这已经不重要了，就算我能打败黄魔，我也无法弥补我对兰泣所犯下的罪过。我不想吃饭，也不想睡觉，我拼命地练刀，我边练刀边流泪，我好想好想喝酒，好想好想喝醉，好想能暂时忘记这无尽的忧伤。

忽然有一天，兰泣出现在我面前，她在瑟瑟的秋风和满地干枯的黄叶中走来，秋风吹起了她的长发，她在寒风中瑟瑟发抖，她的脸色很憔悴，眼里含着化不开的哀怨，就连她那优美无伦的翅膀也失去了往日的颜色。她的手里捧着一件七彩战衣，还有一对蝶翼，都是异常华美，她们终于给我做完了这件战衣和蝶翼。

兰泣把战衣和蝶翼交给我就走了，什么也没说，我明白黄魔就要来了，我要穿着这件战衣去迎战黄魔，我能打败黄魔吗？即使我打败了黄魔，又能怎么样？我永远也弥补不了我所犯下的罪过，不能挽回对兰泣的伤害。

我把那件战衣和那对蝶翼都穿在身上，战衣非常合身，有了这对蝶翼我就能在空中自由自在地飞了。我在空中飞舞着练起刀来，蝴蝶刀自从杀死了风之后，就由银色变成现在的红色，宛若鲜血的颜色，在深夜里发出红色的光来。在这漆黑的夜，只有我的刀、战衣和蝶翼发出光芒，练刀时那光芒环绕在我周围，我从花旁掠过，一朵朵花被我身上的光芒映照得虚幻迷离，有一种梦幻般的感觉。这时飞来一只萤火虫，它飞到我身旁，我继续练刀，刀在空中划出了一个优美的红色光圈，萤火虫竟从这光圈中钻了过去，那只萤火虫好像在和我做游戏，我也童心大起，左一个圈、右一个弧地划起刀来，一瞬间夜空满是红色的刀光，那只萤火虫就在这刀光中穿梭着，它一直飞在我的身边……我停止了练刀，伸出食指，萤火虫落在我的指尖，我对那只萤火虫说："也许现在只有你能陪我了，谢谢你！"我又一次流下了眼泪，那只萤火虫飞了起来，在我头顶盘旋了一会儿，朝远处飞去，消失在黑暗之中，我凝视着那只萤火虫没入黑暗的方向出神，过了好久我又练起刀来，流着泪练刀。我使到第四刀"明月不谙离恨苦"，我停了下来，举头望着如水的月光，月亮可懂我的忧愁？月亮既然不懂我的忧愁，为什么还要用这月光照我。

　　黄魔终于来了，黄黄的像一片黄色的云，把天空都遮住了，他们穿着黄色的战袍，每人的手里拿着一把黑色的长剑。在他们中间有一个身穿黄色盔甲的人，他就是黄魔的首领断鸿，断鸿说："又是你，二十年前你杀死我们多少弟兄，今天我要替他们报仇！给我上！"断鸿一声令下，几十个黄魔向我扑来，我迎着他们冲去，我的后面跟着数十名蝶族士兵，一阵厮杀之后，就只剩下我一个人。断鸿大声喊道："布阵！"几十个黄魔在空中排成一堵人墙，九个黄魔组成一堵剑墙，每堵剑墙分三层，每层三个黄魔，九把黑色长剑都指向我，齐齐地向我逼了过来。如果我只抵挡其中的一把长剑，那么其他八把长剑就会把我刺成筛子，为今之计只有冲破他们的剑阵，我一刀"斜光到晓穿朱户"向着剑墙中间的黄魔冲去，一刀把中间的黄魔砍死，我冲了过去，一连冲破了几道剑墙，我身上也中了好几剑，黄魔在剑上淬了毒，所以我感到一种巨大的痛苦，几乎令我无法忍受。此时黄魔的阵脚大乱，断鸿喝道："天罗地网！"刹那间"黄魔"团团将我围住，前后左右同时向我发起进攻，还从我的头上和脚下向我发招，我一刀"独上高楼"向上面冲去，刚刚冲出来，上面又有九把长剑同时向我刺来，我又是一刀"独上高楼"，冲了上去，又是九把长剑，我一口气使了九招"独上高楼"才冲出重围。此时我脚下上百把长剑向我刺来，我摆刀向他们还击，这时我已经遍体鳞伤了，我想我坚持不了多久了，我想起了兰泣，流下了眼泪。不知怎么回事，我这一流泪，刀法一下子精妙了许多，我猛然悟出这"蝶恋花刀法"只能在伤心流泪的时候才能发挥出它的威力。想明白这一点，我就只想伤心的事，我想兰泣再也不会原谅我了，想到这里，眼泪止不住地流下来，我身上所有的剑伤都无法与我心上的伤相比。我从来没有使出过这么好的刀法，我又杀死了十几个黄魔。

这时断鸿一声长啸飞了过来，他一摆手，黄魔们退了下去，他拔出了他那把比一般的长剑大几倍的黑色长剑，黑色剑身上隐隐显出一个骷髅头，他大喝："我来领教领教你的蝴蝶刀！"断鸿一剑向我刺来，我挥刀招架，可当刀碰在断鸿的骷髅剑上时，我竟被断鸿的剑震飞了出去，因为我死也不肯撒手，所以刀没飞出手，可自己却被震飞了，我摔在地上，吐出一口鲜血，断鸿哈哈大笑，挺剑逼了过来。我想我将死在断鸿的骷髅剑下，我从地上站起来，心里默默地说道："再见了，兰泣！"我用最后一点儿力气使出一刀"望尽天涯路"，向断鸿冲去，我想和断鸿同归于尽，可断鸿高大的身躯轰然倒下了，我却依然站在那里，我竟然把黄魔的王杀死了。

断鸿这一死，众黄魔大乱，纷纷想逃走，我大喝一声：

"都给我站住!你们谁敢跑,我就先杀了谁!"黄魔们纷纷向我乞求活命,我大声说:"要想让我放了你们,你们必须发誓,二十年之内不许再踏进花香谷!"他们发完誓后,带着断鸿的尸体逃跑了。

我摇摇晃晃地向谷里走去,兰泣和谷中的蝶族人都站在谷口看着我,我艰难地走到兰泣面前,冲着她笑了笑说:"你说过我如果帮你们打败黄魔,你就为我做一件事。现在我帮你们把黄魔打败了,你应该履行你的诺言了!"兰泣迷惘地看着我,我打败了黄魔,拯救了整个花香谷,是他们的大恩人。可我又杀死了兰泣唯一的亲人——她的弟弟风,是她不共戴天的仇人。

我笑着说:"兰泣,请你答应我,以后不要再这样忧伤了,一定要快乐地活着!你一定要答应我!"兰泣依然迷惘地看着我。

我笑了,指着兰泣的身后说:"那是什么?"兰泣回头去看的时候,我以最快的速度将刀向自己的脖子抹去,血流了下来,湿漉漉的,我竟不觉得疼,啊,好舒服,终于解脱了,再不会流泪,再不会心痛,再不会忧伤,再不会……一切都结束了……

后　记

　　人们都不相信我能写出什么东西来，就连我自己也很怀疑，我想试一试，所以写了这篇小说，人们可以不承认它，但请不要无视我的努力！

　　亚里士多德说，悲剧不是让一个好人遭受不幸，也不是让一个坏人得到惩罚，而是因为一个好人犯了某种错误，遭受到了不幸。

　　小说里的"我"因为误杀了风，才造成了悲剧，否则这个故事都不能成立。

　　本来我想写幽默搞笑的故事，可因为时间拖得太长而没有写。我写这篇小说，是想探讨一下人的最大悲剧是不被理解，但没有成功。我太想表现自己了，所以没有写好。我觉得写东西，还是要写得深刻一些、美一些！可我太功利了，我想证明，我并没有白看那么多书，我想做出点成绩来，证明我不比别人差！

第十章　大爱母校，大爱天地

正当我走投无路时，经人介绍，来到北京智光特殊学校。

渐渐的，我很快融入了我的新学校，而我也感受到了学校校长、老师们的大爱，他们，是世界上最好的老师。

让我把他们的故事一一说出来吧。

第一节　最好的校长（一）

我所在的智光特殊学校，是王丽娟校长用自己一生的积蓄创办的公益慈善学校。王丽娟校长是一位有四十年教龄的教育专家，她是个严肃的人。说实话，我们这些淘气的孩子怕她，她很完美，对我们身上的缺点，她总是很严肃地教育，她太希望我们好了，可是我们却总是让她失望。她又是一个很慈祥的长辈，平时一直在外面为我们学校的生存奔波，因为社会上还不理解我们这个特殊群体，我们经常搬家，总共搬了五次，但只要有校长在，我们什么困难都不怕。她已有十年没回自己在美国的家和家人团聚了。我亲眼目睹，她老得很快，头发都白了，腰板也不挺拔了……

为了学校能够生存发展下去，她经常忙里忙外。只要王校长在学校，她就会尽可能地为我们做一些非常具体的事情，有求必应，比如没白天没黑夜地为表演课排练，做演出服，朝鲜的服装、新疆的服装以及宫廷的服装都有，用自产的葫芦制作沙锤……在吃饭的时候她给行动不方便的我们盛饭，还会把在外面四处奔走募捐来的衣物，在我们需要的时候分发给我们。由于我习惯了用脚尖走路，非常费鞋，半个月就会穿破一双，王校长就给我四处找鞋。我们学校的孩子每年都会发一套校服。

天冷的时候，王校长亲自下煤矿找煤，她还叮嘱我们要多穿点衣服，别冻着。有的时候同学们打架了，王校长还要劝架，批评大的同学，教育小的同学。有时候王校长看见学校里有的地方脏了，就带着同学们打扫，她是个要强的人，她总是带头第一个干，而且干的活最多。晚上她还要看堆积如山的文件，直到午夜才熄灯，而早上四五点钟她房间的灯就又亮了。

记得我刚来学校的时候，不习惯每天早晨去跑步。一天早上，王校长来到我住的宿舍，对我说，虽然我跑不了步，但早晨空气好，最好到外面活动活动，这样对身体有好处，说完她就带着我到学校的院子里锻炼了一会儿。从那时起，我每天都坚持跑步，坚持了一段时间后确实有了进步，就可以跟得上队伍了。

有一次我发烧了，那时正是非典时期，没人敢去医院，王校长看我难受的样子，就让付老师、郑老师和王老师把我送到医院看病，给我买了最好的药，回来后让郑老师给我输液，怕校外有感染，她让李老师专门照顾我，一直照顾我半个月，而王校长自己只要有时间就来看我。我这个人身体弱，平时老有病，不是感冒，就是发烧，王校长只要知道，就自己买药给我。

有一段时间，我特别想到图书室去借书，可是我又怕老师们不让我借，就和王校长说了，王校长马上就答应了，她让管理员马洁按照我的需要借给我书，从此以后，我可以很方便地借到自己喜爱的书了。

后来我的电脑坏了，我就想求马洁，让她允许我使用图书室里的电脑，因为学校有规定，电脑专用，管理员马洁同意了，但要问问王校长，我想这下完了，他们肯定不同意，谁知道王校长居然同意了我的要求，允许我每天中午和晚上可以去图书室用电脑打一会儿文章，另外，图书室里的书只要不拿出来，借阅要登记，就可以随便看。我简直乐疯了，都不相信自己的耳朵，校长对我太好了！

有一次，我正在写文章，正赶上有一个记者在采访王校长，那时王校长住的屋子就在图书室的里面。记得王校长在送那个记者出去的时候，那个记者问我在写什么，我说我只是随便写写。王校长说，"他在写文章，就让他在我这屋里折腾吧"。

还有一次，我正在看书，王校长走进来，问我最近怎么样，在看什么书，还说看书很有好处，但要有选择去看什么书，她要我注意保护眼睛，别像她，戴上了高度近视镜。后来张哥说我进步了，我写的文章越来越好，甚至进步得有些神速，简直一日千里，我很是得意，可是回头想想，如果不是王校长给我这么好的条件，我还能够有现在的进步吗？我不能，我真的不能！是学校让我不愁吃住，还能学习。

说实话，如果这些年没有王校长和这所学校的话，我可能早就自暴自弃，破罐破摔了；如果不是王校长收留我，我是上不了这几年学的，也许我这一辈子都不会再有机会上学了。如果不是上了这几年学，我根本想象不出我会是个什么样子；如果我不是上这几年学，我不会遇到许多好朋友，我不会遇到富荣萍老师，如果我不是上这几年学，我不会遇到这么好的老师和同学。就像王校长说的一样，这所学校就像一个平台，把需要帮助的孩子们和那些好心的人们牵在了一起，让我们彼此温暖，感受彼此的爱！我想，学校也像一座通向希望的桥，没有希望的我们只要跨过这座桥，也就拥有了希望！

王校长改变了我的命运，这所学校、这个充满爱的集体改变了我的命运！

我曾经说过张哥改变了我的命运，还有许多人也改变了我的命运，我的母亲、大姨二姨、王阿姨、王校长、张哥、富荣萍老师，还有那些好心人，他们每一个人都改变了我，没有他们当中的任何一个人，我的命运都要改写，他们就是我活下去的力量的源泉。

第二节　最好的校长（二）

　　在我的电脑坏了的那段时间，我简直都要崩溃了，一下子我就不能打字了，不能看电脑里存的那些书了，我特别痛苦，那个时候正碰上我灵感的一次大爆发，而我在写作的时候有一种走火入魔的超快感，我正在创作属于自己的文字时，电脑突然坏了，对我来说，这种打击简直是无以复加的，我崩溃了！

　　杨老师见我那么痛苦，就想把电脑教室里的一台电脑借给我使用，可是电脑教室里的电脑本来就不够用，再借给我一台不是更不够用了吗？王校长知道我的电脑坏了，就让杨老师尽快解决，可是电脑教室里又没有多余的电脑，最后杨老师把一台坏了的电脑修好了，借给了我，这台电脑运转起来虽然有些慢，可我毕竟能够打字、能够看书了，我简直乐疯了，王校长和杨老师都太好了！可是好景不长，这台电脑因为太旧了，老出毛病，最后王老师给我刻了张盘，只要电脑一出毛病，就重新装系统。

　　我虽然有了电脑，可我的灵感却消失了，没有办法，我只有慢慢培养了。正在这个时候这台旧电脑又坏了，而且这次连重新安装系统都不管用了，老师们说这一次这台电脑是彻底报废了，没救了。我又崩溃了，到处求老师们想办法，但我心里也明白，根本就没有办法。后来我听说有人给学校捐了台旧电脑，老师们让我去求王校长，把那台旧电脑借给我用，可我不好意思去，我想学校里有好多地方都需要电脑，王校长怎么会把这台旧电脑给我用呢，甚至连校长都没有电脑用来工作。那天我正在大厅里看电视，有一个小同学叫我去办公室，我来到办公室，王老师说，王校长知道我的电脑又坏了，决定把那台新捐来的电脑给我用，我简直不敢相信自己的耳朵。王校长真的把刚捐来的电脑给我用了？王老师说虽然这台电脑旧了点，但比你以前的那个要好多了，王老师还说，有了这台电脑，你写文章什么的就方便多了。我感动得连话都说不出来了。王老师知道我搬不动电脑，就叫来了几个同学帮我把电脑搬回我住的屋子。王老师让我先回去，说一会儿他去看看能不能给电脑升级。我高高兴兴地往回走，路上碰到了王校长，本来我想对她说几句感谢的话，可我一时说不出话来，我还是有些怕王校长，我太紧张了，什么都说不出来。王校长从我身边走了过去，我很后悔，心里想，就算我说了感谢王校长的话，那又有什么用啊，王校长无数次地跟我说让我把我住的屋子收拾干净，可我就是懒得收拾，屋子里乱七八糟，跟猪窝似的，我对不起王校长，所以我才会怕王校长。

后来王校长想要锻炼我的能力，让我到门房当警卫，还让我管理小卖店，我有脑瘫，在别人看来是个没有用的废人，只有王校长总给我机会，我很感动，我很感谢王校长能够给我这些机会。

那时是冬天，王校长怕我冷，为门房买了炉子、烟筒和煤，黄老师和徐师傅还帮我把门房的墙壁刷了一遍，把房间打扫得干干净净，徐师傅说为了刷墙，他们连午觉都没睡。本来像打扫卫生这些事情，应该是我自己干，可老师们看我手脚不方便，就帮我干了。王校长和黄老师到仓库给我找了一张桌子和一个大玻璃柜，王校长说上面的玻璃橱我可以用来放书，她又给我搬来一个她儿子的沙发床，王校长说这沙发床晚上可以当床，白天可以用来坐，这样屋里就比较利索，沙发的皮子有好几处开线了，王校长又找到韩老师，让韩老师用小块皮革把沙发拼补好了。王校长又找来一个木板，放在墙边上，说怕我挨着墙冷，王校长为了给我拿这块木板，把手指都磨破了。

当时我不理解，怎么拿块木板还把手指磨破了，后来我才知道，那块木板是压在很多东西底下，王校长是一点一点抠出来的！

王校长让王老师和黄老师帮我打理小卖店，王老师帮我把小卖店打扫干净，又帮我清点了货物，把每一样货物都贴上价格标签。王老师和黄老师每次买菜时，都会帮我上货。黄老师见我总是把钱胡乱地放进抽屉里，就找了个夹子把钱夹起来，又找了许多皮筋把钱捆好，这样抽屉里的钱就不乱了。

老师们给我把炉子生上，教我怎么换煤，怎么封炉子，我学会了，可我总是忘记换煤的时间，炉子里的火老是灭。老师们知道我这个毛病，都不放心，有时间就过来看看我，看看炉火灭了没有，帮我换换煤什么的。后来孙老师告诉我，让我看着表，到点就换煤，我按着孙老师说的去做，果然不错，可是有的时候忘了看表，炉火还是会灭的。王校长也知道了我这个毛病，只要一回来，就要过来帮我换煤，开始我不愿意王校长给我换煤，因为我已经计划了要在几点钟换煤了，如果还没到点王校长就把煤换了，这么一换，我的换煤时间就全乱了。后来我想，王校长给我换煤是不放心我，怕我把炉子弄灭了。虽然是我管理这个小卖店，可是店里的货物都是校长亲自带着老师们摆放好的，还不收房费，不收水电费，大冰箱、冰柜我随便用，后勤的购物人员把货给我捎回来，而最后小卖店挣的钱就归我一个人所有，因此这几年我有了点积蓄。

那时，王校长让我把门房和小卖店打扫干净点，我这个人很懒，我能干活，却常常懒得干，更多时候是干脆不干，我总是懒，总是不干，都习惯了。刚开始我也会把两间屋子收拾得干干净净的，王校长高兴地说我的屋子跟宾馆一样，我心里也挺美的，可是好景不长，我没有坚持住，只要王校长看见了，她就一边帮我收拾一边说我，我不爱听别人说，就又把屋子收拾干净了，可过不了几天我又没坚持住，王校长就又帮我收拾又说我，我就又把屋子弄干净，可没过了几天我又没坚持住。我也觉得对不起王校长，王校长对我说，她想在学校里多待上几天，照顾照顾同学们，可是不行啊，她如果不到外面跑跑，这个学校就要倒闭，天上是不会掉馅饼的，王校长要到各个学校、企业做报告，得到人们的支持。这个学校的房租水电、我们吃的大米蔬菜，哪个不需要钱啊，所以王校长常常要到外面跑，让外面的好心人知道有我们这样的一个学校，让他们帮帮我们学校。王校长说，她要是不到外面跑，别说别的，我能够吃得饱、穿得暖，舒舒服服地生活在这个学校里吗？还有我的鞋，王校长说她要是不去外面跑，我的鞋坏了，谁给我找鞋穿？王校长真是太不容易了，可我呢，也是太不争气了……

每次学校来客人，王校长就把客人领到我那里参观，对客人们说，这个孩子很坚强，每天除了上课外，还要管理小卖店，其余时间去写小说，引来大家对我的一片赞许。我总是很不好意思，我想我是孤儿，又是脑瘫，而且我现在并没有自食其力。王校长总是把我介绍给客人们，还帮助我卖东西，让我赚很多钱。她鼓励我要自信、自强。

有一次，王校长帮我卖冰棍儿，问我一箱里有多少根冰棍儿，我说有一百根，她就给了我一百块钱。后来王校长找我，说箱里不是一百根冰棍儿，而是六十根，我的脸一下子就红了，我说我真的不知道，我一直以为是一百根，我想把多拿的钱还给王校长，王校长执意不要。她买下这许多冰棍是为招待客人，帮我挣钱。

我特别爱吃学校的咸菜，有时候我会把咸菜拿回去，放点醋，放点辣椒，慢慢吃。有一次王校长看见我正往瓶子里装吃剩下的咸菜，就问我是不是爱吃这种咸菜，我有点不好意思，王校长拿着我的瓶子又到厨房给我装了满满一瓶子咸菜，还倒了点香油。这件事情虽然很小，但我却感到了王校长时时处处对我的关心和爱护。

天冷了，我跟黄老师要了一双鞋，黄老师说这双鞋是名牌，虽然旧了点，但也挺好的，黄老师让我省着点穿，走路的时候把脚放平，可我没穿几天这双鞋子就穿破了，我又去找黄老师，黄老师说他一时半会儿也找不到可穿的鞋子。我没有办法，想了想，又去找王校长。王校长想了想说，她儿子给小伟买了一双鞋子，现在小伟还有鞋穿，就先把鞋子让给我，以后再给小伟买。王校长去找小伟，让小伟把鞋子让给我，小伟有点舍不得，王校长安慰他说以后再给他买。这双鞋子没有鞋带，王校长让我把自己脚上穿着的旧鞋的鞋带解下来，我手慢，王校长说，解鞋带的时候应该把鞋子脱了再解就好解了，说着王校长把鞋子从我脚上脱下来，拿在手上，解下鞋带，然后又很快地把鞋带系在小伟让给我的那双鞋上，并帮我穿好鞋。她说："现在我给你找鞋，以后谁给你找鞋啊！我年纪越来越大了，又老有病，不知道还能够管你们多久……"王校长有高血压和心脏病。正是由于王校长的坚持，她为七百个孤残儿童提供了像家一样的学习环境，让我们活着，工作着，改变了自己的命运。王校长为智障和有其他残疾的孩子们开办了中国第一所职业学校，还建立了由智障人士组成的"天使艺术团"。

第三节　和我得同一种病的小老师

我早就听说学校有个脑瘫的小老师，但一直没有见到，后来上电脑课时，我才知道，就是那个协助老师给我们上电脑课的马洁。

马洁老师还是图书馆的管理员，我很想去借书，马洁老师不借，我就先和校长说了，校长答应了，可我想借的第一本书是《梁实秋经典散文鉴赏》，那是本精装书，所以马洁老师不敢借给我，还是问了李老师以后才借给我的。后来一来二去的，我和马洁老师就熟了，因为我是学校里借书最多、最勤的学生。

马洁老师是个要强的人,我常常看到马洁老师提着水桶和墩布到楼下去打水、投墩布,然后再提着水桶和墩布上楼到图书馆里去擦地。那时图书馆在三楼,楼梯很陡,虽然她走路比我要稳得多,但也是非常艰难的。但她非要自己干,因为她是图书管理员。

那时我因为在宿舍里太受拘束,所以经常呆在教室里,在教室里想用多大声音读书就可以用多大声音读书,不会影响任何人,也没有人来管我,感觉很爽。有一次我正在这样很大声地朗读,马洁老师突然进来了,她和我聊了起来。她说她奶奶想让她往写作方面发展,她还说,她想把图书馆里的书全部看完。我对她所说的话感慨良多。于是我经常去图书馆,向她蹭书看。我总是想让她看看我写的文章,可一直也没有机会。真正让我感动的事情是有一年开学的时候,校长给我们读了马洁老师写的遗书,那上面说,马洁老师要在死后把自己的身体器官捐献给别人,比如眼角膜什么的,剩下的身体器官全部捐献给国家做医疗研究用。校长说,马洁老师还把自己的两千元钱捐献给了学校,我很感动。

有一次,马洁老师突然找我,说要教我电脑,直到现在,我还是不知道当时马洁老师为什么突然想要教我电脑。马洁老师教我学的好像叫蝴蝶图什么的。先弄一只蝴蝶,再把这只蝴蝶复制一圈儿,然后再复制成N多个圈儿,密密麻麻的,很好看,可也很复杂,我很笨,怎么也学不会。后来她发现电脑里有一封张哥写给我的信,她说想看看,我就同意了,看完之后她很佩服我。我就问马洁老师她怎么会想起来立遗嘱,她说那时她总是得病，病得很重，她也很难受，于是她就想到了死……我非常佩服她，人都是怕死的，面对死亡怨天尤人的太多了，像马洁老师这样面对死亡还能想到别人的人是非常了不起的！

后来，我求马洁老师帮我把张哥写给我的信和写作计划打印出来，她怕浪费学校的纸和墨，就回家用家里的纸和墨给我打印出来。

有一次，我听说马洁老师说她家里什么书都有，我就想起《追忆似水年华》来了，以前我在网上下载过这部小说，可我的电脑坏了，再也看不到上面下载的小说了。我就问她家里有没有那本《追忆似水年华》，马洁老师说她回去找找看，还说她记性不好，让我把书名写到纸上，我就写了，写完我说，没有就算了。第二个星期，我正在上课，李老师怒气冲冲地走进教室，把我骂了一顿，他告诉我说，马洁老师花了一百多块钱给我买了《追忆似水年华》这本书！

我一下子就蒙了，脑袋胀得有西瓜那么的大，我真想有个地缝钻进去！下了课我把自己所有捡破烂挣的钱找了出来，大概也有小一百块钱，我拿着钱就去找马洁老师。我想把钱还给马洁老师，马洁老师一个月才挣三百块钱，这一下子就是三分之一呀，可马洁老师说什么也不要钱，后来还跟我急了，说我要是再给她钱，朋友就不要做了。王老师在旁边说："这样吧，你把马洁的书给买下来，不就得了。"我一想，对呀，可马洁老师还是不同意，最后我只好把钱拿了回去。马洁老师问我《追忆似水年华》到底好在哪里，我就说，普鲁斯特在床上病了十年，这本书就是他在病床上回忆他没病时的幸福时光的。我这样说着，也觉得这是本好书，一个病人见不着阳光，出不了门，是多么的可怜又是多么的可怕啊！就是这样的病人竟然写出一本书来，又是多么的了不起，多么的伟大啊！

有一次，我问马洁老师能不能帮我给张哥发个短信，马洁老师很爽快地答应了，问我要发什么，我说问问张哥可不可以让我用马洁的电脑写文章，因为比手写得快。马洁老师发完就回去了，一会儿马洁老师跑了过来，说张哥同意了！之后我又求马洁老师跟张哥要了邮箱地址，这个邮箱地址可是费了很大一番周折，开始张哥给了邮箱地址，马洁老师把文章发了过去，张哥却没有收到。张哥又给了马洁老师一个邮箱地址，可后来张哥还是没有收到我的文章。一天我碰上马洁老师，就问怎么样了，张哥收到文章了没有？马洁老师正在发短信，看见我就说："都是为了你！"我一下子意识到她又是在给张哥发短信呢！

每次马洁老师周末回家的时候，都把我在这个星期里写的文章拷到U盘里，带回家发给张哥。每次回家，马洁老师都把图书馆的钥匙留给我，或者让她们宿舍的郑老师转交给我，这样我就可以在图书馆里写上两天半。

为了赶稿子，中午和晚上我都去图书馆里写文章，有的时候我不是不困，是困得要死啊。可为了张哥的期待，为了我自己，我拼了。马洁老师天天陪着我，随时帮我解决问题。当我困得睁不开眼睛时，我就拼命喝茶，不管好喝不好喝，马洁老师也非常困，我劝她回去休息，可马洁老师比我还拧，说什么也不听，有的时候她还跟我一起嚼茶叶，最后马洁老师答应我中午会回去睡觉，可晚上一定要陪我在图书馆，因为天黑路不好走，她怕我回去时摔跤。我说我不会出事的，可马洁老师就是不听，非要看着我回到宿舍，她才放心地回去。

第四节　富老师帮我交学费

富荣萍老师是王校长的老朋友，她是美籍伊朗人，是外国医院的脊柱神经专家。记得我第一次见到富老师，是在学校的医务室里，她是校长邀请来的。我不知道是怎么回事，一个外国人给我们这些孤儿做按摩治疗，做完了按摩，又给我们一人一块巧克力。我后来才知道，富老师来这里已经好多年了，这些年来，富老师一直在帮助学校里的孤儿，富老师把这些孤儿当作自己的儿女一样疼爱。

富老师跟我说身体有什么不舒服，就告诉她。那时我有一段时间吃得特别多，老是感到特别饿，自己都有些害怕，我就跟富老师说了，富老师说可能是肚子闹蛔虫，就买了蛔虫药，叫王老师监督我吃。还有一回，小伟一天犯了好几次病，本来富老师每两个星期来一次，可富老师知道了小伟一天犯了好几次病，当天下午就来了，还买来好多好吃的，一向调皮捣蛋的小伟抱着富老师撒娇，富老师像个母亲一样轻声安慰着小伟。她又告诉老师，要给小伟多喝些盐水，说多喝盐水能够少犯病，富老师要走的时候，小伟舍不得，撒着娇，不让富老师走。

有一段时间，小飞的癫痫病犯得很厉害，身体越来越弱，富老师就给小飞买治癫痫病的药，买高级钙片，还给小飞炖鸡汤喝，那时正赶上学校搬家，富老师给老师们也炖了鸡汤。

富老师还给我们三个孤儿交了学费，富老师真的想帮我们，也想帮帮王校长，王校长对我们说，有这么多人爱我们、帮助我们，我们以后一定要想办法报答他们。每当我想起王校长的这些话，我就感到特别惭愧。

后来小飞的癫痫病又犯了，而且很厉害，富老师说小飞吃药已经管不了什么事了，只有多吃点好吃的，身体强壮了，才能少犯病。富老师给小飞炖的鸡汤，小飞都不爱吃了，富老师说要给小飞换换口味，又给小飞买牛奶、鸡蛋、鸡肉、牛肉，富老师怕她一时来不了而小飞没的吃，一次就给小飞买了很多东西，怕这些东西放坏了，就给小飞买了电冰箱，又怕小飞吃凉的，就又给小飞买了微波炉。

富老师不但给小飞买好吃的，也给我和小伟买好吃的。一开始是给我们买维生素，后来说吃维生素还不如吃水果好，就开始给我们买水果。富老师记得我们每个人的生日，每当到了我们生日的那一天，富老师就会买一个大大的生日蛋糕带给我们，有的时候还请我们到饭店去吃饭。

富老师住在市里，每次来我们学校都要坐好几个小时的车。富老师知道我们每个人都爱吃什么，比如说花生米就是为我买的，葡萄干就是为小飞买的，香蕉是为小伟买的。富老师每次来都是先给我们做按摩，做完按摩就给我们分吃的，花生米、葡萄干、香蕉等水果每人一份。有一次富老师带我们在饭店吃饭,我有点着凉,想吐,富老师说如果喝点酸奶就好了,但那时天已经晚了,没有地方卖酸奶,从那以后,富老师每一次来都要给我们每人买一大盒酸奶。

小飞、小伟每当周末就盼着富老师快点来,富老师来的那天简直就是我们的节日。看得出来,富老师每次都是很累的样子,听说富老师的工作压力非常大,几乎一天到晚都在工作,没有多少休息的时间,尽管如此,富老师还是把自己的休息时间拿出来看望我们。我真的很想做一些事情,让富老师知道,她没有白帮我们。

第五节　为小同学洗脚的老师

田老师是个非常好的老师,他就像朋友一样和我们讲话,从来不摆架子,脾气也很好,总是很温和,他的外表看上去胖胖的、憨憨的,他的眼睛会从眼镜后面闪出睿智的光来。

我经常去田老师那里和他聊天,天南地北、海阔天空地吹牛神侃,田老师总是说我没正经,老是为我的以后发愁,总是不厌其烦地跟我讲多学习,多看有用的书,才能写出好文章,不要好高骛远、眼高手低,那样会一事无成的。说这些话的同时田老师要么是在为小同学洗脚,要么就是在给小同学脱衣服、盖被子,或是给他带的同学洗衣服什么的,有几次我还碰见田老师在给他们洗澡。田老师说过,他要他的学生们全都享受到总统级的服务,我说谁要是在田老师屋里,那他可算享福了,那就叫十年修得同船渡,百年修得田老师。

田老师不愿意和我臭贫。而我呢，一般是一边看电视或是玩电脑，一边吹牛瞎说，有的时候田老师还会把他自己的好吃的分给我们大家吃，这时我会一边吃一边看电视、玩电脑，一边胡说八道。

　　我喜欢田老师，还因为他的脾气好，无论我们怎么闹，田老师也不会生气的。每当我们抢电视的时候，田老师总是让同学们让着我看，他总是说我爱学习，还懂事。

　　可我却并不懂事，那时田老师屋里的成大龙老觉得我好玩，见了我，就抱着我拳打脚踢。因为成大龙的年龄小，所以田老师就让我让着他点儿。可是我却想不通，总觉得成大龙打人就是他的不对，我比较有理，田老师劝我等到周末成大龙回家的时候再去找他，我一听就急了，跟田老师大发脾气。田老师没有办法，只好一边劝成大龙不要打我，一边叹着气。我一边挨揍，一边看着唉声叹气的田老师，心里想，可能是我错了啊。

　　还有一回，田老师给我们上阅读课，他怕影响其他班的同学上课，就让我们默读，可是我觉得不读出声音就不过瘾，我仗着自己跟田老师的关系好，所以没听田老师的话，大声地念起来，班里的同学看我大声念书，也跟着我大声念起来。田老师很生气，就说了我们一顿，我想田老师跟我这么好，怎么还说我，我也急了，我就跟田老师喊："不让我读出声来，真快把我憋死了！"田老师的脸都气白了，说："以后我不理你了，你也别理我！"事后我就后悔了，我想田老师对我那么好，我还跟他发脾气，我也太差劲了吧。我求田老师原谅我，可田老师还是很生气，最后我使出我的杀手锏，那就是不要脸面，我跟田老师发贱，最后田老师拿我没有办法，就原谅了我，嘿嘿。田老师知道我喜欢历史，就找来书专门给我上历史课。

其实，田老师根本不会跟我一般见识的，我虽然这么气田老师，田老师却依然像过去一样，对我还是那样的好。我真的很喜欢田老师，喜欢和他吹牛，喜欢听他苦口婆心地教导我，喜欢他的宽厚善良。田老师说过，他想把宿舍布置成家的样子，让同学们一进来就会感受到家的温暖。我很想告诉田老师，他的宿舍现在的样子就很温馨，虽然他的宿舍有时会被小同学弄得很乱，虽然有的时候我们会在他的宿舍里打打闹闹，但这些才是真正的人间烟火，如家般的温暖就蕴含在田老师善良的面容和宽厚的笑声里面。

第六节　帮我找书的好老师

王老师知道我喜欢看书和写文章，一直在想方设法地帮我。那时我跟王老师一起住，王老师只要看见我在写文章，就会放轻脚步，默默离开，生怕会影响我。后来何太太送我的那台电脑坏了，王老师想办法给我修，修了好几天还是没有修好，最后王老师说先用他的电脑写吧。后来，马洁把她的那台显示器坏掉的电脑送给了我，王老师看到，就跟王校长说了，要给我一个显示器，接在马洁的电脑主机上，于是我就有了一个好的显示器，这可给我写文章和看书帮了大忙。

后来，马洁的那个电脑也坏在我手里了，学校又借给我一台电脑，可是由于是老机子，老是出毛病，我总是找王老师和杨老师给我修，最后王老师重装了系统，对我说，只要以后电脑出了毛病就重新装一个系统。

我经常去王老师那里上网下载书籍，开始的时候，他帮我在网上找我需要的书，可是有时候非常难找，王老师没有那么多时间，王老师就让我自己找，有的时候他回家，就把宿舍的钥匙留给我，让我可以上一天的网，王老师临走时总是不放心地嘱咐我记得休息。就这样，我下载了大量的书，可是我的欲望越来越大，我想要更多的书，王老师理解我，所以每当我找王老师想要在他那里上网时，王老师总是不忍心拒绝我，可我总是得寸进尺，嘿嘿。

王老师负责照顾小飞，小飞有癫痫病，他经常发作，有时候一夜就犯好几次，王老师白天有很多工作，晚上还要照顾小飞。有一天晚上，我去王老师的宿舍想要上网，已经很晚了，王老师困得睁不开眼睛，劝我明天再来，我一看还有那么多书没下，所以就继续拼命地下着。突然小飞犯病了，王老师从床上跳下来，扶住小飞，小飞才没有从床上滚下来。等小飞犯病过了劲，王老师一摸床，叹了口气说，又尿了，那两床被子和褥子还没有干啊！王老师叫小飞下床，给小飞换被子、换褥子，可小飞刚刚犯完病，脑子糊涂了，就是不下床，王老师说了好半天，小飞才下来，王老师把褥子和被子换完，又让小飞上床睡觉，可小飞的脑子还是糊涂的，无论王老师怎么劝说，他就是不上床。就这样磨蹭了一个多小时，小飞才上床，王老师给小飞盖好被子，疲惫地倒在床上，他对我说，真正地献爱心，不是嘴上说说就行的，要实实在在地去做啊！

第七节　和我一起过年的老师

　　黄老师以前是位军人，他给我们军训，正步走，齐步走，向左转，向右转，拔钉子，黄老师说大家虽然残疾，但都很有毅力。我虽然走不好路，身子也站不直，但我能够做出标准的俯卧撑，我能够把被子叠得很漂亮。我很喜欢黄老师，因为黄老师老夸我，我喜欢别人夸我。

　　在黄老师的宿舍，全部都要军事化管理，屋里所有同学的被子要叠得和豆腐块一样，床上什么都不能有，就连枕头都要放在柜子里。睡觉的时候要先把脱下来的衣服叠好、放好。就是冬天黄老师也要打开窗户和门换空气。每天，黄老师带着他们屋的孩子们一起打扫卫生，扫地、拖地、抹桌子，黄老师让他们保持屋里的卫生，保持个人的卫生。黄老师的屋里既有能力好的同学，也有能力差的同学，有的能力比较差的同学的衣服刚穿一天就脏了，所以黄老师每天都要帮这些同学洗衣服，黄老师还教他的学生洗衣服。黄老师规定他屋里的同学必须每天到门口洗脚，还规定必须自己洗袜子和内裤。我去过黄老师的屋子，真是干净，就连卫生间都是那么干净，洗漱用具摆放得整整齐齐，因为人多，所以黄老师让大家把毛巾叠起来，那些毛巾像叠被子一样叠着，因为能力差的同学不会叠被子，要黄老师替他们叠，黄老师为了教他们叠被子，就让他们先练习叠毛巾。黄老师对我们说，一定要养成爱干净的好习惯。

　　黄老师给我们上厨艺课，教我们做饭。每次上厨艺课，大家一起动手,有的剥葱、剥蒜,有的洗菜,有的搞卫生,有的帮老师拿东西,最后都围在黄老师身边,看老师怎么做。黄老师很耐心地一边做一边教我们。等饭菜做熟了,大家一起品尝,品尝完了,黄老师带着我们大家一起刷锅、洗碗、擦桌子、扫地。上完厨艺课,黄老师会把我们领到他的宿舍看电视,作为奖励。

春节的时候,黄老师为了照顾我和小飞、小伟,主动向校长提出留在学校,没有回家,黄老师跟着我们一起在学校过年。校长安排后勤人员给我们做了好多好吃的,我们一边看着电视一边吃好吃的,其乐融融。说实话,每年过年,我因为没有亲人,都感到特别孤独,那一年王校长答应留我在学校过年,一般来说按规定我要回福利院的。和黄老师、校长一起在学校过除夕,我觉得很温暖。为了我们这些孤儿能过好年,校长留下了电工、锅炉工,黄老师和孙老师给大家包饺子。

黄老师负责管理我们的衣服、鞋帽等一切生活物品。有一次,老师们说有人给我们捐了很多旧衣服,让我去选两件冬天穿的衣服,我不好意思去,因为刚跟黄老师发了脾气,后来黄老师主动找我,他给我选了一大堆冬天穿的衣服,我觉得很过意不去,我说:"还是黄老师想着我啊!"黄老师说:"是学校想着你,我这是应该做的,只要下回别老跟我发脾气就行了。"

第八节　我差点成为陈景润

石老师是一个很有耐心的女老师,她对每一个学生都是那么的耐心，那么的温柔，很使我感动。我们班在各个方面都不比其他班级差，唯独就是纪律不好，我们哪儿哪儿都好，就是不听老师的话。我这个人，学习还行，就是天天迟到。李春谷、罗斯亮都是大喇叭般的嗓子，课上课下都是没命地嚷嚷，而且他俩爱发脾气，经常打架。石老师没有生我们的气，而是耐心地跟我们讲道理，我想，不管我们怎样胡闹，石老师还是会耐心地等待着我们变好的。

我们班的同学中有的人学习能力好一些，有的就差一些，石老师就把一节课分成不同的层次，给我们一个一个地上，一个一个地辅导，我以前听说这个叫吃小灶，只有老师最喜欢的同学才能得此殊荣。而在我们班，石老师几乎给我们每一个同学都吃小灶，我就是其中的一个受益者。石老师教我学习分数和小数，这是我要求的，说实话，要不是有石老师这么好的老师，我才不学呢。我真正喜欢的是看书、写文章，我写的文章虽然没有发表，但挡不住我的一门心思的追求。石老师教课教得太好了，让我这个不爱学数学的家伙，也想要跃跃欲试攻克数学难题了。我要是早点认识石老师，那我就是陈景润了。是这样，我觉得就凭我这个脑袋，死几万个脑细胞没事，我起码还有……我得数数我有几个脑细胞。石老师总是那么耐心地教我们，有时我们犯糊涂，石老师就一遍又一遍地告诉我们，这道题应该怎么做。有一次我埋怨石老师总是不给我出题，石老师耐心地对我说，班里的同学她都要教，她要一个一个地教，能力好的同学要教，能力差的同学也要教，我的学习比其他同学的好一些，所以就要给能力差的同学多一些的学习机会。每个老师都有自己喜欢的和不喜欢的同学，可石老师对每个同学都是那么有耐心。能力差的同学老是犯糊涂，石老师也不着急，一遍一遍耐心地教。有一次石老师叫我辅导一个学习差的同学，我没辅导多久，就对那个同学发起脾气来，石老师走过来，对我说我教的方法不对，应该叫他数铅笔，石老师叫他把铅笔都拿出来，监督着他一个一个地数，果然那位同学就把那道题算出来了。我想，也许我永远也学不会石老师的那份耐心和细心了，石老师是个有爱心的人。

我那时老发脾气，石老师对我说，不要自卑。王校长和富老师也都这么对我说，我应该自己要强，既然我喜欢写文章，就应该努力把文章写好，我不能辜负王校长和富老师对我的帮助。

第九节　谢谢你们……

杨老师知道我爱学习，就对我说，有很多残疾人都上大学了，我也要努力争取去上大学，大学里有很多特别有学问的老教授，如果我上了大学，只要他们给我指导指导，我就会受益匪浅，一辈子都受用不尽，到时候说不定我就能够闯出一番事业来。我没有上过小学、中学，怎么可能考得上大学呢？再说大学会收残疾人吗？我又没有钱，学费怎么办？杨老师说，有很多人都靠自学上了大学，国家的政策也很好，不管你现在身体有没有残疾，也不管你的年龄有多大，只要你能够考上大学，你就能上。杨老师还说，有一个人，他没有钱，他就一边捡破烂一边学习，最后也考上了大学，并用捡破烂的钱上了大学。杨老师对我说，不管人面对什么困难，不管是残疾还是穷困，只要你有志气，你就能够成功。每当我软弱的时候，我就会想起杨老师对我说过的这些话，心里就会拥有无穷的力量。

那时我总是渴望看书，我想只有看很多很多的书，我的文章才能写好，可是书太贵了，我没有几个钱去买书。杨老师知道了我的想法，就找我，他对我说，其实可以换个角度想办法。他告诉我，我可以上网下载书籍，那样比买书要省很多钱，而且网上要多少书就有多少书，想要什么书就有什么书。真是一句话点醒梦中人，那时我也知道网上有很多书可以看，可是我的电脑老是坏，有时根本没有办法从网上下载书。我去求马洁把她的那台显示器坏了一半的电脑借给我，我又找杨老师借了他的U盘，到武老师那里下载了很多书。从那时起我就开始在电脑上看书了。在老师们的帮助下，我在电脑上看了很多一直想看却一直无缘看到的书。要不是杨老师给我出了这个主意，我也许到现在都想不到利用电脑看书。要不是学校把电脑借给我使用，要不是王老师和马洁帮我下载书籍，我是看不到这些书的，那样的话我连现在的成就也不会有的。

有一次学校组织爬山，我和大家一起往山上爬，老师叫我别往山上爬了，说爬上去我下不来，可我不服气，非要往上爬。都说上山容易下山难，以前我根本不信，这回我信了。下山的时候，我越走越慢，刚开始还能够跑两步，后来连走都走不动了，两条腿像灌了铅似的抬不起来，嗓子也犹如着了火似的渴得难受。这个时候我们大队伍走得连影子都看不见了，只有杨老师在我身边拉着我往前走。我俩一点儿一点儿地往前走，我累得就快坚持不住了，杨老师也很累了，他拉着我一边走一边对我说，想想红军两万五千里长征，爬雪山过草地，多艰苦啊，他们不是也坚持下来了吗？咱们也再坚持一下就能够追上队伍了。杨老师还说，走路就和人生一样，遇到困难只要再坚持坚持就能够胜利。在杨老师的鼓励下，我们终于赶上了队伍。和大家一起休息的时候，我就想，杨老师说得有道理，只要我能坚持住，我的人生最终也会胜利的！

孙老师本来是一个学生的家长，她的女儿张程出了车祸成了植物人，虽然张程经过长期的治疗，可她已经不能像过去一样上普通学校了，所以孙老师陪自己的女儿张程到我们学校来上学，因为她的女儿离不开她。王校长看到孙老师的家境很困难，就让孙老师留在学校当了会计，主管学校的财务。孙老师的心肠很好，那时学校怕我们吃鱼卡到鱼刺，一直都不怎么做鱼，有一次学校吃鱼，孙老师怕我们卡着，在开饭前就仔仔细细地把鱼刺择干净，再给我们每人分了一点鱼肉，我觉得孙老师这个人很善良。

孙老师看我没有父母，又很要强，所以经常帮助我。那时我在门房看门，我不会生炉子，孙老师就帮我生，又教我怎么换煤，可我老是忘了换煤，炉火老灭。孙老师就帮我从她自己的炉子里夹煤引着我房里的炉子，孙老师的炉子是给女儿煎药用的，她平时很少生炉子，怕费煤，可自从我生炉子后，孙老师也开始生起炉子来，孙老师说她怕我的炉子灭了，没有煤去引。后来孙老师见我的炉子老是灭，而如果她的炉子碰巧也灭了的话就没有办法了，只好给我砍了一大堆劈柴，孙老师说我是觉得生炉子好玩，所以才故意让炉子灭的。

孙老师说我看大门太累，老是给我做点好吃的。有一次，孙老师让小伟给我端来一碗汤，可是小伟却跟我抢起来，最后还把电炉子上的碗给抢坏了。孙老师骂了我一顿，我想赔她一个碗，可别的老师说，那碗和电炉子是一套，要买就得买一套，我又想给孙老师赔一个电炉子，孙老师不让我赔，说还能够凑合着用，我心里老是觉得对不起孙老师。

有一次孙老师找我，说她有一个录音机，不能听磁带了，她看我没有电视，就想把这个录音机给我，问我要不要，我高兴得发疯，本来我还想买一个录音机听广播呢，现在问题解决了，从此我再也离不开那个录音机了。

我管小卖部的时候，每天经手的零钱特别多，刚开始的时候零钱一多我就拿去进货，后来老师说用零钱进货很麻烦，让我找孙老师换零钱，我老不好意思去。后来零钱实在是太多了，我没有办法，只好去找孙老师，孙老师帮我数了一个晚上。

我管理小卖部时，李师傅就在门房当警卫，小卖店和门房是挨着的。有些同学在我那里捣乱，李师傅看我老受那些调皮的孩子的欺负，就经常过来，对那些孩子说不要捣乱，好好买东西，不许欺负我。有一次外面进来一个人，他想跟我这儿换些零钱，当时我就想换给他，可李师傅不放心，把那钱帮我看了好半天，看不出假来，可李师傅还是不放心，又去外面把他们的车牌号码记了下来，那个人一看李师傅记了他的车牌号码，没有换零钱就走了，我想要不是李师傅，没准我就收到假钱了。李师傅总对我说，我的腿不方便，有什么事情招呼他一声就行了。

那时我屋里没有电视，我就老去李师傅那里去看电视。跟李师傅一起看电视，我觉得特别有意思，特别是当看到好的电视节目时，我俩还可以交流一下各自的感受，而且电视里那有意思的地方就更加有意思了，比一个人看时有意思得多，那个时候，我觉得特别的温馨。

有一次李师傅听说我发脾气了，他叹着气说他知道我是怕别人看不起我。李师傅的这一句话，听得我的鼻子酸酸的。李师傅为我操心，说我不能老是这样吃饱了就什么也不想呀，得为将来想想。李师傅说，我是有能力养活自己的，现在好好学习，将来就能找到工作，自己挣饭吃，闯荡闯荡，时间一长，也许能够做出一番事业来。李师傅的话深深地感动了我，李师傅一点儿也没有看不起我，我觉得李师傅完全是为我着想，为我考虑。我觉得李师傅是个值得尊敬的长辈。

韩老师教我们手工课，大家都管她叫韩妈妈。韩老师上课教得很仔细，我们每个同学都能学会做一些东西，就连我这么手笨的人，都学会了好多东西。韩老师总是一个一个地耐心地教，韩老师总说，不管是聪明的，还是笨点的，只要认真去学，就能够学会。

我们的衣服破了，总是找韩老师帮我们缝，韩老师给我缝过衣服，还缝过床单。有一次我的床单破了，韩老师帮我缝完了，我怎么也找不到原来破的地方了，我问了韩老师才知道，韩老师怕手缝的不好看，就用剪子把床单剪开，然后用缝纫机把两块布重新拼在一起，这样加工之后出来的床单简直跟新的一个样。韩老师老是对我说，有什么事情，就去找她，还跟我开玩笑地说，她就是不给谁缝，也会给我缝的。

有一次学校组织我们去外面玩，我是坐在轮椅上去的，由韩老师推着我。那天的风出奇的大，我坐在轮椅上都被大风刮得喘不过气来。韩老师推着我说："你在轮椅上都被刮得受不了，我还要推着你，你想我有多费力。"那天韩老师一直把我推到车上，下了车，我也不想自己走，因为风太大了，韩老师看出来我不想自己走，就让我坐回到轮椅上，就这样一直把我推到校门口，这下被李师傅看见了，他生气地说："就这么几步路，你还让韩老师推着你！"听到这话，我的脸"唰"的一下子红了，韩老师连说没事没事，就算现在想起这件事，我还是觉得对不起韩老师。全校师生都来找韩老师帮他们缝缝补补，她是我们大家的"好妈妈"。

第十一章　没有他，就没有我的书

第一节　遇到张哥

有一天，我看到史铁生的一篇文章：《我与地坛》，我看了很感动。文中所描述的史铁生对自己母亲的歉疚，让我想起了我和我母亲的事情，我想再写一遍《那一年我十五岁》，也许还要写母亲死之后的一些事情。我想写，可又犹豫了起来，我怕写不好，怕控制不了这样的一篇长文，正当我犹豫不决、迟迟不能动笔时，我遇到了我生命中最重要的人——张大诺哥哥！

我第一次见到张哥，是在智光学校的办公室里，当时张哥正在教黄皓弹电子琴，当时我想张哥可能是个大学生，他穿了一件黑色风衣，戴着眼镜，眼里闪耀着睿智的光彩，一副很有学问的样子。他的脸上总带着微笑，有时指点一下黄皓，有时闭上眼睛跟着琴声打着拍子。我想上前去跟他交流交流，可又没有这个勇气，最后只好走开了。

后来有一天我们和许多志愿者到一个教室联欢，我不甘心就那样坐着，我又想起了我的电脑，于是回头问一位哥哥他会不会修电脑，那时我还以为我的那台破电脑能够修好。巧得很，这位哥哥就是那天教黄皓弹电子琴的那位哥哥，他微笑着点点头，我就接着问他能不能帮我修修我的电脑，他答应了。那位哥哥问我是不是很喜欢写文章，我问他怎么会知道，他回答说是一位老师告诉他的。其实我觉得自己在学校的表现一直不太好，真的没有想到有老师会夸奖我，一直到今天我都很感激那位在张哥面前夸奖我的老师，要不是这位老师的介绍，我怎么会认识到张哥呢，也许我就会错过这唯一的一次实现理想的机会。

我对张哥说，我很喜欢写文章，但就是写不好，张哥对我说："没关系，我来帮你吧，我在大学有过比较系统的写作训练，在这方面完全可以帮助你！"我听了很激动，终于有人能够指点我怎样写文章了。这时校长让我上去讲几句话感谢他们，我那时有点发蒙，自己都不知道自己上去后说了些什么。等我下来，张哥笑着对我说我刚才讲得很好，我知道他这是在鼓励我。张哥说他可以借给我书看，还问我喜欢什么书，我就说我喜欢看古诗文，他问我想不想看《古文观止》，我一下子就听傻了，因为我压根不知道《古文观止》是本什么样的书，我倒是听说过这本书，那是在听广播节目《人生热线》的时候，说一个小姑娘，大概是残疾人吧，她家里特别穷，只有一本《古文观止》，她照着书上面写的学写文章，因为《古文观止》里的文章没有标标点，所以她写的文章里也没有标点。

后来这件事传到了网上，大家都不相信，有人就去了那个小姑娘的家，到那儿一看就哭了，之后有很多人给小姑娘捐了书。

联欢会结束志愿者们要走的时候，大家在一起合影，合影的时候张哥对我说："如果你喜欢写作，你就写本书吧。"

几天后的一个晚上，张哥真的来给我修电脑了。张哥一边修电脑一边问我有没有文章给他看看，我就把我那时写的一篇文章给他看。那时林老师总放黄家驹的歌，我也就喜欢上了黄家驹，因为听《海阔天空》有了灵感，于是就写了一篇文章，"原谅我放荡不羁爱自由，哪会怕有一天会跌倒，放弃理想谁人都可以，哪会怕有一天只你共我！"应该说对自己写的这篇文章，我还是挺满意的，因为写的时候有灵感，有激情。我写文章的时候，如果有灵感和激情，就会写得好，至少我的自我感觉是这样的，如果没有灵感和激情，文章就会写得很糟糕，自己都无法看下去了。张哥看了那篇文章后说我写得不错。张哥修电脑修了好久，最后还是没有修好。张哥对我说："你别着急，我修不好没关系，我以后请比我更懂电脑的人来帮你修，我要叫一大帮哥哥姐姐来为你修电脑，一定要把你的电脑给修好了。"

张哥临走的时候对我说："我相信你一定会写出一本了不起的书来的，我对你有信心。"这句话让我很感动，我活了这么大，第一次得到别人的信任。

第二节　"几年后，咱们把这本书完成！"

又过了一段时间，在一个周末的早晨，我正无事可干，坐在操场的椅子上听老师们聊天，突然听见背后有人叫我，我回头一看，是张哥。张哥说要跟我说一件事，我俩离开人群，找了一个安静的地方坐下，张哥问我想写什么样的小说，我说我不想写现实，我想写我所想象的事。当时我没好意思说，其实我想写武侠小说。张哥摇摇头说："为什么不写现实呢？"我说现实没什么好写的。张哥说他认识一个人，叫张云成，这个张云成是肌无力患者，他不能行走，整天呆在床上，他写了一本书，书名叫《假如我能行走三天》。张哥说他自己见证了张云成写这本书的全过程。张哥还说，张云成一开始写的文章，他都看不懂他写的是什么意思。我笑了起来，张哥没有笑，张哥说，但是最后张云成成功了。张哥对我说，他一直在想弱势群体的生活，希望能有人写我们这些人的所思所想，但是如果由一个健康人来写，他是不可能真实地了解我们的内心世界的，所以就必须由我们自己来写自己，只有这样，才能让他人真正地了解我们，只有真正地了解了我们以后，才能真正平等地对待我们。

张哥看着我的眼睛对我说："这件事情只有你才能做得到。第一，你是个残疾人，你最了解你们的感受。第二，你有一支笔，你能够把你的所思所想用你的笔写出来。"张哥继续说，"你可以把这座学校写进你的书里，还有你的同学们、老师们，让所有的健康人都知道在这个世界上还生活着像你们这样的残疾人。通过你写的书，让他们了解你们，尊重你们！"张哥很郑重地看着我说："咱俩做一个约定吧，你写，我来帮你修改，几年之后，我和你一起把这本书完成！"

张哥说他会给我出上百个题目，让我一定要有心理准备，在写东西的时候会遇到难以想象的困难，但一定要坚持下来。张哥坚定地看着我说："我相信在不久的将来，在你的桌上就能放着十几万字的书稿，那将是一件多么大的成就啊！"

他还说："等你写完这本书，我会帮你联系出版社出版，如果出版不了，我们就把书稿发到网上去。"

看到我激动的样子，张哥说："我不了解你的文章写得怎么样，我要先对你进行两三个月的写作训练，然后你再正式开始写。这样吧，你就先写一篇，写你最难忘的一件事情。"

他最后说："要是我下次来，你还没完成，我可要对你进行批评了！"说完，他和善地笑了，他的眼里充满了鼓励的目光。

第三节　我失眠了

那一夜，我怎么也睡不着，我分明看到我的梦想在向我招手，我从来没有感受到梦想离我这样近，我好似能够用手触摸得到。这么多年，我为我的梦想欢乐，为我的梦想忧伤，为我的梦想痛苦，到如今我终于能够和梦想做一次亲密接触了。

母亲啊，感谢你，如果不是您手把手地教我写字，我今天又怎能拥抱梦想，但是您看不到了，这么多年您这个不争气的儿子，发奋图强，拼命地看书，拼命地写文章，就是因为您的儿子知道自己错了，我要证明，您的儿子不比别人的儿子差，我要您为我骄傲，虽然您永远也不会知道您的儿子在努力，您再也不会为您的儿子骄傲了。

但是我要让所有的人都知道,我不比任何人的儿子差,因为我是您的儿子!

我第一个要写的就是您,是您教我穿衣服,是您教写字读书,也是您给我治病,给我做按摩,母亲啊,如果没有您,就不会有现在的我!我是个懒惰的人,可是为了您,母亲,我勤奋了起来。还有大姨、二姨、表哥、表姐,你们是除母亲之外我最亲的亲人,从小到大,我和母亲身上穿的每一件衣服都是你们经过长途跋涉,从很远的地方给我们背来的。我们家过年时吃的最好的饭,也大部分是你们不辞辛苦从好远的地方带来的。更重要的是,是你们让我尝到了家庭的温暖和亲人的关爱!大姨、二姨就跟母亲一样,我想把对母亲未尽的孝道,弥补在大姨、二姨身上。我那样拼命地学习,那样地逼自己,也是为了大姨、二姨。我无数次地告诫自己,将来一定要报答大姨、二姨,一定要把未能对母亲尽的孝弥补在大姨、二姨身上。

还有党校的街坊邻里、徐大大、马姨、孙伯伯,还有光荣院的爷爷奶奶,以及福利院的阿姨们,他们也许已经把我忘了吧,但是我是不会忘记他们的,永远不会!他们曾经关爱过我,希望我好。还有福利院的那些孩子们和智光学校的同学们,我和他们是一样的人,同是天涯沦落人啊。如果我有能力的话,我一定会帮助他们的,可我没有那个能力,我只能用我手中的笔把他们写出来,我要用我的笔把这个特殊的群体写出来,让人们知道那些孩子和健康的孩子一样可爱。我只希望,我能用我的文字让人们了解他们，人们看了我的文字，能够尊重他们，能够把目光放平，不要向上看，也不要向下看，而是能够平视我和他们！生命从本质上说是一样的，没有什么高低贵贱之分，虽然我们是残疾人，但除了疾病给我们带来的不便之外，我们与其他人是没有区别的，我希望所有的人都能够尊重我们，尊重生命！

还有所有帮助过我的好心的人们、王宏伟阿姨、王曼心阿姨、李照萍阿姨、何阿姨、黄阿姨、寇阿姨、李岭存阿姨、贾洪涛哥哥、郅永强哥哥、田伟哥哥、辛欣姐姐、陈晶姐姐、武亚军哥哥，还有王校长，以及智光学校的老师们，我可以写出好多好多个名字，可那仅仅是一个个名字吗？那是一颗颗滚烫的心啊！我和他们没有任何血缘关系，可他们却那样地帮助我，如果没有他们，我是不会写到今天的，我也是为了他们在努力。他们帮助我就是想让我好，我没有理由让他们对我失望。我还能够面对失望的眼神吗？母亲失望地离我而去，那么多人都失望地离我而去，我能够对不起自己，能够放弃自己，但我绝不能对不起那些帮助过我的好心人！就算是为了他们，我也绝不能放弃！我是个怯懦的人，可是为了他们，我要坚强起来！

还有张哥，张哥本来可以不帮我，他有他自己的工作，他只能用休息的时间来帮我，凭什么啊？我何德何能？我没为人家做过一件事情，只有人家帮助我！张哥是想让我好，他想让我为我们残疾人写出一本自己的书。我不能辜负张哥，我不能辜负母亲，我不能辜负那么多帮助过我的好心人！我绝不能辜负他们,绝不能!哪怕我没有生花的妙笔,写不出天花乱坠的文字,但是我要用我的笔,不,我要用我的心做笔,我要用我的血做墨!我的心是红的,我的血是热的!我要在这本书里写下我对那些帮助过我的好心人的感激之情,如果我有能力,我会尽我所能报答他们,我要让他们知道,他们没有白白帮助我,我不会让他们失望的!可我没有那个能力,我只能用我鲜红的心、用我的一腔热血来报答他们!我活着不能只是为了自己。是的,我也想有一个光明的未来,但这个光明的未来绝不是只为我自己,我要报答所有对我有恩的人!虽然现在我还做不到,但我一直在努力,在拼搏!

张哥给了我一个报恩的机会。我要在这本书里告诉所有对我有恩的人,我爱这个世界,这个世界是如此美好。我要祝愿所有的人在这个世界上幸福地生活,只要你们幸福,我也就心满意足了。只可惜我不能为你们做些事情,但我会努力的。一位姐姐对我说:"你一定要好好的,一定要好好的啊!"我也要对这位姐姐和所有我认识与不认识的人说:"你们一定要好好的,一定要好好的啊!"生命很美丽,也很宝贵,我们一定要好好的,一定要好好的啊,爱生命!爱别人!爱自己!如果我可以代表残疾人发出一个声音的话,我希望这个声音是坚强的,是有力的!我还希望,所有听到我这个声音的残疾人都能够变得坚强起来。我希望我的声音能够鼓励别人。首先我自己要坚强,我要做一个永不放弃的强者!哪怕最终失败,我也无悔!我要告诉所有的人,连我都没有放弃自己,那么你们就更不该放弃自己,即便我有理由放弃自己,你们也没有理由放弃自己！

　　我除了要报答那些爱过我、帮助过我的人之外，我还能够和我的梦想做一次亲密接触。我的理想是以后靠着写东西生活，这也许是个奢望，但我不写东西，又能干什么呢？写这本书对我来说是个再好也没有的锻炼机会，我要在写这本书的过程中，将我的文笔尽量地提高，这对我将来写东西大有好处。张哥是我一直在寻找的一位好老师，他可以帮助我解决在写作中碰到的各种问题，这样我的写作水平就会提高得更快、更好。也许我真能靠着写东西生活，也许我只能写这一本书，然后就再也写不出东西了，也许这本书对于我所钟爱的文学来说没有什么价值，但是这毕竟是我对文学的一次朝拜，也许文学根本就不需要像我这样的人的朝拜，但我还是要献上我卑微的却很真诚的朝拜！这毕竟是我对这个社会所做出的一点点微小的作用，是我对爱过我、帮助过我的人的一点儿感激之情和祝福之意啊！

　　也许我这辈子就只能做这样一件事啊！是的，爱幻想的我，经过无数次的碰壁，开始承认现实了，但是尽管我承认了现实，我依然没有改变过我的初衷，还是那句话，明知山有虎，偏向虎山行！我永远也不会放弃对文学的追求，也许终其一生我也不会得到缪斯女神的眷顾，但我还是会无悔地做个追梦人！和自己的梦想在一起，永远也不会后悔！那么就让我和自己钟爱的文学做一次亲密接触吧！尽管冒犯了，尽管唐突了我所深爱的缪斯女神，但是，请原谅我吧！

第四节　张哥第一次看我的文章

　　张哥要我写我最难忘的一件事情，我想来想去，决定写《那一年我十五岁》的结尾，也就是母亲自杀的经过，这是我最难忘的一件事，可是等我动笔写起来的时候，感觉很不好，我没有灵感，没有激情，写得没有文采。张杰刚看了一个开头，就笑我，大概是笑我的文字，连起码的逻辑条理都没有。我的心完全凉了，但我还是硬着头皮往下写。周末的时候张哥来了，我是又想见到张哥又怕见到张哥，我想见到张哥，是想跟他说说自己的想法，我又怕见到张哥，是担心他看到我的文章写得那样糟糕，肯定会对我失望的。张哥给我带来一本书，是《余光中传》。张哥说怕我看不懂那本关于鲁迅的书，所以就把这本书借给我。张哥说余光中是个诗人，对事物的认识很感性，张哥说希望我在阅读这本书的过程中，也能让自己培养出这种敏锐的感性认识。张哥说希望我能把自己读这本书的感受告诉他。张哥那时还不知道，其实我原本就是一个很感性的人。我把我的想法跟张哥说了，张哥听了很高兴。

　　张哥要看我的文章了，我说我写得不好，我心里好担心，我倒不是怕张哥斥责我，我是怕张哥对我失望，我最怕别人对我失望了，我再也受不了别人看我的那种失望的眼神了！张哥很认真地看我的文章，我也很认真地看着张哥的表情，我想通过张哥的表情提前知道张哥的意见。张哥读完我的文章，对我说，他被我的文字打动了，张哥说，他很少看到这样感人的文字。我无法相信自己的耳朵，难道我的文字真的打动了张哥？后来我想，自己的文字虽然写得不好，但我的感情是真实的，我怎么能忘记母亲临死之前为我捡的那两个烂橘子；我怎么能忘记，母亲下定决心要在外面冻死，却怕我冷，把自己身上的大衣脱下来披在我的身上；我又怎么能够忘记，母亲掐我脖子的时候，手软了，留下了我这条命。而这些又怎么能用文字表达出来呢？张哥是被我的母亲对我的爱打动了。张哥激动地对我说："你已经不需要训练，这样的文字已经很好了，这篇文章可以做为你这本书开头的第一篇，我只不过再帮你修改、润色一下就可以了。"

听了张哥的评价之后我很高兴。后来张哥对我说，叙述描写分三个阶段，第一个阶段，只要简单地把事物描述出来就行了，比如说我们感受到阳光，就说有阳光照在身上。第二个阶段，不光要做到把事物描述出来，还要描绘得细致入微，这方面主要靠感性认识，比如说阳光照在身上，身体感觉微微发痒，很舒服。第三个阶段，就是要有所感悟，我们看到阳光，我们就会想到阳光普照下的这个世界，想到这个世界上的万事万物，想到阳光照耀下的生命，一天二十四个小时，光阴流转，事态变迁，在这同一片阳光下，人生的意义又是什么呢？张哥说我现在是在第一个阶段，只能把事情说出来，但目前来看已经够了，以后会慢慢地过渡到第二个阶段，在我写到最后的时候我会有所领悟，进入到第三个阶段。

就在我和张哥交谈的时候，进来一个姐姐，她也是美新路资金会的，张哥也是其中的一员，他们跟学校约定，每周都来学校活动，和同学们一起做做游戏什么的。张哥对那位姐姐说他很少看到这样的文字，张哥说着把我的文章递了过去，那位姐姐一边看一边说文字这方面是张哥的强项，张哥接着说："明年吧，明年他这本书，就能写成了，到时候我请你看。"

第五节　崩溃与绝望

按照原定计划，我应该继续写那篇文章，但我遇到的问题是：没有时间写文章了，我们一天上七节课，上午上四节，下午上三节，除了中午和晚上有点时间写文章外就没有其他空闲了。可是中午我又很想睡午觉，如果硬着头皮写，那即使写出来的也不太好。我晚上还想要看电视，就算我不看，我宿舍里的其他人也会看的，我是绝对禁不起电视节目的诱惑的，别说写文章了，就连看书我都看不了，除非是看武侠小说，才能抵挡住电视的诱惑。不过看电视的确是一点用处都没有，还会让我有种罪恶感。我想读书，我想写文章，可我却被诱惑着，有时我想到一个安静的地方去读书，但我却找不到。我晚上有时带上一本书走出乌烟瘴气的宿舍，宿舍里其实并不乱，只是有了电视我就无法忍受了，如果有人来串门，宿舍里更是没法待了，我是没有什么客人的，就算是有，我也不想跟人在宿舍里谈什么。有人认为我这个人很怪，其实我只是不善于表达而已。我有时也很情绪化，性格既有些外向又有些内向，很容易受到伤害，是我怪吗？也许是因为没人了解我，也许连我自己也不了解我自己，因此在宿舍里我感到了一种隔膜感，如果有人来串门，这种隔膜感就会变得明显起来。老师们就不用说了，只当我是个学生。而同学们都是有钱人家的孩子，他们倒没有瞧不起我，只是讨厌我总是跟老师发脾气。我发脾气是我不对，可是谁又能理解我的痛苦了？对他们来说，学习不好，将来可以干体力活，即使干不了体力活，他们还有他们的父母可以依靠，而我呢，我既干不了体力活，又没有父母，我的未来是那么的渺茫……

我说过我想学习古典诗文，但是我遇到了困难。我在学习古诗文的过程中认识到了两样东西，即意境和文脉，可是我却止步不前了，我学不下去。如果我只是对古诗文有单纯的爱好读读也就罢了，读不懂也没关系，可我学习古典诗文是为了写文章，我不但要学习，而且要深入地学习，可我却深入不了，学习上面不进步就要退步，我有种危机感。

另外，不管是美学还是哲学，我都无书可读了，我的思考能力没有提高，文笔的运用也没有进步，我很痛苦，心怀恐惧，巨大的危机感向我压了下来。想一想我都觉得可怕，学习不好，就没有好文笔，没有好文笔，那我以后可怎么办呢？我的理想又如何实现？理想与现实！放弃理想吗？放弃现实吗？我的未来，我的理想，全靠我能不能写出好文章，可要写文章，不光要学习古典诗文，还要学习美学和哲学，所谓法乎众，得其上。我想写武侠小说，还要研究一下历史，还要看看心理学什么的。既然如此，问题来了，我哪里找那么多书啊，就算有了这些书，我有时间读吗？要知道我已经是二十几岁的人啊，又没有父母，我还能学习多久？时间带给我最大的危机感，时间是我最大的隐痛！我不知道我还能学习多久，时刻都有朝不保夕的感觉。我的理想啊，我的抱负啊，难道就这样放弃吗，我不甘心啊，我不甘心啊！

我受不了，我要到寝室外面去，但是晚上我又能去哪里呢？我就像一个孤魂野鬼，大庙不收小庙不留，就算有人让我进屋待一会儿，我又怎么能污染他的耳朵呢？我无可奈何地回到宿舍，我沉沦了，我堕落了，我颓废了，我沉溺于看电视剧之中。我说过，以前我把听广播当成自己的精神支柱，后来又把写文章和看书当成自己的精神支柱，现在我又把看电视剧当成了自己的精神支柱。如果我们把自己的精神寄托在某件东西上，那么那件寄托了我们精神的东西，就不单纯地只具有它本身的意义，我们赋予了它一种我们精神层面上的意义，而这件东西对我们就有了一种致命的诱惑，我们在劫难逃。我把我的梦想、我的希望、我的痛苦全都寄托在看电视剧当中。如果看的是悲剧，我在剧中人物的身上分明看到了自己的影子，如果看的是喜剧，在短暂地感受到幸福和快乐之后，我的心中会是无尽的空虚和痛苦。电视剧只给了我一个美梦，而我总有梦醒的时候，既然让我做了这个美梦，又怎能让我忍受那梦醒时分！但愿长醉不愿醒！有没有一个做不完的梦？有没有一个看不完的故事？那些梦、那些故事都是骗人的，我早就知道的，可为什么我还是要自己骗自己？电视剧是毒药，是毒品！我在吸毒，我在饮鸩止渴！

第六节　张哥的劝导

后来张哥来看我，知道了我的心情后，他对我说了下面的话：

"你改变不了的事情你就不要去想，比如门前有个大石头，可你搬不动它，你每次路过石头时你都用脚踹它，踹完了你的脚就疼，等疼痛过去了，你又用脚踹石头，这就形成了一种惯性，你知道你搬不走这块大石头，你就用脚去踹它，你知道你踹了它，脚会疼，可你还是要去踹它，这就是一种自虐！那你为什么还要去踹它呢？你为什么不绕过去？既然你改变不了一种现实，你就不要再去想它了。什么都不要想，你要做的，就是尽可能地挤出时间去完成你的书。"

张哥又看了看我那时写的文章，当时我正在写我是怎样学习的，我写到我读什么书的时候，就有点收不住笔了，我也知道我好像跑题了，可我还是一直往下写，有的时候我明明知道我写错了，但我还要写下去，虽然一错到底很痛苦，但是我没有力量重新写，因为重新写要比一错到底痛苦一千倍。

张哥对此很不满意。张哥早就对我说过，一定要以故事和情节为主，议论和抒情为辅。张哥又对我说了一遍，张哥怕我忘了，让我把这句话大声重复五遍，我说着说着自己都笑了。张哥很严肃地说："你一定要记住这句话，不然这本书就有失败的危险。一定要以故事和情节为主，议论和抒情为辅。"

张哥又给我出了几个题目，以及其中的写作重点。张哥怕我忘了，把这些都写在纸上留给我。他又问起我的写字速度，然后闭起眼睛心算，过了一会儿，张哥把眼睛睁开了，他对我说，照这个写作速度写下去，再有一年就能够把这本书完成了。

　　张哥问我还有没有笔和纸，我说我有纸，但是笔留在学校了，就拿回来几支，那时我正好放假回福利院了。张哥让我等一会儿，他出去一下马上就回来。张哥出去了，一会儿就回来了，张哥给我买了几支笔和两本格子纸。张哥又问我还有没有钱给他打电话，我说有。张哥上回还给我寄了一百块钱，张哥以前也给张云成哥哥寄过钱，但人家张云成哥哥就有骨气，没有接受那钱，可我却要了。我觉得路要靠我自己走，别人只能帮我一时，帮不了我一世。人家帮我是人家心好，我接受他的一片好心，不但接受他的好心，我还要永远记住他对我的恩德，如果我有能力的话，我一定要报答他。也许他根本就不需要我的报答，但我要以我自己的方式去报答他。我认为接受别人的帮助并不可耻，真正可耻的是忘恩负义！有恩不报枉为人！我觉得我的生命不光属于我自己，它也属于每一个帮助过我的好心人。我不仅仅要为自己活着，我也要为他们活着！我想活得快乐，我想活得幸福，但我更想让他们活得快乐、活得幸福！只要他们能够活得快乐、活得幸福，我什么都愿意做。因为他们爱我，所以我爱他们。我忽然发现我很自私，因为我希望爱自己的人得到快乐和幸福，但我喜欢这种自私，因为这是一种甜蜜的自私，它使我的心有一种温暖柔和的感觉，我感到幸福！

第十二章 独　立

第一节　天降喜讯

有一天，校长让人告诉我，我得过去一趟。我想一定是为了我和别人打架的事情，我硬着头皮去了。谁知校长说："你都二十多岁了，其实都不用上课了，应该学会自立了，学校给你一个机会，就在门房看大门，连带着卖点东西，一个月再给你二百块钱补贴，而且卖东西的钱归你。"天哪，我简直不相信这会是真的，我有工作了！我挣工资了！我要自食其力了！

下午，黄老师让我把自己的东西搬到门房里，我说我一个人搬不了，黄老师就叫管伟给我帮忙，我把一些洗漱用具拿了过去，就累得不行，马洁看我在搬东西，也过来帮忙。之前门房的墙壁已被徐师傅刷了一遍白漆，四白落地，看着特别干净。黄老师给我搬过来一个柜子，上面装书，下面装衣服。黄老师怕擦地的时候把柜子给泡了，就又在下面垫了几块砖。

天黑了，王老师过来看我，问我感觉怎么样，我说我不知道该怎么看大门。王老师说，有不认识的人想进来，就要先问个清楚，再让他进来，让他先到办公室去登记；如果是给食堂送馒头、送面条的人，就放他进来，不过最好也先登记记录一下。

我又问王老师，什么时候我就可以卖东西了，王老师说，现在小卖部里面还太乱，没有收拾干净，等收拾好了，再告诉我货物的价钱，那时我的小卖部就可以开张了。

晚上，我躺在床上想，我以前多么希望有这样的一间小屋啊，现在我终于有了这么一间小屋。

我这叫工作吗？我这叫自食其力吗？母亲要是知道了，该有多高兴。

我隐隐地觉得，我现在这个样子，看上去好像是自食其力，其实还是在靠着别人。现在人家是帮你，如果以后人家要是不帮了呢？如果我没有大的成就，根本就改变不了我的处境。要是我有家庭，要是母亲还活着，要想改变我现在的处境，那比现在容易得多，比如我可以做个小买卖之类的，出路何止千条啊，可是我现在没有母亲，没有家！

第二天，我正式开始工作。门房里正在安装暖气，所以进出的人比较多。没人的时候我就把电脑打开，准备写点文章。我总是贼心不死，在大的成功和小的成功面前，我选择大的成功，看大门只能是一个跳板，我要努力把大门看好，但我决不能放弃写作，只有写好文章才能改变我的处境，那样我才有希望！

母亲说过,"千万别靠别人啊"!所以我要两手一起抓,两手都要硬!

最近我的写作状态不错,究其原因,是因为我从武老师那里下载了十几本电子书,还没等我把这些书都看完,我就练成了"吸星大法",我的意思是说,我能照猫画虎地写上两笔,我看了谁的书就能够学谁的写作风格。

不管怎么说,文章这层窗户纸已经快被我捅破了,我已经知道了写出好文章的方法,有了下嘴的地方。书读多了就是有好处,"读书破万卷,下笔如有神",这话真有道理。

这两天,经常有人过来想要买东西,可我还没有小卖部的钥匙,只能无可奈何。我问王老师,什么时候能卖东西,王老师就把钥匙给了我,说中午再收拾收拾,就可以卖了,先把旧货卖完,再给我上新货。

可以卖东西了,我心里还真有点兴奋。

我正在收拾小卖部的时候,管伟来了,说要帮我收拾,管伟和柴起轩老在我那里转悠。

我刚擦完地,就有人来买东西了,可我不知道那些东西是多少钱,好在智光满在好多货品旁边都标了价,但有一些东西没标价格,这就只好听管伟的了。他说的价钱往往很高,但是我没有其他办法,只能听他的了,我就这样胡乱地开始卖东西。

姚翔买东西是属于那种细水长流派的,他一次买的东西并不多,可是他买完了就吃,吃完了还买,光一个中午他最少买个两三次;甄树培是属于超级欠扁派,他买吃的东西的样子就好像我买书时的样子，斟酌再斟酌，犹豫再犹豫，他总是在发愁是买贵而好吃的，还是买便宜而不太好吃的，到底是量变好呢，还是质变好呢？这对他来说是一个非常复杂、非常深奥的问题，他不断地在我这里反反复复演绎、推倒，再重新演绎，再推倒。不过我只是在选书时犹豫不决，在付钱时从来都是当仁不让，非常果敢。可甄树培却是买完了东西，再一琢磨，又马上退掉，退完了又买，买了再退，这样几个来回下来，我就难得不糊涂。

听说王老师把所有的零钱都找给了他们，这回他们又都还给了我，那些零钱都是一毛一毛的，周彦军自告奋勇地过来帮我数钱，我头大如斗地在一旁看着周彦军数钱。我想我必须得记账了，谢天谢地，我有电脑，不然我就完蛋了！我正在电脑上记账，王老师来了，我告诉她说，我刚才卖东西了，王老师一查钱数就急了，说钱少了。后来，小卖部的失窃案和明末的"廷击案"、"红丸案"一样成为千古之谜，其实如果我能小人得志，一定会把案情查个水落石出的，只可惜我没有小人得志，依然很落魄……

王老师让黄老师给了我小卖部抽屉的钥匙，让我把钱锁起来，我拿到钥匙时心里有些发慌，我这个人平时大大咧咧、毛手毛脚的，丢三落四，什么都忘，我怕把钥匙给弄丢了。

我一开始想找根绳子把钥匙系起来，可怎么也找不到，最后还是李春谷给我找了一条鞋带，虽然很不雅观，但是聊胜于无，况我粗鄙之人，也不觉得什么雅观与不雅观的。我把钥匙系在鞋带上，又觉得鞋带太短了，还是长绳子好，系上钥匙后挂在脖子上，比较保险，可是哪里都找不到合适的长绳子。好在王老师有一串佛珠，我就求王老师帮忙把钥匙系在这条佛珠上，我就把系着钥匙的佛珠挂到了脖子上……

其实，我不愿意挂着这么一条佛珠，因为我走路的样子已经很不雅了，我再挂着这么一条佛珠，那样子真有点……

在《水浒》里，花和尚鲁智深在一座破庙里杀了一个凶和尚，然后他把凶和尚的骷髅佛珠戴在自己的脖子上，样子很神气也很英雄；而我戴上这条佛珠之后，样子很狗熊也很别扭，好在我记得那句名言，"走别人的路让自己说去吧"，嘿嘿，我是故意说倒了的，不过没关系，因为我所害怕的，是跟阮玲玉一样的"人言可畏"，以及和一个诗人一样的"奇怪的目光"，我管这叫做"舌似剑、眼如刀"，这可真是剑剑穿心刀刀致命，以至于像我这样的人也要注意点形象，尽量不中那些"刀剑"，不过，不中"刀剑"几乎是不可能的，那就要少中几"刀"、少中几"剑"也好。

不管那么多了，为了不丢钥匙，我只能戴那串佛珠了。

后来老师又给了我两把钥匙，分别是小卖部大门的钥匙和抽屉的钥匙，我又求老师给我系在佛珠上了，不管怎么样，只要不丢钥匙就好。

这天，王老师答应帮我拷贝几首歌，她还把U盘给了我，可是我的电脑内存太小，拷贝不进去，没办法，我狠了狠心，把电脑里存的好多书都给删了，可还是拷不进去，哎呀，可把我心疼坏了，我这不是赔了夫人又折兵吗，最后我只拷贝进去一首歌，还打不开。

后来，我借了马洁的 U 盘，才能听歌了。但是很快我发现，听歌并不能让我忘记现实。我不愿意一辈子都给别人添麻烦，我想独立，但我知道这是不可能的，所以我痛苦。如果我不能独立，我再怎么自强不息，再怎么力所能及，也是枉然，在这种情况下，我还有什么心思听歌呢？可不听歌，我又怎么办呢？

整整一天，我想着我完了，我没有希望了，我对自己说："我一无所有，我只有一支笔！我什么都不会，我唯一会的就是写文章！现在这个工作就是一个跳板，我要努力，我要力所能及，保住这个工作，保住这个跳板！"

力所能及，多么可笑啊！如果我是一个只能看到现在而看不到将来的人，那么我会很快乐，我会很幸福，可是，我为什么会想到将来？我太傻了，我不该想将来，我真不该想，我哪有资格想我的将来，我只能今朝有酒今朝醉！

可我不能今朝有酒今朝醉。我母亲活着的时候，我以为母亲会养我一辈子，可母亲不在了，所以我得自己养自己，我必须自己养自己，我只能自己养自己！

第二节　心结

校长说我的屋子太乱了，就和黄老师、韩老师一起帮我收拾，校长说要不是我，她是不会给门卫收拾屋子的，而我想的却是，别的门卫都会自己收拾屋子，不像我这么没用。

真的，望着校长和老师们亲自给我收拾屋子，我的心里很不是滋味，难道我一辈子都要给别人添麻烦吗？

校长和黄老师把床搬走了，搬过来一张沙发，她们告诉我说，睡觉的时候，把沙发放倒就可以当床了，早晨起来后再把沙发扶起来，这样房间就显得整齐多了。她们把桌子摆在窗前，这样我在看大门的时候也可以打打电脑，两不耽误。校长发现沙发表面有好几处开线了，就叫韩老师帮我缝上。她又找了一块木板，说怕我睡觉的时候头靠着墙着凉，那块木板很不好抠，校长的手都抠破了。

我想，这些事情本来都应该是我自己干的，可是现在却让校长和老师们为我干，我完了。

我什么都不会，只会写文章，如果再写不好，我就只有死路一条！

上午没人来，我就把门插上，回屋写文章去了。后来黄老师来了，说要去外面给羊捡点菜叶，让我看着点大门，他一会儿就回来，不用关大门了。我等了一会儿，见黄老师不回来，心里又着急写文章，可没等我写下几个字，外面就闹开锅了，同学们叫嚷着说有小孩子跑出去了，我赶忙跑去找老师，老师跑出去追那个孩子去了。杨老师赶快把大门锁上，他对我说，平时要把大门锁上，否则小孩真要是跑丢了，那不光我有责任，学校也会有麻烦。

这天，我去吃饭，校长看见了我，就问刘老师我工作得怎么样，刘老师生气地说，不怎么样，小孩都跑出去了，他就知道玩电脑，可实际上我在写作。校长听了刘老师的话，就嘱咐我一定要注意，真要出了事情，学校也脱不了干系。

我生刘老师的气，没错，小孩跑出去是我的责任，可干吗说我玩电脑，我最恨别人说我玩，这对于我来说是莫大的侮辱。我生气地想，等我写出十本书来，等我成功了，等我独立了，我天天玩，看还有谁来说我！

有一天，我又在"玩"电脑，被黄老师看到了，黄老师对我说，我不能老"玩"电脑，我得坐在外面看着大门，要不外面来了人或者小孩跑出去，我都不知道。我想，小孩跑出去是我的错误，可让我一天到晚坐在外面，这也太……如果那样的话，我哪还有时间写文章呀，如果不写文章，我还能够干什么呀？现在有这么多人帮我，我才能在这里看大门，可如果哪一天没人帮我，我还能不能看大门？

实话实说，我究竟能干得了什么呢？就算有好心人会一直帮我，可我的身体每况愈下……想一想吧，如果有一天我不能走了，我怎么办？如果我不能走了，我就什么也干不了了，就算人家想帮我也帮不了我。只有一个办法，那就是在我不能走了之前，写出十本书来，到时候就算我再也不能走了，我也能在床上从从容容地写出第十一本乃至第 N 本书。

黄老师其实非常照顾我，给我找了一张桌子和一把椅子，让我坐在外面看书，可我还是想"写"文章。这是一种诱惑，其实坐在屋里未必能写出什么东西来，可是我如果坐在外面拿着一本书，在那儿装蒜，实在有些别扭。后来校长给我搬来一个沙发椅，上面还有一个厚厚的沙发垫儿，垫子的套子有些破了，就又让韩老师帮我缝上了。我想，校长这么照顾我，我就应该好好干，毕竟我是在工作，不能老是不务正业。可如果没人帮助我，我还能够干些什么呢？我什么都干不了！我再怎么努力也要靠别人，而且要靠一辈子，这是多么可怕呀；可要是写文章，我可能到死也写不出来……心结啊，就是解不开啊！

第三节　出错

晚上，我就把小卖部的灯关上，在门房里写文章或者看书，小卖部和门房原本是一个大房间，将这个大房间从中间隔断，留一个门，靠大门的这间作了小卖部，外面有个窗户，可以向外面卖东西，里面这间作了门房，也是我的卧室和书房，我的温馨的小屋，我在这里玩电脑、看书、写文章。

我把沙发打开，从柜子里拿出褥子和被子，铺在沙发上，然后睡觉，多好！有一天晚上，黄老师来看我，他说这样不行，要把小卖部的灯开着，外面的人才知道这里还在卖东西，等我睡觉的时候再关上灯。我不但把灯打开了，把窗户也都打开了，可就是没人来买。几天后，生意终于来了，但是别高兴得太早，倒霉也跟着来了。有一次，有两个人来买方便面，要是买一包也就罢了，可他们要买五包，这是一块五一包的方便面，如果是现在平心静气地计算，我当然能够算出来总共是七块五，可那时我不知道怎么回事，就是算不出来，结果收了六块五，他们有一个还不干了，说我多收了五毛儿，另一个说算了算了，说我也不容易，就不要了。我这个人就是傻，还觉得自己算错了，挺对不起人家的。我想在电脑上再算算，我这个人很懒，有了电脑之后，就不愿意再动笔了。正好这时黄老师来了，我就和黄老师说了这事，黄老师给我一算，我气得说不出话来。我想人怎么能这么样，真让我失望！黄老师说这也不能怨人家，是你自己没算出来。我想，下次我一定要用计算器算，可是计算器坏了，后来我就求王老师给我买了一个，买了计算器之后我又突然发现自己会算了。

我有很多不可救药的地方，最不可救药的地方就是我的脑瘫，"刑余之人，无可比数"，司马迁如果有脑瘫，那会怎么样？最起码他不会像我这么的傻！因为我有脑瘫，所以我的性格古怪，因为我的性格古怪，所以我老得罪人，因为我老得罪人，所以没人搭理我，总之，因为我脑瘫，所以我一事无成。

我不知道，是我的性格毁了我，还是我的脑瘫毁了我，但人们更希望承认，是我的性格毁了我，所以我也只好昧着良心说，是我的性格毁了我。

有一次有一个人过来买烟，给了我钱，我以为那是十块钱，就急忙去找钱，我每次找钱都要先开抽屉的锁，我的动作比较慢，又担心人家着急，我把钱放进去后就开始找钱，可那个人说刚才他给我的是二十块，不是十块，那时我正好被人骗了两次，本来就很想发泄，我想前两天就是这么回事，说我少找了十块，他们是不是看我傻，就故意骗我……想到这里，我怒不可遏，冲着他大吼："我不卖了！"我拿了一张十元的钞票扔给了他。那个人也怒了，回骂了一句。正在这时候黄老师过来了，他问明白是怎么一回事后就向那个人道歉，说我是才来不久，找钱什么的还不怎么熟，前几天又刚被人给骗了……

那个人说，他是不会骗我这样的人的，他真的是给我了一张二十块的钱，还说那张钱是有些卷角的，黄老师就叫我打开抽屉找找，我不愿意找，可一开抽屉，黄老师发现真的有一张卷角的二十块钱，黄老师对我说，这张二十块钱真的是卷角的，又是放在最上面的，可能就是刚放进去的那一张。我心里有些打鼓，会不会是我错了？可我感觉……都怪我太着急了，只一晃眼，到底是十块还是二十块，我心里也没底。黄老师说，这次就算二十块钱，给人家找钱吧。我找钱的时候，心也虚了，如果那个人真的拿的是二十，那我这……我连声说对不起。

那个人走了，黄老师对我说："你等着，我给你想个好办法。"过了一会儿，黄老师拿来一大堆猴皮筋，他把小卖部的钱都拿出来，一块和一块地叠在一起，五毛和五毛地叠在一起，一毛和一毛地叠在一起，再分别套上猴皮筋，就这样整整齐齐三大捆儿钱。黄老师说这样就把钱整理好了，捆着的就是原来的钱，没捆的，就是新收到的钱。

老师让我早点去吃饭，可我的动作实在太慢，门房和食堂隔着一个院子，我来回走一趟就跟爬雪山、过草地似的，路漫漫其修远兮，吾将吃饭……

我这个人吃饭又是出奇的慢，真是怎一个慢字了得。

我每次吃饭，都要先把门锁起来，所以在我吃饭期间，大门属于出不去进不来的状态，因此校长给我买了一个饭盒，叫小伟他们给我打饭。一开始我也是很过意不去，就把小卖部里的东西拿给小伟吃，可是小伟越吃越馋，有一次他忘了给我打饭，饿了我一顿，我本来就小气，一生气就不给小伟零食吃了，唉，我说是不给，可是像小伟、小飞，他们和我一样都是孤儿，看着他们，我就想起我自己来了。

能有人给我送饭，我真是有福气啊！

第四节　自责

我有点生自己的气了。

为什么我没有能力？我难道不想好吗？我到底应该怎么去做？校长每次过来，都说我这里的卫生不合格，我起床起得比较晚，动作又比较慢，每次我洗脸刷牙的时候，黄老师和韩老师都已经在打扫院子了，本来门卫就应该帮着他们扫，可我别说帮他们打扫院子了，就是大门口的那一点点地方也很少自己清扫。我无论干什么动作都很慢，等我刷完牙、洗完脸，就该吃早饭了。上课的时候还没有问题，最多是迟到挨老师批评。可现在这是工作呀，好在黄老师、韩老师经常帮我打扫。韩老师爱开玩笑，扫院子的时候就叫我，我说等洗完脸、刷完牙就去，可等我洗完脸、刷完牙他们已经把院子扫完了。

于是我就很生自己的气，我想，我怎么就不能早一点儿起床呢。我下定决心第二天早点起，可是却不能如愿。我也可以吃完饭再打扫，可每次等我吃完饭，我又不想打扫了，我想写点文章看点书，我实在是太懒了，有母亲的时候我可以懒，没上学的时候我可以懒，上了学我也可以懒，可我工作了，却万万不可以再懒了！

人总要长大，靠自己的力量活着，我承认，有些事情我做不到，可有些事情我明明能够做到，但我却没有去做……

我必须要有所改变。

我跟黄老师说，晚上睡觉屋里冷，黄老师就让徐师傅给我买了一个炉子，又买了好几百块煤，四毛钱一块。黄老师让孙老师帮我生炉子，孙老师那里就有炉子，是给她女儿煎药用的，只要孙老师从自己的炉子里夹一块红煤，即正在燃烧的煤块，就能引着我的炉子。

孙老师给我引着炉子后，告诉我，我的炉子能装四块煤，不爱灭，如果炉子底下的两块煤烧没了，就要换煤，这就需要我常常看一下炉子。谁知第二天炉子的火就灭了。第一天晚上是孙老师帮我封的炉子，所谓"封炉子"，就是将下面的通风口关死，通风口开得越大，煤块燃烧得也就越快，煤燃烧得越快，屋子里也就越暖和，与之相反，通风口开得越小，煤块也就燃烧得越慢。炉子上面还要加两个炉箅子，我记得小时候，我们家的那个炉箅子是很厚很厚的，中间往上突起，有点像草帽，可这个炉子的炉箅子却是两个铁片子。封上炉子，在炉子上坐上一个水壶，这是因为炉箅子上有眼儿，坐上水壶后就能堵上眼儿，防止煤气泄漏。关于煤气，我心里还是挺嘀咕的，我父亲就是因为煤气……

　　孙老师告诉我说要把水壶盖儿掀掉，屋子里有水分就不容易有煤气。刘老师的爱人也说，在屋子里放一盆水就不容易有煤气了。黄老师让那些安装锅炉的人在安烟囱的时候，给我做了一个大大的风斗，还说屋子里冷一点没关系，重要的是安全。孙老师说，过一段时间就要敲敲烟囱，再用火筷子掏掏烟囱和炉子的接口处，只要这里不堵住，就不会出问题。封炉子的好处就是不换煤炉子也不会灭。

　　王老师已经给我趸了两三次货物了。他每次都先把发货单给我，一开始怕我把发货单弄丢了，就把发货单复印一份给我。发货单上有货物的批发价和零售价，我就按着那上面的零售价卖，有的赚一两毛，有的赚三四毛，不是低买高卖，而是薄利多销。刚开始我记不住那些货物的价钱，王老师就把每样东西都帮我标上价钱，我只要一看就知道了。有时王老师看我把货物摆得乱七八糟的，就帮我把货物摆整齐。

　　我说过我老是把周围搞得脏兮兮的，那个屋子被我住得怎一个脏字了得！我还说过，我只要一烧炉子换煤块，屋子里就会尘土飞扬，虽然比不上沙尘暴，可污染指数也是蛮高的，我自己也是灰头土脸的，并且屋里的浮尘还经久不散，望着空中漂浮着的可吸入颗粒物，我黯然神伤，我多么希望它们能够快一点落下。但等它们像雪一样落下时，我的心里又怅惘了起来，因为它们落在桌子上、椅子上、沙发上、电脑上和地上，落在一切物件上,让屋子里的一切蒙上一层灰蒙蒙的灰尘,怎能不叫我惆怅哟。屋里一片灰蒙蒙,就像忧伤的心情,原来忧伤是灰色的!

外面起风了,大风起兮尘土飞扬,地上所有轻浮的东西都飞了起来,打着旋儿地四处乱撞。门房的窗户漏风,风斗更是开放着的,于是尘土或翩翩地飘进或汹涌地飞进我的窗口,使我的小屋里面更加灰尘扑面,使我的心更加灰暗了,一切都是灰蒙蒙的,我在这灰蒙蒙的世界里找不到我该去的方向……

第五节　张哥来看我了!

一看见张哥,我就好激动、好紧张,一下子就语无伦次起来,我不知道自己要说什么。后来,我们搬了椅子在屋子外面聊了起来。我告诉他,一开始工作我很不习惯,我惧怕改变,哪怕是好的改变。我还说了我的几次碰壁。张哥说:"你要明白,一个年轻人总是要工作、要自立的,他不可能一辈子只是学习,只是看书,只是写文章,除此之外什么都不管,什么都不干,这是不应该的,也是——不道德的!所以你要像个年轻人一样,好好工作,在业余时间学习、写文章。如果你这样不敢面对现实,那你就是懦夫!你要好好反省一下自己的错误思想,写一篇批评自己错误思想的文章。"我听了张哥的话,觉得他说得很有道理。我虽然有些彷徨,但还是接受了张哥的说法,因为我当时也并不十分清楚我的病根在哪里,现在我终于明白我那时心里的病根是什么了,那就是我虽然工作了,但我并不独立，我还不能只靠自己生活，还是要靠别人：如果只是靠自己，那当然是坦然的，可是靠别人就不好说了，这世上需要帮助的人不止我一个，凭什么老让别人帮助我呢？再说，我现在也怀疑自己的能力，一个人不怕别人帮助他，就怕自己根本就没有那个能力，别人帮助了你半天，却原来是个扶不起的阿斗，那么谁会一直帮你呢？我没有家，没有母亲，别人也没有义务帮助我一辈子，我连条后路都没有。

后来，张哥在电脑上看我写的文章，他对我的这台电脑很好奇。这台电脑是我向马洁借的，因为用这台电脑能够看电子书。马洁的这台电脑的显示屏听说是被她爸爸坐坏的，只有半个屏幕能用，暑假期间我把这台电脑带回了福利院，大力把这能用的半个屏幕又弄坏了四分之一，最后只剩下四分之一的显示屏能用了，因此我在打字或者看书的时候只能把文档也缩小四分之一，虽然这很麻烦，但是既能够看书又能打字，就已经很不错了。老师们看到了都说那压根就只是一小条屏幕嘛，我也不在乎，不要那么多，只要一点点。

张哥看了一段我的文章，还让我自己读了一段。当张哥看到我写的那段我和母亲在一起幸福生活的场景时，我对张哥说，现在我有工作了，可是我母亲却看不到了，如果母亲没有离开我，也许我现在就不会这样痛苦了。张哥问我："母亲离开你多少年了？"我说："快十年了。"张哥说："你快一点儿写，咱们争取早一点儿完成这本书，作为你给母亲的一个礼物。"

张哥说，如果我能够出一本书，对我来说，当然有一些经济上的改善，更重要的是社会对我的一个认可。像张云成写的那本书出版之后，可以说使整个肌无力患者群体浮出了水面，张云成成了这些患者的英雄，这些患者有了生活下去、奋斗下去的勇气。如果有一天那些脑瘫的患者及其家属看到我的这本书，他们就会看见希望，对于这些之前看不到任何希望的病患群体来说，让他们看到希望是非常重要的，因为只有让他们知道他们是有希望的，他们才能拯救自己。在一个群体里只要有一个人振臂一呼，那么这个群体就会觉醒，但是这个振臂一呼的人必须是这个群体当中的一员，因为唯有他们自己才能真正感受到他们自己的所思所想，才能真正感受到他们的痛苦与哀愁，这在外人是无法想象也是无法知道的，只有他们自己才能够拯救他们自己！

张哥说，他有一个人生的终极理想，那就是在无数个这样的群体当中找到无数个能够振臂一呼的人，并且帮助他们振臂一呼，只要能帮助他们其中的一个人，就是帮助了一个群体。

我对张哥说，最近我总是想不好该怎么写文章，因为写文章时我都是先叙述再议论和抒情，纯议论和纯抒情我写不出来。张哥就帮我一个题目一个题目地进行分析。有一个题目是《为什么一个脑瘫的孩子会这么有思想?》，我说这个题目有些难，我认为脑瘫是肢残，不是智残，所以不存在"为什么脑瘫的孩子会有思想"这样的问题。张哥说，有的时候别人永远都不会了解你，你想一想，可能有几十万的脑瘫患者，他们都得不到别人的了解，他们的父母家人都对他们绝望了。张哥又给我出了一个新的题目，那就是关于我这二十四年来所有快乐的事情及其快乐的时刻，要写一万字，全部是叙述，不要议论，不要抒情，只要叙述！张哥让我设想这样一个场景，一个脑瘫患者的父母，看着自己患病的孩子，会觉得他们这辈子都不会再快乐了，只有痛苦。张哥要我写一篇脑瘫患者是怎样快乐的文章，告诉脑瘫患者的家人，脑瘫患者也有快乐。张哥说，如果这样的一本书能够出版，说不定会因为这本书而挽救很多条生命呢！

张哥的到来让我的心渐渐平静了下来，是的，我已经是个大人了，不再是学生了，我必须学会生存，必须学会在确保生存的前提下再努力完成我的这本书，不应再过那种饭来张口衣来伸手、只知道写文章的日子了，那种生活对于我这个年龄的人来说真的是不道德的，我有理想，但我也必须自立……

既自立又有理想，这才是我，也是所有像我这样的残疾人应该有的生活。

第十三章　不放弃、不抛弃

回头想想，这么多年的努力，自己确实也战胜了一些困难，或者确切地说，我进它退，我退它进，困难反复纠缠着我，我也反复纠缠着它，也许只有我死的时候它才会消失吧，谁知道呢，也许只有这些困难才能证明我还活过吧。

第一节　写字是与手的斗争

最开始我不会写字，好不容易在纸上歪歪扭扭地写下几个字，手就疼得不行，那时我才后悔，以前母亲教我写字，我为什么不好好学习，真是少壮不努力老大徒伤悲啊。我以前偷懒贪玩，现在报应来了，写不好字了。乔奶奶给我买了个写字本，让我每天练习写字，可是我那时还是懒得写，把写字本随处乱扔，都破了，乔奶奶很生气，骂了我一顿，我还很不服气。可到了我真想写小说的时候，我却写不了字了，写几个字，手就疼得要命，就写不下去了，想写却写不了，真是痛苦啊。

那时我只会写十几个字，有些字我认识，但是要是写就写不出来了，还有好多的字连认识都不认识。我几乎每写两三个字，就得问人家一回。记得那时我总是问邢爷爷，邢爷爷要是认得，就给我写出来，有时候碰到连邢爷爷都不会写的字，邢爷爷就跑去问别人，记得有一次我因为发脾气犯了错误，邢爷爷又去帮我问人我不会写的字，人们说我犯了错误，不要教我，邢爷爷笑着对那人说，他还小，不要和他一般见识，还是要教他。

那时候我写字用的是铅笔，我一使劲，笔芯就断了，有时候铅笔掉到地上，还会来个"肝肠寸断"。那时候可没有什么转笔刀，削铅笔得用小刀，那铅笔可难削了，再加上我的手不方便，削老半天铅笔都削不好，有时候我一使劲，连铅芯都削掉了，有的时候好不容易削好了，却是个"肝肠寸断"的铅笔，当时我真想把笔给撅了，把纸给扯了。

有时候我一使劲，铅笔把纸戳了个大窟窿，或者用橡皮擦，把纸给擦破了，本来已经写好半页一页的，结果把纸给弄了个大窟窿或者扯掉一块，我真想死了得了。现在我都挺奇怪的，那时候我是怎么挺过来的？我那时好像就是写，对，就是写。今天我累了，手疼了，我就少写点，我就偷懒，可我明天还写，我后天还写，我每天都在偷懒，可我每天都在写。除非我病了，比方说发烧，我一发烧，我就什么都干不了，难受地躺在床上。你要是认为我这个人，是多么地爱学习、多么地用功读书，那你可就是大错特错，我一点儿也不爱学习，我真正喜欢的是看书，是编故事。我一点儿都不喜欢写字，但是我知道，为了我自己，为了我的理想，我必须写！有些老师、家长对学生说，你一定要好好学习，这是为了你好，为了你将来好。那个学生会信吗？他不信，换了我，我也一样不信。他就是信，他也不学，为什么？因为如果我的家庭条件好，家里特别有钱，我还会像现在一样拼命学习吗？

我没有那样的条件，我只能、我必须、我一定不停地写、写、写、写……

后来乔奶奶给我借了本旧词典，让我看看，当时我觉得词典太神奇了，我甚至认为词典比什么书都好看，当然也因为当时我看的书少得可怜。我就一页一页地看词典，几乎是没命地看，因为是借的，这就叫书非借不能读也。乔奶奶看到我一页一页地像读书一样地读词典，大骂了我一顿，说词典不是读的，是用来查的。我想，当时乔奶奶说的不是全对，我也不是全错，我觉得我们应该中庸一点，词典就真的不能读吗，我就在词典里得到了很多关于武侠小说的灵感和关于美好的辞藻的意境。我不会拼音，查字时我得查偏旁部首，或者查同音字和近音字，我记得我也写过这方面的事情。

那时大姨逼着我，让我用自来水笔写字，一直以来我都以为自己根本就不可能用自来水笔或圆珠笔写字，我觉得那简直是不可能完成的任务，我甚至没有勇气去尝试一下。可是大姨看我拿着铅笔写字很不舒服，非逼着我用自来水笔，我没有办法，我是被逼上梁山的，谁知道一写起来，并没有我想象得那么难，虽然写下的字歪歪扭扭，惨不忍睹，但毕竟我还能写，如果不是大姨非逼着我写，我还会被这个并不那么可怕的困难吓坏很久，不敢去碰自来水笔。大姨对我真好，以后还会有人逼着我去面对困难吗？不管有没有，只要我能够战胜我自己，所有困难就都是纸老虎！

我终于不用再去削铅笔了，不用再去面对那些"肝肠寸断"的铅笔了，解脱了。但新的麻烦又来了，这个自来水笔，也有叫圆珠笔或油笔的，有个毛病，写错了的字改不了！拿铅笔写，如果字写错了，用橡皮一擦，然后可以再重新写。可用自来水笔写错了字，就擦不掉了，或者涂个大疙瘩，一页纸上就得有十几个大疙瘩，我看见了心里就堵得慌。有时候我一连写错了两三行，涂吧，舍不得，不涂吧，又错了，没有办法，我狠狠心，把错字给涂了，一页纸总共才有几行啊，这下就有两行是黑乎乎的，有时候是蓝乎乎的，我真想一头撞死算了。如果要我重新再写一页，天啊，那时我一天也写不了多少字，要是写一页的话得用多少时间啊……

除了笔误，有时候会落下一个字或几个字什么的，有时候甚至会落下一两行，这个时候如果一张纸上只写了一两行，我就会一咬牙，全涂了，重新写，可是如果已经写了半篇了，写了那么多字，我实在是舍不得重新写。后来我看到了几篇作家的手稿，学了个办法，就是把落下的字，用极小的小字填写在两行之间，虽然这比全涂了再写好得多，可我看着还是很别扭，明明应该是行里面的字，却要写在行外面，我能不别扭吗？那时候根本没有什么灵感激情可言，我就想一头撞死。那时候我多么希望能够痛痛快快地写呀！我多么希望能够写得快一点儿，再快一点儿，哪怕只快那么一点点儿！我的胸中充满了故事，可我无法把它们写出来，因为我的手不行！

第二节　一周学会拼音

我说过我很喜欢读书，我想当作家，我想学习，我开始逼自己，上午和下午必须读多少书、写多少字，有一段时间甚至有些迂腐，什么时间就必须看这本书，必须要看几页，然后再看那本书，也必须看几页。当然那时候都是一些小学课本，虽然效果不明显，但我是当作任务去认真完成。后来我开始读名著，我是怎么读名著的呢？方法更傻，那时我拼命地看，拼命地看，一直看到想要吐，但还是再硬着头皮看下去。

那时候大家都批判过填鸭式教育，但我就是自己给自己填鸭，拼命地看书，拼命地自己逼自己学习。没有人明白，我那时是多么想一头撞死算了。那个时候的学习毫无快乐可言，我喜欢自由自在地看书，喜欢看什么书就看什么书，想看的时候就看，不想看的时候就不看。可是我不能够啊！当时我想，只有对自己狠一点儿，才能实现我的理想，才能有一个美好的未来。

我那时真有点绝望了，为什么我努力了那么多年，却始终看不到希望的曙光。我就觉得是因为自己读的书还不够多，我的信条就是读书破万卷，下笔如有神。还有那么多好书，我都没有读。我觉得只要读了足够多的书，就一定能写出好文章，而我自己本身又喜欢读书，可以说读书是一举两得的事情，可是好书太多了，我买不起那么多书，我也找不到那么多书。我已经有的好多书，其中多是大姨给我买的，表哥、表姐送我的，以及好心人送我的书，再加上我自己买的书，但是这么多的书里面真正对我的写作有用处的书又有多少呢？坦白地说，那时我是有点好高骛远，这山望着那山高。我觉得，如果在一段时间之内只看某一种类型的书，思想就会僵化，一定要有一本能打开局面的书，可我的时间有限，我不能浪费每一分、每一秒，否则我将来是不会有好结果的，至少我是这样认为的。我只能把希望寄托在看书、写字上，我把看书、写字当成救命稻草，当成我的精神支柱。我读了很多书，可还是开不了窍，我感到痛苦，我痛苦啊……

直到电脑的出现，才使我在学习方面有了质的飞跃，当然不是说有了电脑，我的文章马上就写好了，这是一次渐变的过程。

有一天，何阿姨和她的儿子来了，他们给我带来了一台旧电脑，那是我第一次接触电脑，我当时很是激动，我不敢相信这台电脑是给我的。当时我想，有了这台电脑，我的未来就会很不一样了。何阿姨的儿子帮我装上机子，又教我如何开机、关机，如何在电脑上新建记事本，如何打开记事本。就在这时，我们发现了一个致命的问题，那就是我不会拼音！

何阿姨的儿子很无奈，他耸耸肩，把我不会拼音的事情告诉了何阿姨，何阿姨很失望，我从她的表情看了出来。本来何阿姨还说，等我学会了电脑，我就可以上网，和别人聊天交流，可现在我不会拼音，一切就无从谈起了。

何阿姨临走的时候，对我说，要好好学习拼音。何阿姨一走，我就把以前的怎样学习拼音的书找了出来，以前我以为学习拼音没有用，我不会拼音，还不是照样读书、写字、查词典，谁知道现在可糠大了！我抱着那本如何学习拼音的书拼命地学，a、o、e、i、u、v……可不管我怎么念，我就是弄不明白怎么拼。我跑去问阿姨怎么才能学会拼音，阿姨说你以前不学，现在着急也没用，拼音不是一下子就能够学会的，可我又怎么能不着急呀，越着急越学不会，念了一天，我没有一点儿进步。

第二天我把所有带拼音的书、卡片都找了出来，我就按着上面的拼音打字，可打了半天，我发现离开那些书，我还是一个字也不会打。不过，我又发现那些书上面的字虽然很多，可拼音却就那么几个，于是我翻开词典看，果然，那上面的字虽然成千上万，可拼音就只有五十多个，感谢上天！我开始疯狂地打拼音，五十多个拼音，一遍又一遍，一遍又一遍，直到我能够背着打下这五十几个拼音，一个都不错。

就这样，我学会了打字。

虽然我在一个星期的时间里学会了打字，但我却写不出东西来，我没有东西可写，或者说我写的东西全是垃圾。有了写文章的条件，为什么我还是写不出东西来？我很痛苦，我想写却无法写，等我能够写了，却没的写，这是为什么？

我想还是因为我看书少的缘故，当然那时我还是忘了一点，那就是我没有见过世面，没有经历，可是光有经历却没看过书，恐怕也是不行的，最好还是两条腿走路，读万卷书，行万里路。小的时候，我曾经很羡慕那些旅行者，浪迹天涯，行者无疆，那是种很自由的感觉。可现在我却不喜欢这种浮光掠影、走马观花式的生活，我不要光拿眼睛去看别人的生活，我自己要真实地活着，去体会活着的真实，我相信通过读书和旅行我们就能找回我们真实的自己，而不是迷失自己，但是以我自身的情况，看来我只能独腿蹦了……

第三节　拼命地写

我不知道那时候是因为我没有读了足够多的书，还是没有碰到真正能够打开局面的书，反正我感到在写作上面我没有一丝一毫的进步，我总是在原地踏步，甚至是在退步。而后来我竟然又丢了一篇我手写的文章，大约一万多字，一万多字啊！如果重新再写一遍，那可真是一种折磨，一天一二百字、三四百字，很难再有灵感、激情，更何况是重写。我被困难吓倒了，想了半天，然后我去求马洁，想借她的电脑写，马洁答应了，中午和晚上我去图书馆用她的电脑写，结果那一万字的文章，最后让我扩充了好几万字，那真是痛快！

从此以后，我就离不开电脑了，写文章也找到感觉了，而且越写越好。我一直都在想，我为什么拿笔就不如用电脑写得好呢？就是因为用电脑写得快。我这个人写作时很少深思熟虑地进行思考，而是边写边想，我管这叫意识流。我用笔写的时候，字写得太慢了，我想出来的语句，却来不及把它写出来，结果就忘了，激情也随之跑了，所以用笔写文章，对我是一种折磨。虽然我打字跟一般人比起来也很慢，简直是一个天上一个地下，可毕竟打字的速度能跟得上我的脑子转的速度，我能抓住灵感，能够保持激情，这对我来说就足够了。如果当初何阿姨不送给我那台电脑，或者马洁不借给我电脑，就算我付出更多的时间，大概也不会比现在写得好。

　　那时杨老师对我说，我可以换一种思考方式，买不起书、看不到书，只要有一台电脑，就能够在网上下载书籍，要看什么书就有什么书，要看多少书就有多少书。我当时有些迷糊，后来我越想越是那么回事，就有种当头棒喝的感觉，对呀，我怎么就没想到呢。我马上求马洁借给我电脑用，马洁借给我了，我又去求老师们帮我下载电子书，之后我疯狂地阅读，王朔的《美人赠我蒙汗药》、石康的《晃晃悠悠》《支离破碎》、痞子蔡的《第一次亲密接触》，读完了我大彻大悟。我开始写读书笔记，写完了，我就想，这些都是我写的吗？就跟有的人夸别人写得好似的：这简直就不是人写的！不，不是这么说的，应该说：惊为天人！牛！后来我又拼命地看周显的《五胡战史》和黄易的《大唐双龙传》，然后我就开始写武侠小说，写着写着我一看，又不是人写的！还没等我高兴呢，电脑突然坏了。

　　电脑坏的时候正是我的灵感迸发的时候，是我最有激情的时候，就好像不是我在写，而是有一种神秘的力量在推着我去写，那是种美妙的感觉。要是电脑不坏的话，也许我会创造奇迹，那也说不定。可是电脑坏了，我想用笔把激情留住，把灵感留住，把那种美妙的感觉留住，但是不行，灵感和激情慢慢地从我的笔下消失了，那种神奇的东西消失了，我写的文章又变成了文字垃圾。我绝望了。我不能接受这个现实，在我就要触到完美的文字的边缘的时候，突然一切都结束了。我要适应从天堂到地狱的感觉。尽管我不想，但我必须面对。我拿起了笔，我尽量地把那些灵感和激情保留住，我拿笔写下很多，我自己都不相信我会在那么短的时间里用笔写下了那么多字。尽管我很努力地想留住激情和灵感，但我失败了，它们还是离我而去了。那种神奇的魔力消失了，原来如火的写作激情被浇灭了，我的心凉了！

我就是这么倒霉，有了电脑，没有了写作欲望，当我有了写作欲望，电脑却坏掉了，我又陷入了深深的痛苦之中……痛苦没有一点儿用，还很浪费时间，因为人在痛苦的时候什么都干不了。慢慢地我又想写点什么，于是我开始写，然后就是失败，随后是痛苦，然后我再写，然后我再失败，然后我再痛苦。我不知道，我还能够坚持几个回合，我会放弃吗？我会逃避吗？

幸运的是，在那个时候我遇到了改变我一生命运的人，那就是张哥。在我没有力量的时候，我需要一个人，在我背后推我一把，让我重新拥有力量，只要他能够理解我，只要他能够鼓励我，只要他能够相信我，我的胸中就会拥有无穷的力量！张哥就是这样一个永远能够理解我、永远能够鼓励我、永远能够相信我的人，每当我想起他，我的胸中就拥有无穷的力量！

没有遇见张哥以前，我好像一只没头的苍蝇，自己瞎撞，百分之百是要失败的。是张哥给我指明了方向，是张哥给我带来了希望。我听说过一句话：师父领进门，修行在个人。但必须有一个前提，就是要有人把你领进门，如果你老是在门外瞎撞，那你还能怎么修行。是张哥把我领进了神圣的文学大门。张哥鼓励我写一本书，开始向着梦想进发，这也是一次写作上的实践过程。经过这次实践，我觉得写文章必须大批量地去写，才能出成绩，只有有一定的量变，才能有一定的质变。文字不是想出来的，而是写出来的，只有不断写出坏的文字，才能修炼出、打磨出好的文字，就像铁杵磨针，水滴石穿，只有通过大量的写作才能触碰那完美的文章的边缘。

　　因为遇到了张哥，我开始大量地写文章，我认为这对我是大有好处的。这个时候我以前看的书就发挥了作用。以前我看了许多外国小说，当时觉得一点儿用都没有，可现在到了写自传的时候，看那些书的好处就出来了。如果没有高尔基的自传三部曲，列夫·托尔斯泰的自传三部曲，卢梭的《忏悔录》，我可能都不知道该怎么写我自己的事情。写书是一种漫长的煎熬，刚开始的时候，内心里会有种渴望，可慢慢地这种渴望会被漫长的等待消灭掉。我想要马上成功，马上出书，马上得到社会的认可，可是文章就像写不完的一样，写完了一篇，又会有一篇在等着我。我是多么渴望成功，但我只能焦渴地等待着，备受煎熬！我的心呦，它熟了吗？

　　我常常面对写文章和读书时的无所适从。如果不读书，那肯定就写不好文章，如果不写文章，那么读书还有什么意义。张哥正在等着看我的文章，我的未来也在等着我的文章，如果我不抓紧时间，我将没有未来。因为我太想成功，我想一口就吃个胖子，可现实却要我慢慢来，所以我感到痛苦，我在自寻烦恼吗？我只是太渴望成功了，实在是太渴望了！我忍受不了我写字的慢,我忍受不了别人在我写字、看书时的打扰。我认为只要不看书、不写字,那就是在浪费时间。

第四节　那一夜的启示

放寒假了,我从学校回到福利院,没有电脑,也没有电脑里的那么多书了,一时间我很不适应,感到很颓废。有一次我听广播节目《灯火阑珊》,一个残疾人给主持人李爽打电话说,他交了个女朋友,那个女朋友一会儿好像爱他,一会儿又好像不爱他,他不知道他的女朋友到底是爱不爱他。主持人李爽说残疾人一定要有能力。可是那个提问题的残疾人没有听懂,一直在追问他的女朋友到底爱不爱他。最后李爽被问急了,他说:"一个残疾人,特别是一个残疾的男人,这里也包括身体健全的男人,如果他没有事业,那么一切就都不用谈了!"我听完了感到一阵莫名的兴奋,一时间心中激荡起万丈豪情,我想,莫非天将降大任于斯人也!哈哈,以后该看我的了⋯⋯

又有一次听李爽主持的广播节目,一位听众说她很喜欢路遥的《平凡的世界》,她觉得孙少平一直都是勇敢地去面对任何困难,这才是真正的男子汉。我听了之后又是一阵热血沸腾,我想,我也是男人,是纯爷们,以前我太脆弱,让人瞧不起,以后我要做个真汉子,直面我的人生,再大的困难也挡我不住,让暴风雨来得更猛烈一些吧!痛痛快快地搏斗一番才是过瘾!那样才真正地成为生命的强者!

还有一次我听广播节目《品味书香》,那天节目中来了一位嘉宾，是个网络作家，叫鬼马星，他是写侦探小说的，我一开始没在意，可后来听说她在四年时间里写了十几本书，节目主持人付纯对此有些惊讶，问她怎么会写出这么多的书，她说她以前在上班，后来得了尿毒症，只好把工作辞掉了，在家里养病的时候，她开始喜欢上了写作，并一发不可收拾，她每年差不多写上一百万字。付纯又接着问鬼马星："难道你就不去外面玩吗？"鬼马星回答说，她从早晨起来，一直到晚上睡觉都是坐在电脑前打字，她总是感觉时间不够用，她脑子里有太多的故事还没有写出来，所以就连上厕所她都嫌浪费时间。我真是太佩服她了，一个女孩子在疾病面前竟然表现得如此坚强，真让我汗颜啊。我想我都在干些什么呢，瞧瞧人家一个女孩子，一年写一百万字，而我呢，我要是把用来痛苦、用来抱怨、用来贪玩还有为将来担忧、惧怕困难以及和别人怄气、大发脾气的时间都用在写字上，那样我能够写出多少字呀。面对这样一个坚强的女孩子，我感到了自己是多么的软弱和无能。今后我要以她为我的榜样，时时刻刻、分分秒秒向她看齐，用她的努力来激励我的行动，用她的奋斗来鞭策我的行为！我曾经想过如果我写出一百万字，那么其中只要有一百字写得好，我也知足了。数量不等于质量，但有了数量也就有了出质量的机会，熟能生巧，勤能补拙，我拿一万字去换一个字行不行？以后我什么都不想，只想写作的事情，我相信我的文字不是垃圾，这就足够了，我要一直写到死，我相信，总有一天人们会认为我的文字是好的……

　　我又重新开始了写作。

附 录

附录一　爱我的亲戚们

快过年了,我被三表哥接到大舅母家过年去了。

大舅母住在一间矮小的平房里,屋里有两个大床,再加上几个柜子,这样剩余的空间就差不多连站的地方都没有了。

这是我第一次见大舅母,我母亲这个人面子窄,总怕人家看不起自己,所以从我记事起我们家和大舅母家就没有走动过。

我一进门,大舅母就对我身上穿的棉裤很不理解,这棉裤是我母亲做的,大舅母说,她见过手拙的,但是像母亲这么手拙的,她还是第一次看到。这棉裤做得让手巧的人见了就会两眼发黑的程度。我想要说的是,母亲的手工虽然笨拙,但是母亲每年都为我做棉衣,我穿上母亲做的棉衣冬天就不会挨冻。想想吧,在这个世界上有一个人为你做衣服,即使衣服的针脚再怎么粗糙,你也是幸福的!我也曾经这样幸福过,而今幸福已不再了……

　　大舅母对我穿着这样一条棉裤实在看不过去，就把自己身上的棉裤脱下来，给我换上，我感觉果然不一样，货比货得扔，真是一点儿也不假。衣服虽然有好坏，但情和爱是没有好坏之分的，在我看来，大舅母的情和母亲的爱都是一样的。

　　到了大舅母家里，我见到了许多我从来没有见过的表哥、表嫂，大舅家有四个表哥和两个表姐。四表哥的儿子长得非常好看，由于他是大舅母唯一的孙子，因此大舅母特别疼爱他。我也很喜欢他，漂亮的人儿我都很喜欢，爱美之心人皆有之。他还教过我很多有益的事情。有一次我们刷牙，他看到我把漱口水吐在牙刷上，就很奇怪地看着我，并问四表哥我这是干什么，我马上意识到我犯了个错误，我刷牙的方法可能有问题，从那以后我不再把漱口水吐在牙刷上。后来我看到一部美国电影，几个男孩在一起刷牙，他们噘起嘴把漱口水吐出来，形成一个水柱，我觉着那个样子很棒，从此我开始口吐水柱，修炼"闭水剑"，就好像张三丰的武功，以水伤人。三人行必有我师，这话是不错的。

　　除了四表哥的儿子教我刷牙方法以外，三表哥也教我一个脱衣服的绝招。以前我最讨厌脱背心、秋衣一类的从头上套的衣服，因为我脱起这类衣服都很困难，先要双手交叉，抓住衣服下摆，用力向上牵引，到肩部再用力往上一翻，翻到头顶，然后把脑袋拔出来，再然后把衣服从胳膊上褪下来。这在别人也许算不了什么，可对于我来说就不一样了，我既不会牵引也不会翻，最关键的两个步骤我都不会，可以想见我脱这一类衣服的时候有多艰难了。三表哥救我于"水火"之中。有一次我看到三表哥脱背心，他不是按寻常的脱法，而是反其道而行之，双手抓住领子，往上一提，从头上套过，然后直接从胳膊上褪下来。这招令我叹为观止，甚为佩服，要知道这个动作整整简化了两个步骤，而这两个步骤正是我所捉襟见肘的，学会了这招，从此以后我脱衣服的速度是大大提高了。

不知为什么，我和二表姐特别有缘。二表姐家里有一个女儿，而我是个男孩，如果住在一起就非常的不方便，但是二表姐还是接我到她家住了几天。我平时并不怎么生病，可过年的时候不知道怎么回事却不断地闹毛病，大概是水土不服吧，或者是吃得太好了，无福消受，我可真是福浅命薄啊！

二表姐无微不至地照顾我，就连给我喂药，二表姐都发明了一种特殊的方法。我这个人从小就不怎么吃药，所以也不太会吃药，我好像只吃过一些中药，很少吃西药，后来即使有病母亲也舍不得花钱买药，好在我没得过什么重病，一般的头疼脑热，难受几天也就好了。可是到了大舅母家里，大舅母和表哥、表姐总不能看着我难受啊，于是他们又是买药又是照顾我，谁知这一照顾不要紧，我反而变本加厉地病起来了，一会儿口腔溃疡，一会儿便秘，一会儿又感冒了。我口腔溃疡的时候，三表哥以为我牙疼，常常给我按摩虎口，听说这样做能缓解牙疼。我不会喝药，二表姐就让我张大嘴巴，然后看准了，把药倒在我的嗓子边上，再让我喝水送下去。二表姐的喂药技术真是蛮高的。

有一次，雅琴表姐来了。雅琴表姐经常来二姨家，雅琴表姐对我也非常好，她知道我爱听广播节目，就给我买了一个随身听，那个随身听是我用过的"匣匣"（我管收音机叫做"匣匣"）中最好用的一个，可是后来被我听坏了，至今我还觉得对不起雅琴表姐。有一回雅琴表姐去看我，我说那个随身听被我弄坏了，雅琴表姐笑着说："姐姐下回再给你买一个好的。"

那次，二姨有点生我的气，因为我喝水的时候总是发出古怪的声音，我却认为这样很好玩。其实我喝水时发出声音，多半是故意的，小时候我喝水时还吐泡泡呢，二姨要是看见了，非吐血不可。我这个人不爱喝水，从来都是不渴急了不喝水，而渴急了的时候喝水，那还不牛饮一通，非牛饮不能过饮也！故意加牛饮其声不可听也！还有我笑的时候笑声拐弯，改音、变调、耍花腔也是故意的，那是我从《家有仙妻》里学会的。本来我还想学结巴来着，后来回头是岸了。

雅琴表姐听我说完这些事后笑得花枝乱颤，我更加扬扬得意了，我正在那里美着呢，忽听雅琴表姐压低声音说，我的这些坏习惯会显得我没有修养……我倒吸了一口冷气，原来我喝水的样子和我的修养有关啊，这让我颜面何存啊！从此我喝水时，再不敢那么狂了。

时间过得真快呀，一晃年就过完了，我该回福利院了。这次我的收获颇丰，可谓满载而归，大姨、二姨、大舅母都给我带了不少好吃的，还有好多书，我跟表哥、表姐说我要看文学方面的书，那时我还不知道什么是文学，我只知道文学包括小说和散文，我想看小说，我想看散文，我那时以为文学就是小说和散文，当然还有杂文。表哥、表姐他们给我找来了很多书，虽然没有文学方面的书，但我还是很喜欢，有书看总比没书看好，对于我来说有书看就是幸福。尤其是大表姐的女儿送给我的《李白诗选》，直到现在这本书还是我的宝典。二表姐的女儿也是个爱看书的人，其实我知道书迷对书有时是比较吝啬的，可二表姐硬是要她女儿给我贡献几本书出来，那时我真是夺人之美啊。

说实话，那几天我的思想很复杂，我知道我就要离开这些亲人了，我有些舍不得，可又无法可想，因为我知道以后我还是要靠我自己。

附录二　我所设想的未来

在福利院的时候，我特别喜欢听当地广播电台的一个夜话节目《灯火阑珊》，这个节目每晚十点半开始，十一点结束。有一次在节目里，一个女孩发短信说自己被强奸了，她不想活下去了，主持人重阳对那个女孩子说，只要活着，未来就会充满希望，一切皆有可能；但如果你死了，你就再也没有希望了，一切就都没有可能了。你愿意把未来很可能得到的幸福都葬送掉吗？只要活着，就会有属于你自己的幸福，如果死了，你就再也不会有幸福了。

很多听众打来电话安慰和鼓励那个女孩子，这其中有一个女听众说，她自己以前也有和那个女孩子一样的想法，可现在她也获得了幸福，所以那个女孩子最终也会获得自己的幸福的。主持人重阳又接着问要怎样才能医治心灵的伤口？女听众说是时间……我想着那个女孩子现在的处境，其实我和她一样，她是因为被强奸，我是因为看不到未来的希望。我突然发现，原来在这个世界上，还有很多人和我一样痛苦，甚至比我还要痛苦。为什么以前我总是觉得我最痛苦，我总觉得别人都比我幸福呢？

从那时候起，我忽然有了一个理想，而这个理想在《同一个星空》节目的影响下成熟了。《同一个星空》和《灯火阑珊》一样是在星期六播出的一个特别的广播节目，这是一个为残疾人广播的节目，由嘉宾宋玉红主持。宋玉红也是一个残疾人，她自创了一个残疾人自助组织。那次宋玉红说她和主持人李爽、重阳准备搞一个"用手编织轮椅梦"的公益活动。她说，他们发现有很多残疾人就因为没有轮椅，所以无法出门到外面来。一辆轮椅不仅能让这些残疾人从家里走出来，甚至还可能让他们找到一个工作，而由此可能就会改变他们的命运。于是他们就请了一些会编织的残疾人，制作了一些小饰物，准备搞一次义卖，所得的钱全部用来买轮椅，送给那些没有钱买轮椅的残疾人。李爽和重阳表态说，他们一人捐一辆轮椅，李爽还说，他们把以前合著的一本叫《灯火阑珊处》的书拿到现场卖，那本书是二十二块钱一本，出版社已经答应，只要每卖出一本书，就捐出十块钱用来买轮椅，而只要卖出五十本书就能够买一辆轮椅了。

外地的听众发来短信，说他们去不了，该怎么参加呢，李爽说，外地的听众就不要参加了，如果实在想参加，就买书，他们可以邮寄。后来，"用手编织轮椅梦"这个公益活动举行得很成功，募捐得来的钱总共买了三十多辆轮椅。这个活动是在省会的一家首屈一指的大商场里举办的，商场免费提供了柜台和场地。李爽和重阳在听众里面找了一些志愿者。前去参加活动的都是《灯火阑珊》的听众，活动场面十分感人，李爽盯上午，重阳盯下午。

宋玉红在节目中曾经请过一位管理残疾人工作的大姐介绍一下没有轮椅的残疾人的情况，那位大姐说，她曾经去看过一个患脑瘫的女孩子，那个女孩子，长着一双大大的眼睛，很漂亮，但却在床上躺了二十多年，连晒太阳都要母亲抱着她到窗口去晒，那个女孩子二十多年没出过家门。那位大姐说，她和那个女孩子交谈了几句，她看得出那个女孩子很有一种渴望，但由于孩子说话不清楚，她只能更多地和女孩子的母亲交流……

还有一个残疾人，他说他和李爽、重阳合过影，他把照片放到电脑里，怎么看都看不够，他特别高兴，李爽听了也很感动。那个残疾人说自己长这么大了，整天无所事事地待在家里，特别不好受，他想工作。他说他刚才听到残疾人也能有属于自己的幸福，他很是羡慕，他也想拥有自己的幸福，不管多累多苦，他也愿意。

李爽说，人到了一定的年龄就应该自立，不是有没有人养的问题，是人的尊严的问题。每个人都应该在这个年龄找到一个突破口，可李爽也不知道残疾人的突破口在哪里。李爽说，她见过一个残疾人,她没有和他深谈过,她估计他是个脑瘫,她看到他一直都在努力地学东西……

所有这些给我的震撼很大,我从来没有意识到有这么多人会痛苦,更没有想到有这么多残疾人尤其是脑瘫患者是和我处在一样的境地。我想这些残疾人尤其是脑瘫患者,他们很少被人们理解,或者根本就不会被人们理解。他们不被理解,他们对未来充满绝望,可我理解他们,我再也不能这么痛苦地生活下去,我要为他们做些事情,这是我能够做到的,这是我的责任!

那么我该怎样做呢?如果我能够,我要跃过高山和海洋,去到他们身边,和他们聊天,为他们解开心结,可是我不能……我要怎么办才好呢?我现在所有的资本只是这些书稿,我现在只有寄希望于出书,只有出了书,社会才会接受我,到时候也许会有人为我说话,让我能够出去,在外面摆个小摊子,或是卖报纸什么的,有了这个小摊子,我也就有了新的起点,这是第一步;第二步是用稿费买台电脑,哪怕是台破旧的电脑,然后上网下载书籍,有了电脑,我就可以看书、写文章,我就什么都不怕了。然后我要专心研究心理学,可惜我的口齿不清,不能搞心理咨询热线。我只能以文章帮助残疾人,我希望能够成名成家,因为只有那样才能够真正地帮助残疾人。第三步,我要和残疾人进行深入交流,安慰他们,鼓励他们,让他们知道,只有他们自己才能够救自己,要靠自己才能改变自己的命运,我要帮他们从精神上站起来!第四步,我要帮助他们走向社会,让社会接受残疾人。《灯火阑珊》这个广播栏目让我觉得心理咨询很重要，心理咨询的前景很大。残疾人因为各种各样的原因，很多人都被困在家里，也就是《灯火阑珊》节目中所说的因为身体的残疾，使残疾人成为其自身命运的囚徒，而国家和社会很难一下子解决这些残疾人的就业问题。我想如果把这两个未开发的资源整合在一起，那么前景是很乐观的，也就是让残疾人去学习心理学，搞心理咨询。我们的思维不妨再飞跃一下，让残疾人搞心理咨询，和志愿者服务挂上钩。

《灯火阑珊》节目在汇报"用手编织轮椅梦"这一公益活动的结果时，请了参加这次活动的残疾人和志愿者，以及后来得到轮椅的残疾人。有位志愿者说，他原来只听李爽主持的广播节目，从来不听《同一片星空》，因为他觉得残疾人和他们健康人是不一样的，可他很偶然地听了一会儿《同一片星空》，就决定做一名志愿者，当他做了志愿者之后，他才发现，原来残疾人和他们健康人一样，甚至更坚强。他觉得自己跟他们比起来，真是太幸福了，自己以前的那些痛苦根本不算是痛苦。所以我想，一个健康人做心理咨询往往会站着说话不腰疼，如果是残疾人做心理咨询的话，就可以用自己的病症、自己的处境、自己的痛苦去开导、安慰和他同样罹患疾病的残疾人。我想，最好让人们都去做志愿者，让健康人和残疾人结对子，交朋友，从两个方面改变人们的观念，健康人不要以为这是单方面的付出，健康人也会得到友谊，得到幸福，残疾人是最好的朋友，他们永远都不会伤害你，背叛你，因为你们在相互帮助、相互温暖，当健康人和残疾人彼此靠近的时候，彼此都会得到无穷的力量……

健康人看到残疾人时，就会感到自己原来很幸福，自己的痛苦是那么的微不足道。残疾人和健康人交朋友，就会得到尊严，得到信心，得到力量。健康人和残疾人交朋友，我们不应该认为是谁在帮助谁，我们应该认为这是追求幸福的一种手段。

从《灯火阑珊》这个广播节目里我听到了人们的各种各样的痛苦以及各种各样的问题，我不禁感叹，为什么他和他不相遇呢？为什么他和他只能一个向左走、一个向右走呢？为什么他和他之间相互只能是陌生人呢？如果这些有着各种各样的痛苦和各种各样问题的健康人去做志愿者，那些被困在家里、没有希望的残疾人去做心理医生，如果他们相遇相知，互助互爱，彼此升华，那将是一幅多么动人的画面啊！这样既可以解决残疾人的就业问题，也可以解决健康人的心理问题，这样社会的两大问题就被爱化解了！

我相信真爱无敌。

当然，有的健康人会说，我凭什么要做志愿者，我只想问一问他们，你们真的过得很幸福吗？如果你们过得很幸福，那为什么不把你们的幸福分给别人一些呢？你们不必担心你们的幸福会减少，正相反，你们的幸福会因此增加的！如果你们很不幸，你们为什么不能暂时跳出自己的生活，去帮助别人，那么当你们再次回去的时候，自己就会得到幸福！

主持人重阳曾经说，命运是什么，命运就是别人！我们改变不了自己的命运，只有别人能够改变我们自己的命运。这让我想起一个寓言，一个人求上帝让他看看什么是地狱，什么是天堂。上帝带他来到地狱，他发现地狱里有一口大锅，大锅里装满了美味佳肴，周围站满了拿着勺子的人，可他们永远都吃不到那些美味佳肴，因为他们手中的勺子实在是太长了，他们根本够不到自己的嘴。上帝又把他带到了天堂，天堂里同样也有一口装满美味佳肴的大锅，大锅旁边同样站着拿着长勺子的人们，可他们却吃到美味佳肴了，因为他们是在用自己手中的勺子去喂着对方，他们虽然够不到自己的嘴，但他们够得到别人的嘴！这就是我们的命运，天堂和地狱，要由我们自己去选择！

我知道，让残疾人去学习心理学，让健康人都去做志愿者，让健康人和残疾人结对子、交朋友，是一件很难实现的理想，但是我要为我的理想呐喊，我要为我的理想做一些事情。我相信会有那么一天，我的这个理想一定会实现的。为了这一天，我要呐喊，我要努力，如果我有能力，我要做一些事情。我希望有更多的人能够呐喊，能够做些事情。当这个理想实现的时候，我可能已不在这个世界上了，但这个世界变得美好了，残疾人和健康人彼此相亲相爱，残疾人成为这个社会上不可缺少的一股力量。我虽然可能看不到那一天，但我相信会有那么一天！

《灯火阑珊》节目的主持人在总结"用手编织轮椅梦"这个公益活动时说，残疾人被迫待在家里，这个社会看不到他们，所以也就想不到他们。如果能够让他们走出家门，让社会看到他们，也就会想到他们，社会就一定会去想办法解决他们的问题的。

　　我们总以为弱者没有生存的意义，其实我们不妨这样想一想，假如这个世界上只有强者，这个世界会变成什么样子？弱者代表爱！这个世界因为有了弱者所以有了爱。我不相信有完全彻底的强者。所有那些外表看上去是强者的人，他们的内心也会有软弱的地方；而那些外表看上去是弱者的人，他们的内心往往是坚强的。我之所以希望健康人和残疾人结对子、交朋友，就是想让外表坚强的人与内心坚强的人相遇，互助互爱，让所有人成为真正的强者！

　　我以为活着的意义就是为追求幸福，为了幸福，我们彼此相爱。如果有一个人，他的外表和内心同样强大，但是他的内心没有爱，那么就算是他得到了这个世界上的一切，他的内心难道不孤独吗？难道他会幸福吗？

　　作为一个残疾人，要对得起自己的残疾。我们要做最强者，我们要做社会的脊梁，我们要做最善良的人，我们要做社会的良心，因为我们是残疾人，所以有这个责任。健康人可以降低对自己的要求，而残疾人绝对不可以，只因为你是残疾人！天将降大任于斯人也，我们责无旁贷！我们当仁不让！一个社会的健康与否，不在于那些强者，而在于弱者！

　　为了社会的健康，我们要做最强者，要做最善良的人！我们能够让社会健康起来，我们能够让世界变得更美好，我们能够让人间的爱变得更多！这是我们残疾人的责任和使命，我们不要推卸责任！这世界没有救世主，能够救我们的只有我们自己！我们只有战胜我们自己，才能拯救自己，去帮助别人！我觉得学习心理学，就是我们战胜自己、拯救自己的一个手段。先自救，再助人！即使不想做心理咨询，学好了心理学，对一个残疾人以后的发展也是很有好处的，也就是说，穷则独善其身，达则治国平天下，这是我们残疾人的根本。

附录三 一则寓言：《给勇敢者》

"我是厄运之神，也就是人们所说的灾难和困苦，如果谁碰到了我，那人就完蛋了！他的一生都将成为我的玩偶，我可以随意戏弄他，任意折磨他，他们的痛苦和悲伤，成为我最大的快乐，哈哈哈哈……"

厄运之神来到一个懦夫面前，懦夫觉着很不公平，他说："老天爷呀，你对我太不公平，我既没有得罪你，又没有做什么坏事，你为什么要这样惩罚我？"

厄运之神听到此话，哈哈大笑说："可怜的人啊，让我告诉你吧，我是这个世界上威力最大的神，也是最邪恶的恶魔，不管是神还是鬼，都不能抗拒我！哈哈哈哈……"

懦夫哀求厄运之神放过他。厄运之神不但不听，气焰反而更加嚣张。那个懦夫只能自暴自弃，他痛苦地哀号。厄运之神听见他的哀号，更加得意，他说："你的痛苦是我最大的快乐，我快乐着你的痛苦，我快乐着你的悲伤，我快乐着你的哭泣。哈哈哈哈……"就这样，厄运之神把懦夫的一生都给毁掉了。

厄运之神来到气馁者面前，气馁者大喊一声："我要跟你决斗!"厄运之神听到后哈哈大笑,他说:"愚蠢的人啊,让我告诉你,我是这个世界上威力最大的神,也是最邪恶的恶魔,不管是神还是鬼,都不能抗拒我!哈哈哈……"气馁者说:"那我也要战胜你,我要扼住你的喉咙,让你向我求饶。"厄运之神哈哈大笑说:"愚蠢的人啊,你还想让我向你求饶,好,我倒要看看,到底是谁向谁求饶。"于是气馁者和厄运之神搏斗起来,一次次的失败把气馁者的信心和锐气渐渐地消磨光了。他开始自怨自艾,他开始向厄运之神屈服,任厄运之神摆布。厄运之神幸灾乐祸地问:"你不是要扼住我的喉咙吗?你不是要让我向你求饶吗?"气馁者颓废地说:"我命该如此!"厄运之神哈哈大笑,他又把气馁者的一生毁掉了。

厄运之神来到宁死不屈者的面前,宁死不屈者只是沉默地跟厄运之神搏斗。厄运之神对他说:"沉默的人,让我告诉你,我是这个世界上威力最大的神,也是最邪恶的恶魔,不管是神还是鬼都不能抗拒我!哈哈哈哈……"宁死不屈者依然沉默着,他只是跟厄运之神搏斗,一次又一次地搏斗。

厄运之神被激怒了,说:"沉默的人啊,你不要妄想能够战胜我,我是不可战胜的,就算是神仙与魔鬼都不敢和我作对,难道你们人的力量比神的力量还大吗?"宁死不屈者还是不开口,只是跟厄运之神搏斗。

厄运之神一次次地将宁死不屈者打倒,宁死不屈者又一次次地爬起来,再次被打倒,再次爬起来,周而复始。

直到宁死不屈者只剩下最后一口气,只剩下最后一滴血时,他说:"我快死了,可我决不屈服,只要我活着,我就要跟你搏斗下去！"

厄运之神怀着最后一丝希望问宁死不屈者："你难道一点儿遗憾都没有吗？"

宁死不屈者回答说："我有。"

厄运之神一喜，急忙问道："你的遗憾是什么？"

宁死不屈者说："我的遗憾是，我不能和你同归于尽！"说完宁死不屈者就死了，厄运之神也悻悻而去。

厄运之神来到勇敢者面前，勇敢者面对厄运之神微笑着。厄运之神对他说："微笑的人，让我告诉你，我是这个世界上威力最大的神，也是邪恶的恶魔，不管是神还是鬼，都不能抗拒我！哈哈哈哈……"勇敢者还是微笑。

厄运之神被激怒了，他对勇敢者说："我发誓，我要让你哭得很难看！"勇敢者说："我也发誓，我会笑得更灿烂！"

厄运之神对这位勇敢者施展各种手段，折磨他、踩躏他、捉弄他、欺凌他，不给他喘息的机会，厄运之神妄图以此击垮勇敢者，可勇敢者依然微笑着。

厄运之神气得简直要发疯，他说："我是一个神，难道连一个人都征服不了吗？不！我要毁灭他，不惜一切代价！"于是厄运之神更加变本加厉地摧残勇敢者，他把自己的浑身解数全使了出来，可勇敢者始终微笑着。最后厄运之神精疲力竭了，他终于放弃了毁灭勇敢者的想法。

厄运之神问勇敢者："微笑的人啊，为什么不管我怎样折磨你、踩躏你、捉弄你、欺凌你，你总是在微笑？"

勇敢者微笑着回答："厄运先生，如果我哭的话，我想最高兴的是你,所以我不会上你的当,哭泣解决不了什么问题,哭泣是怯懦和无能的表现,既然你不请自来,我就以微笑迎接你,我还很感谢你。"

厄运之神惊讶地问勇敢者:"感谢我?你为什么要感谢我?"

勇敢者诚恳地说:"虽然你折磨我、踩蹋我、捉弄我、欺凌我,可同时你也锻炼了我的意志,让我变得更加坚强,使我过不上安逸的生活,你甚至不给我以喘息的机会,如果我稍微松懈的话,我就会被你毁灭,所以我还是要很感谢你,因为如果没有你的'鞭策',我不会有现在的胜利和成功。"

厄运之神大叫道:"我,我是最邪恶的恶魔,我怎么可能会帮一个人!我怎么可能会帮人!我居然帮助了人?!"

"噗"的一声,一口血从厄运之神的口中喷出,厄运之神急火攻心,他死了。

附录四 签约

过年的时候,张哥让我改文章。我有个毛病,就是写文章时总是一鼓作气,如果第一回写不好,那么我的情绪就会急转直下,写的第二遍不如第一遍,第三遍不如第二遍,我的情绪越来越坏,张姨她们看不过去,就劝我过一段时间再写,我说舍不得浪费时间,张姨说要不先写点别的,换换脑子,于是我就写着玩,写出了《大风行》。

以前我曾写过一个《残侠传》,因为电脑老坏,所以写这篇文章时中断了好几次，写作激情连续被浇灭，后来别人看了也不认可，我就不写了，这个《大风行》就是在《残侠传》的基础上重新写的。

从《大风行》的内容上面来说虽然和《残侠传》是换汤不换药，但是我写的时候没有拘束，甚至更自由，感觉很舒服。

我在学校组织的一次活动中认识了一个哥哥，我给了他我的QQ号，他加了我。有的时候，我们就会在QQ聊聊，相互都觉得挺不错的，我就把自己的文章发给他看，后来我很久没有上QQ，一天上了QQ后，发现那个哥哥给我留了手机号码，让我有时间给他打个电话。我就把电话打过去了，问他有什么事情，他说，他在搜狐原创作品部门工作，他希望我能够把文章发表上去，一开始也许没有什么结果，但是时间长了，说不定也会有希望的。

我那时正在想着找个杂志，把我的《大风行》投递过去，虽然文章我还没有写完，但我是跃跃欲试，我想，既然那个哥哥投来了橄榄枝，我也没有理由拒绝，就答应了。

那个哥哥让我找老师帮我注册原创作者，我想老师们都忙，没有时间，我也就不好意思求他们。

我就问那个哥哥该怎么注册，我能不能自己先试试，实在不行的话，再去找老师。他让我先打开网页，我就把网页打开，每填一项栏目，就问一下那个哥哥，他就一项一项地耐心地教我填写。

我的那台电脑是旧的，速度很慢，能打开QQ，就已经很不容易了，再同时打开网页，几乎要死机了，所以我鼓捣了半天才注册完毕，而那个哥哥直到我注册完才下线。多亏张姨帮我问了别人我的身份证号码，要不没有身份证号码我还是注册不了。

　　当我第一次把自己的文章发表在网络上的时候，那种感觉很新鲜，在作者专区里有添加作品和管理作品的栏目，我不但要写作品的名字和选择作品分类，而且还要写作品简介，并且写出作品公告，自己给自己做广告，嘻嘻。

　　进行作品管理，我还要把文章分卷、分章节，每卷要起个名字，章节也要起名字，这就有点麻烦了，呵呵！我怀着十分激动的心情手忙脚乱地把这些都处理完，然后就坐等网站管理员将我的心血——我的作品发上去。

　　我看了一下这个网站，除了有添加作品和作品管理栏目之外，还有申请签约和稿酬查询以及订阅查询栏目，我就想，如果我能够挣钱，先不说多少，那样的话最起码能够证明我不像别人想的那样没有用。

　　过了一天，当我发现网站管理员把我的文章发到网络上的时候，当我看见自己写的东西就在网页上面的时候，只要一打开就能够看到的时候，我高兴得手舞足蹈，激动得直叫唤，我坐在椅子上直跺脚，反正那时候也没有旁人，那篇文章是我写的，网页上的那些文字是我写的！是我写的！

　　后来我就没完没了地查看自己的文章的点击量，我迫切地想知道，我的文章有没有人看？看的人多不多？如果有人看了，看的人多，我就兴奋莫名，如果没有人看，或者看的人少，我黯然神伤。

渐渐地我发现，只有不断地往网站上面发新的文章，才会有人看，发的文章越勤，看的人也越多。本来我写《大风行》就是为了好玩，想写就写一点儿，不想写时就不写，高兴时就多写点儿，不高兴时就少写点儿。可是等我把文章发到网上以后，我为了能够有多几个人看我的小说，不管我是想写还是不想写，高兴还是不高兴，我都在写，写作的速度比以前快多了。

就这样在网站上持续发了十几章吧，忽然某一天有人加了我的QQ，这人说她是搜狐原创作品部门的编辑，我就诚惶诚恐地问她，我写的小说好不好看，她很奇怪地回答说，我的小说写得挺搞笑的。那时候我正在疯狂迷恋郭德纲、周立波、麻辣书生等人，所以潜移默化……

她问我想不想签约？

我吓了一跳，我不明白签约是怎么一回事，我就问她如果签约了，我会有什么好处，她说签了约，就能够有编辑推荐，那样的话就会有更多的读者关注我的小说，如果我能当上VIP，我就有钱了。我就问，签约后对我会有什么规定吗？她说我必须每个月写两万字，我问为什么，她说这是为了保证读者不流失。

我有些犹豫，如果我不生病的话，一个月差不多能够凑合写出两万来字，可是万一我要是有个头疼脑热的，万一病个半个月，那可咋办呢？

我就跟张姨说了这事，张姨让我问问，如果完不成字数的话，会有什么惩罚。我就问同样在网站工作的那个哥哥，他问我是哪个编辑这么跟我说的？是不是他们的同事？要先核实一下，后来经过核实，那个女编辑是他们的同事。

那个哥哥对我说，签不签约，看我自己的意愿，至于惩罚，他会和他们说的，像我这个情况，就算真的有什么惩罚，他们也不会惩罚我的，对此我很感动。

我想了几天，最后还是想跟他们签约。我就问那个编辑该怎么签约，后来知道签约必须要有银行卡，没有银行卡就没有办法签了。

我的身份证留在了福利院，而没有身份证就不能办银行卡，我又问张姨，她说我的身份证在院长那里，要起来很麻烦，就让我问问可不可以用别人的银行卡。

可是那个编辑说，有自己的银行卡对我有好处，万一我要是真成了 VIP 赚了钱的话……

我又给张姨发短信，张姨说不管有多麻烦，她都会帮我办张银行卡。张姨说，别人都不相信我能够写好，可她相信我一定能够写好，到时候给大家一个惊喜。

过了几天，张姨跟院长要出我的身份证，她说会在她休息的时候再去给我办银行卡，福利院离不开人，他们是轮休，一个星期也休息不了一天。

一天早晨，张姨给我发短信说，她一会儿就去银行给我办银行卡。又过了一会儿，她给我打电话，银行的工作人员要核对我的身份，让我等着，我就坐立不安地等着。大约十点左右吧，张姨终于又给我打电话了，然后一个男子的声音从话筒那边传来,问我是不是张俊雨,还问我认识张姨吗,以及张姨的名字叫什么,我本来是知道的,可是到了紧要时刻就掉链子了,我一下子就被问得蒙住了,怎么也想不起来张姨的名字叫什么,好在那个人没有太过为难我,就给我办了一张银行卡。

等张姨把银行卡号发给我时,我高兴得发疯,我答应张姨,我一定会好好写作。我急急忙忙地上了QQ,找到那个编辑,跟她说我有银行卡了,问她该怎么签约。

那个编辑把我介绍给另外一个专门负责与作者签约的编辑,那个负责签约的编辑问了我的一些基本情况,过了几天,她发给我一个签约合同,她让我按照她说的格式去填写。

我看了合同还是有些担心,我对那个负责签约的编辑说,只要我没有生病,我就尽量完成任务,可是我要是感冒发烧半个月什么的,那该怎么办呢?

她知道了我的情况,表示很理解我,她对我说,要是有什么事情,就跟他们打个招呼,这样就可以了。

我又问我的小说有没有希望,她说如果小说能进了排行榜,我就能够当 VIP 了。

我这才拿定了主意,反正连银行卡都办了,本来像我这样没有收入的人,是不该办银行卡的。

我就按着她说的格式开始填写合同,合同填完了,又发给她,她说我填错了好几项,我只好又一项一项地改,改完了,再次发给她,可是这次又填错了,再改,再发,就这样反反复复好几次,终于她说填好了。

我如释重负,终于签约了!

记得那天学校搞活动，我没有参加，一直躲在屋子里面填写签约合同。我去了食堂很多次，由于活动没有结束，所以一直没有开饭。

到了下午，那个编辑说，要把合同里面填写的内容全部删掉，然后再把合同打印两份，用笔把那些内容填好，将合同连同我的身份证复印件和银行卡复印件一起寄给她。

这真是晴天霹雳，我欲哭无泪啊……

要知道要做所有这些事情，没有一件我是不需要别人帮助的，我不是怕去求人，我是怕万一我要是没有写好，他们不是白白帮了我一场吗？

我又纠结了好几天，我想反正已经办了银行卡了，于是又去求张姨，张姨也很为难，上次办银行卡时就麻烦了院长，这次还要麻烦人家，她让我问那个编辑能不能把手续简单一点儿。

可是编辑说这是正规的签约，简化不了。

张阿姨让我去问学校的传真机号码，我就去办公室问传真机号码，正好碰见田老师，田老师问我干吗去，我说是问传真机号码，田老师问我要传真机号码干吗，我就说把我的银行卡复印件传过来，田老师叹了一口气，说："你没有收入，有了银行卡，只能白白花钱。"

我灿烂地笑着说："我要签约了。"

田老师知道了，也很为我高兴起来。

于老师告诉了我传真机的号码，并且说学校的传真机不好使。

王老师也说学校的传真机不好使，还是发到他的邮箱里面保险。

最后还是院长和校长打电话，把复印件发到了王老师的邮箱里面，王老师再打印出来，给我送了过来。

就这样我的身份证和银行卡的复印件算是有了，然后我拿着U盘去找王老师，求他把合同打印两份，王老师只打印了一份，说先看看效果再说，他对我说："你先别着急，你去问问懂这个的人，这份合同靠不靠谱，比如张哥就挺懂的，你去问问张哥吧！"

于是我问了一个姐姐和张哥，张哥说可以，这份合同没有什么问题。

我一直是用电脑打字，冷不丁拿笔写字，就算是几个名字和日期，我也是趴在床上写了半天，手酸得握不住笔，越写越费劲，字迹也歪歪扭扭的，越写越难看，谁能够相信我也用笔写过近十万字呢。

最后我还是写错字了，我连自己的名字和日期都能够写错，我还写小说？

我无比沮丧地去找王老师，厚着脸皮求王老师再帮我打印一份合同，可怜的我，写错一个字就废了一页纸！

王老师微微一笑，又给我打印了两份。

我又趴在床上写了大半天，终于填好了签约合同，我看着上面的字迹，都觉得好丢人。

我拿着签好的合同去找王老师，求王老师帮我寄出去，王老师说找田老师吧，说这个田老师管，我又拿着合同去找田老师，田老师看了合同，他真心地为我高兴，说就放他那里吧，过几天就让快递取走。我喃喃地问，快递要多少钱啊，田老师说，为了我以后能够挣钱，他给我出这个钱。

我心里感觉很暖，老师们看着我能够有希望挣钱，是多高兴呀！

但是我心里很着急，恨不得一下子就把合同快递出去，就常常去找田老师，看合同寄出了没有，可是每次都看见合同依然放在田老师那里，心里就越发焦急起来，心想田老师怎么还不让快寄来取件啊。

直到有一天田老师终于把合同快递出去了，我心里的一块石头才算落了地。

后来我才知道，田老师每次打电话要人家来取快递时，对方都很忙，所以要等人家有时间。

然后我就开始焦急地等信息，过了几天，信息终于来了。

编辑说有一个地方我写错了，她要我再重新寄一份。

我简直要疯了，我说我什么都干不了，像这些事情，从打印到快递，都是老师们帮我做的，而且田老师还给我垫了快递费，我怎么好意思再去求人家。

编辑说我写错了，她也没有办法。

我想哭，可是哭也没有用，我只好厚着脸皮去求王老师再打印两份，王老师叹了口气，又给我打印了两份，我又趴在床上，把签约合同又填写了一遍，总之，就是丢人！

我又嬉皮笑脸地去找田老师，田老师火了，大骂了我一顿，说这回他不管了，我灰溜溜地往回走，还没等我走几步，田老师突然在后面叫我，我转过身，田老师还在生我的气，他一瞪眼，对我说，送快递的正好要来给老师们发快递，就连同我的一起发吧。

我简直不敢相信这是真的，田老师气呼呼地指着合同上面我写的名字说，繁体字行吗？

我说没事。

田老师说，这回我要是再写错了，就再也不管我了！

我看着合同又被取走了，就像做梦一样。

田老师突然很焦急地来找我，说送快递的到编辑部了，可是找不到那位负责签约的编辑，问我有没有他们的电话。

我说合同上面有电话，田老师说打了那个电话，可是没有人接听。我想起那个编辑哥哥的电话，就打了过去，那个哥哥接了，问我有什么事，我一着急，就怎么也说不清楚了。

田老师急忙接过电话，跟那个哥哥说了半天。最后，送快递的终于把合同交给了他们。

然后我又上QQ，问那个编辑收到了没有，她说收到了，我又战战兢兢地问这回有没有再写错，她说没有，我这才一块石头落了地。

下午那个编辑哥哥又来电话了，问我那个合同送到了没有，他没有碰到那个负责签约的编辑，不知道她有没有收到合同，他有点担心。我好感动，没有田老师和这个哥哥，我根本就签不了约啊。

又过了一段时间，我去看网站上自己作品的点击量，一下子我就惊呆了。

　　一天就有好几百的点击量，这怎么可能啊，目前为止最好的点击量是一天八十啊！一般一天能有几十的点击量就已经很不错了，怎么可能啊，后来我才知道我的小说被编辑推荐了。

　　我的小说上了搜狐原创作品的首页，有编辑推荐，这就意味着我的小说能够被更多的人看到了。

　　我高兴得发疯，我跑了出去，迫不及待地将这个好消息告诉老师们，逢人就告诉人家说，我的小说被编辑推荐了，一天就有几百的点击量！老师们也为我高兴。

　　我以为点击量多就是看的人多，所以我自己都不敢点，我怕自己点了，就不知道是我点的还是别人点的了。我觉得，最重要的是别人看不看我的小说，看的人多不多。

　　可是好景不长，编辑推荐就持续了那么三四天，然后我的小说就从首页上面消失了，作品点击量也从几百变成了几十，我有些失落。

　　但是我渐渐地发现自己的小说在武侠类作品里面的排行是相对靠前的，总共有一百多部小说，我的小说月排行三十多名，后来又进了二十多名。

　　编辑对我说，有机会还会推荐我的小说。

　　我又惊喜地发现，我的小说现在能够百度出来。我感到很骄傲，是我写的小说，是我写的！

　　我又斗志昂扬地写了起来。

　　后来我把自己的小说推荐给我的一个网友看，他说不喜欢，我就想是不是我的小说写得不好啊，我就问他喜欢什么小说，他说喜欢一种国术小说，小说里面写的武功都是真实存在的，而不是瞎编的。

从此我就迷上了国术小说，看了两部这样的经典小说，总共几百万字，我没白天没晚上地看。我除了写小说，就是看书，我又下载了很多有关武术的书籍，像关于形意拳、太极拳、八卦掌等。

我又找了许多关于怎么写网络小说的文章，我从上面看到了很多写网络小说的规矩，最有用的是关于如何修改错别字和分段落的。

我写文章有两个毛病，第一个毛病是我写完了之后从来就不再看一遍，我以为写完了再看一遍，纯粹是浪费时间，有那个时间，还不如多写一点。可是那篇文章上说，你就是写得再好又怎么样，满篇错别字，谁想看这样的文章呢？

我赶紧看了看自己以前写的小说，果然里面有不少错别字，我真想找个地缝钻进去。

从此以后，我在发表文章之前，都要自己先读一遍，看看有没有错别字。

我的第二个毛病就是写文章不爱分段落，常常是一大段接一大段，文字铺天盖地而来，我以为这样写起来痛快，这样写起来爽快。可是文章上面说，很多人都有一种密集恐惧症，最悲催的是我自己也有密集恐惧症，子曾经曰过，"己所不欲勿施于人"，我怎好这么不厚道地自找死路啊……

从此以后，我写文章时尽量一句一行，虽然有点矫枉过正，但是你懂的……

《大风行》的第二部受到国术小说的影响很大,其中武打场面的比重很大,里面所描述的每一种武功都有出处,每一章中所描述的武打动作,我都是通过查阅很多武术书籍之后才写下来的。

武打场面倒是有了,但是小说的故事和情节又有些不给力了,至少我是这么觉得的,但是我已经进入了一种循环之中,无法自拔,人们以为我是意识流写作,写到哪里算哪里,可是人们却不知道,我也是有提纲的,只不过我的提纲在心里。当然我总是在打破提纲,但是这种突破,只能是加东西,而不是减东西。

那段时间很痛苦,我一边写,一边重新定位自己的小说,于是《大风行》的第二部渐渐地往第一部上面回归。

有很多人对我产生了质疑,认为我不会写小说,如果我写得不好,那是应该的,如果我写得好,那么我就是抄别人的。

我解释过我为什么写得好,首先是我遇到了张哥,有些事情是非要师傅领进门的,如果没有张哥,我连写的勇气都没有。

第二是因为电脑,一天写几百字和两小时写几百字,那个感觉是绝对不同的,现在我能够抓住我的灵感了。

第三是上网,我没有钱,我就是有钱,也不可能住在图书馆里,上网就不同了,网上要什么书就有什么书,看几本书和看几百本书,那能一样吗?

可是说这些没有人听,还是有人说我抄袭。

我实在忍受不了这种质疑,于是我开始恶搞自己的小说,看见什么新闻,听到什么相声、歌曲,身边遇到什么事情,都往小说里面写，你不是说我抄袭吗，这些不能抄袭吧，虽然这样写下来很好玩，但我的心里却是苦涩的。

我是用第一人称写作的，有网友说，用第一人称写武侠小说，简直就是慢性自杀，我是有苦说不出的。写《残侠传》用的是第三人称，可我控制不住，我可以埋很多伏线，但是我收尾的时候，就力不从心啊，我认为用第一人称写作就是一个很好的解决办法。

我小时候在课本里面曾经读过《吹牛大王历险记》，对那种故事很是神往，于是我就想写一部武侠版吹牛大王。

有一天搜狐原创作品的编辑问我，我的地址变了没有，而那时我的电脑坏了，怎么也回复不了，我都急死了，只好给那个编辑哥哥打电话，告诉他我的地址没有变。

过了几天，我的电话响了，我一接，说我的快递到了，让我去签收，我急忙去找王老师，我不知道该怎么签收，就去求王老师帮忙。那天下着大雨，我就在大厅里面等着，过了一会儿，王老师拿来一个大信封，老师们问我是不是稿费，我说我还没有进VIP，怎么会有稿费。我当着老师们的面，打开了信封，里面是我发快递走的那份合同，田老师说，上面盖了印，我看了，还有编辑的签名。

我拿着合同回到了自己的屋子，坐在床上，我想我是搜狐原创作品的签约作者了……

老师们老是问我，我什么时候能够进VIP，我也不知道，只有继续写下去。

其实我也想快点进VIP，那是一种证明，证明我的小说能够赚钱了。

有一个爷爷对我说过，如果我想吃一个苹果，只能和别人要，他要是想吃苹果，可以自己去买。

我的电脑是别人给的，别人要是不给我电脑，我就没有。

我想，如果我能够自己买电脑，如果我的电脑不坏掉，就能够一直打字了，就能够一直下载电子书了，我就无忧了！

我看有关网络写作的文章，上面说，最重要的就是写作速度，文章要天天更新，写得越快越好，不嫌快，就嫌慢，最好是一天能够几次更新，这对我来说，实在是太难了，我打字虽然比写字快，但是和普通人相比，还是很慢的，一天能够更新一次，已经是很不容易了。

我心里一阵黯然，我的写作速度这么慢，我什么时候才能够进 VIP 啊！

我想，既然我的写作速度拼不过人家，就要和别人拼写作质量。

编辑和我的网友都对我的文笔挺满意的。另外，我的想象力也是比较奇特的，只要我努力，总会有希望的。

我听人家说，有些网络写作大神，他们写的作品一开始也是没有人看，可是他们坚持了下来，有几个人看，他们就给几个人写，最后他们成功了。

我想，只要有人看我的文章，我就会一直写下去……

图书在版编目(CIP)数据

爱之花／张俊雨著．—北京：华夏出版社，2015.5（2018.11重印）
（红海星丛书）
ISBN 978-7-5080-8411-4

Ⅰ.①爱… Ⅱ.①张… Ⅲ.①杂文集—中国—当代 Ⅳ.①I267.1

中国版本图书馆 CIP 数据核字（2015）第 063122 号

爱之花

作　　者	张俊雨
责任编辑	许　婷
装帧设计	海　星
出版发行	华夏出版社
经　　销	新华书店
印　　装	三河市少明印务有限公司
版　　次	2015年5月北京第1版　2018年11月北京第2次印刷
开　　本	850×1168　1/16
印　　张	16.5
字　　数	167千字
定　　价	22.00元

华夏出版社　网址：www.hxph.com.cn　地址：北京市东直门外香河园北里4号　邮编：100028
若发现本版图书有印装质量问题，请与我社营销中心联系调换。电话：(010) 64663331（转）